사랑하되, 애쓰지 말 것

워킹맘을 위한 육아 에세이

3년 전 내가 이 책을 읽었더라면

사랑하되, 애쓰지 말 것

김은희 지음

-프롤로그-

쉬어가더라도 멈추지는 말자

갓 취직해 일을 시작했을 때 어렴풋이 상상했던 '마흔이 넘은 나'는 적어도 지금의 모습은 아니었다. 호텔에서 객실부 부장 정도는 되어 있지 않을까? 어쩌면 해외 체인 호텔에서 근무하고 있을지도 모르는 일이었다. 싱가폴이 제일 적당한 장소일 것 같다는 구체적인 생각도 하곤 했다.

하지만 마흔이 된 현실의 나는 하루하루를 버겁게 살아내고 있는 전업맘. 육아와 살림 모두 어설프고 불량한 그냥 그런 두 아이의 엄마일 뿐이었다. 더 이상 특급호텔의 호텔지배인도 아니었고, 그렇다고 아이들과의 소소한 일상에 행복해하는 엄마도 아니었다. 나는 어디에서도 나를 찾을 수 없었다. 나에 대한 정체성이 여지없이 흔들리던 힘든 시기였다.

'지금까지 내가 맡아온 역할들을 빼고 나면, 나는 대체 누구인 거지?'

남들은 다 여유롭게 아이들을 잘 키우는 것처럼 보이는데 왜 유독 나만 아이를 키우는 것이 이토록 힘든 걸까? 나는 왜 엄마로만 만족하지 못하는 걸까? 나를 원망하기도 했고, 환경을 탓하기도 했다. '엄마'라는 자리는 낯설어도 너무 낯설었고 시간이 갈수록 적응하기는커녕 점점 더 나와 적성이 안 맞는 직업이란 생각이 머리를 떠나지 않았다. 안 맞아도 너무 안 맞았다. 그렇지만 포기할 수도 없는 일이었다. 엄마라는 이유만으로 나에게 조건 없는 사랑과 믿음을 주는 두 아이를 보고 있으면 무슨 일이 있어도 적응해야만 했다.

뼛속 깊이 육아체질이 아닌 나, 그런 내가 실패와 좌절을 거듭하면서도 포기하지 않고 사력을 다해 노력해본 일이 육아 말고 또 있었던가? 내가 아닌 타인을 위해 나 자신을 바꿔보려고 처절하게 노력해 본 일이 있었던가?

분명 나를 바꾸기 위해서는 먼저 나를 알아야 했다.

"2040년이 되면 당신은 알게 된다. 당신이 알고 있는 것들 중 하나만 빼고는 모두 쓸모없어진다는 것을. 유일하게 쓸모가 있는 지식은 '당신 자신에 대한 앎'이다. 지금 당신이 가장 먼저

해야 할 일은 소크라테스의 '너 자신을 알라'를 끈질기게 실천하는 것이다." 유발 하라리Yuval Noah Harari의 말이다.

그 옛날 소크라테스도, 현 시대를 대표하는 지성인인 유발 하라리도 시대를 초월하여 중요하다고 강조한 단 하나는 바로, "나에 대한 완전한 공부"이다.

나에 대해 탐색하고, 탐구하고, 그것을 바탕으로 나를 나답게 만들어가는 것이야말로 내가 해야 할 가장 중요한 단 한가지였음을 그 힘든 시기를 겪으며 깨달았다.

그리고 그 방법으로 찾은 것이 독서와 글쓰기였다. 읽고 생각하고, 쓰고 사색하며 나를 정립해 나갔고 책에서 얻은 지혜들을 육아와 삶에 적용하며 점차 환경을 변화시켜 나갔다. 이런 과정들이 반복되자 점차 내가 어떤 사람인지, 무엇을 좋아하고, 어떨 때 행복을 느끼는지 나에 대해 아는 것들이 점점 늘어났다. 그리고 자연스럽게 이런 변화는 아이들에게로 흘러갔다.

책을 읽으라고 노래 부르지 않아도 아이들은 엄마 따라 책을 읽었고, 글을 쓰는 엄마를 따라 자신들도 책을 낼 거라며 옆에서 끄적였다.

처음 이 책의 가제는 《나, 엄마 그만둘래요》였다. 그 제목을 보던 큰 아이가 어느 날, 누나 되는 게 너무 힘들다며 자기도

《나, 누나 그만둘래요》라는 책을 쓴다고 말했다. 그러자 옆에 있던 둘째가 그럼 나도 《나, 동생 그만둘래요》를 쓸 거라고 해서 한바탕 웃었던 적이 있었다.

"그럼 아빠도 《나, 아빠 그만둘래요》 쓰라고 해서 우리 가족 모두 《그만둘래요》 시리즈 책 낼까?"

나를 바꾸지 않으면 아무것도 바뀌지 않는다. 문제도, 그 문제를 해결할 해답도 내 안에 있다. 내가 변하지 않으면 아이도, 남편도, 나를 둘러싼 환경도 아무것도 변하지 않는다.

아이를, 남편을 바꾸려하기 전에 '내가 스스로 변해야 함'을 깨닫게 해준 게 육아였다.

지방을 내려갈 때 조금이라도 빨리 도착하려고 고속도로를 탄다. 확실히 빨리 도착지에 다다를 수는 있겠지만, 가는 도중에 내가 마주할 수 있는 건 긴 터널과 시커먼 시멘트 바닥이 대부분이다. 옆을 돌아볼 여유도 없이, 그저 앞만 보며 달려야 빨리 목적지에 도달할 수 있다.

하지만 조금 늦게 도착하더라도 국도를 선택하면, 가는 길마다 피어난 꽃도, 갖가지 나무들도 눈에 들어온다. 운이 좋으면 예쁜 메타세쿼이아 길도 만나고, 정겨운 시골마을 풍경도 눈에

담을 수 있다. 시간이 멈춘 듯 예전 그대로의 모습을 간직한 구멍가게를 발견하면 잠시 차를 세우고 들어가 아이스크림을 베어 먹는 작은 행복도 느낄 수 있다.

그러다 문득 "대학교 때 전국일주 사이클링 했을 때 이런 비슷한 동네가 있었지." 하고 생각하기도 한다. 생각은 꼬리를 물고 계속되어, 한 때 더없이 소중했던 시간을 함께 했던 친구들 얼굴까지 하나 둘 떠오른다. 그 시절의 나의 모습을 회상하며 웃음 지을 수 있는 건 속도가 아니라 여유를 선택했기 때문에 가능한 일이었다.

'배터리가 9% 남았습니다. 핸드폰이 곧 꺼집니다.'

문득 바라본 핸드폰 알림메세지가 마치 예전 나의 모습과 같았다. '너 그렇게 살다간 곧 방전돼서 꺼져버릴 걸!' 내게 이렇게 말하는 것 같았다.

자동차 계기판의 연료표시에 붉은 경고등이 켜져야 그제야 주유소를 찾았다. 불안하지 않냐고, 경고등이 켜지기 전에 눈금 하나 남아있을 때 주유하라고 우리 엄마는 늘 말했지만 번번이 엄마의 말을 무시했었다. 이제와 생각해보면 그때 그것은 엄마가 인생을 대하는 자세였다. 스무 살에 나를 낳아 서른 살에 암투병, 그리고 이혼… 엄마는 하나만 겪어도 버티기 힘든 고난을 동시에 겪어낸 사람이었다. 그 이후 혼자의 힘으로 나와 동생을 길러냈다. 억척 엄마였냐고? 전혀 아니다. 그 누구보다 여유로운 사람이고, 선천적으로 긍정적인 사람이며, 흥이 넘치고 인생을 즐길 줄 아는 사람이다. 그 어떤 인생보다 순탄치 않은 세월을 보냈지만 구김살 하나 없는 엄마는 늘 아등바등 허덕이며 사는 나를 보며 안타까워하셨다.

"은희야, 그렇게 애쓴다고 다 네 마음대로 살아지지가 않아. 너무 애쓰지 말고 대강대강 살아."

늘 누구에게 쫓기듯 방전되기 바로 직전까지, 연료가 바닥나기 바로 직전까지 앞만 보고 달리는 나의 방식이 엄마 눈에는 불안했던 것이다. 여유를 갖고 살아가는 것이 지혜로운 삶의 방식임을 분명 엄마는 알고 있었던 거다.

육아가 내게 일깨워준 또 하나의 가르침은 바로 '인생의 여유'였다. 한 치의 여유도 없이 삭막하기만 했던 내 인생에 육아는 느리게 음미하며 지금을 온전히 누릴 수 있는 여유를 선물해주었다. 빠르게 앞서가려다 내 것을 다 소진해버리는 소모적인 인생이 아니라 천천히 흘러가지만 시간이 지날수록 내 안이 조금씩 채워져서 무르익는 그런 인생이 얼마나 풍요로운 행복인지를, 그게 결국 살아가는 목적임을 육아가 내게 알려주었다.

엄마도 역시 육아를 통해 알게 된 걸까? 비우면 채워지는 게 인생이라는 것을, 담담해지면 담기는 게 인생이라는 것을 말이다.

육아는 이렇게 진짜 나를 만나 좀 더 성숙해 가는 제 2의 성장기로 나를 초대했다. 인생의 큰 지각변동을 겪고 나자 한 가지 떠오르는 생각이 있었다. 내가 두고 온 회사의 나의 동기들과 후배들이었다. 예전의 내가 워킹맘으로 일하면서 수없이 하던 고민들을 그들도 여전히 하고 있을 것이었다. 예전의 나처럼 무모한 고민을 하느라, 하루하루를 버텨내느라 현재의 행복을 희생하고 있을 그들을 생각하면 몹시 안타까웠다. 어느 순간, 내 동기, 내 후배 이외에도 일과 육아를 전쟁처럼 병행하고 있을 수많은 워킹맘들이 떠올랐다. 어쩌면 내가 겪은 실패와 좌절이 그들에게 작은 도움이 될지도 모른다는 생각이 들었다. 같은 어려움을 겪고 있는 동시대 여성들에게 나의 이야기가 작은 위안과 도움이 되길 소망하며 글을 쓰기로 마음먹었다.

그렇게 이 책은 시작되었다.

아이를 기른다는 것은 나를 포함한 사람을 길러내는 일이다. 회사에서의 리더라는 자리 또한 마찬가지이다. 아이를 키우면서 길러진 여러 가지 능력은 일을 함에 있어서 필요한 능력과 분명 다르지 않다. '내가 육아에 대해 조금 더 신경 썼더라면 회사 일을 더욱 수월하게 할 수 있었을 텐데...' 육아를 하며 수없이 생각했었다. '아... 내가 지금 회사로 다시 돌아가 직원들을 마주한다면 조금 더 기다려주고 들어주고 응원할 수 있을 텐데...' 하고 말이다.

1시간 동안 100미터도 채 안 되는 거리를 걸어본 적이 있는가? 아이를 키운 엄마들은 이런 경험이 한 두 번이 아닐 것이다. 한 걸음 걷고 주저앉아 개미들의 행진을 한참 구경하다가 이제 가나보다 했더니, 한 걸음 걷고 화단에 핀 이름 모를 꽃을 한참 동안 들여다본다. 이제 진짜 가나보다 했더니, 이번엔 하늘에 지나가는 비행기를 보다가 가지각색 다양한 구름모양을 보면서 질문까지 한다.

"엄마! 저 구름 무슨 모양이게?"

목이 부러져라 하늘을 쳐다보며 대답을 해보지만 아이가 원하는 답을 맞히는 것에는 번번이 실패한다.

이런 기다림에 익숙해진 엄마가 사회가 나가면 어떻게 될까? 자신이 아닌 타인을 위해 인내하고 견디고, 기다려주는 데 익숙해진 엄마는 어디를 가든 무슨 일을 하든, 타인을 믿고 기다려줄 수 있는 인내심은 물론 공감능력 뛰어난 진정한 리더로 거듭난다. 혹독한 육아가 길러낸 능력이다.

"나는 아이 키우는 것을 부모의 의무만이 아닌 하나의 지적인 작업으로 봅니다. 그것은 세계의 어떤 명예로운 전문직 못지않게 흥미롭고 도전적이며, 내가 가진 모든 능력, 모든 힘을 요구하는 일입니다." 로즈 케네디Rose Kennedy(케네디 대통령 어머니)의 말이다.

분명 엄마에게 일은 아이를 키우는 동력이 되며, 육아는 일을 하는 데 있어 큰 가르침을 준다. 결국 육아는 짐이 아닌 나의 경쟁력이며 나만의 무기가 되어 준다.

육아를 통해 깨닫게 된 이 사실을 동지들에게 알려주고 싶었다. 그것이 이 책을 쓰게 된 가장 큰 이유이다.

이 세상에 당신보다 더 나은 사람도, 당신보다 더 똑똑한 사람도 없다. 있다면 그건 '내일의 당신' 단 한 명뿐이다. 있는 그대로의 나를 믿고 한 발짝씩 당당하게 걸어갔으면 좋겠다. 일도 육아도 가장 자연스러운 나답게, 남과 비교하지 않고 나의 속도에 맞춰 걸어가자.

잠시 쉬어가더라도 멈추지만 말자.

CONTENT

2장 - 워킹'맘'이 될 것인가, '워킹'맘이 될 것인가? _ 80

3장 - 방법은 달라도 철학은 바뀌지 않는다 _ 150

4장 - 아는 엄마는 결코 무리하지 않는다 _ 212

5장 - 결국 행복한 엄마가 좋은 리더가 된다 _ 284

에필로그

특별한 삶은 매일 끊임없는 개선을 통해 만들어지는 것이다.
— 로빈 샤르마 Robin Sharma

1장

나, 엄마 그만 할래
호텔리어
엄마

지내놓고 나서야
그것은 이랬어야 했음을...

"이상형이 어떻게 되세요?"

"전 일단 외모는 절대 안 봐요. 성격도 뭐 또라이만 아니면 되고요."

"그럼.... 돈? 아무래도 남자는 경제력이 중요하겠죠?"

"아뇨! 전 딱 하나만 봐요. '머리'만 똑똑하면 돼요. 책도 많이 읽어서 상식도 많은 사람이요. 그거면 돼요!"

그랬다. 난 남자를 보는 기준이 아주 심플하고 명확했다. 똑똑한 남자! 내가 모르는 것을 물어보았을 때 거침없이 설명해 줄 수 있는 남자. 개똥철학이라도 자신만의 주장과 주관이 있다면 그걸로 족했다. 학창 시절을 회상해 보면, 내가 호감을 느낀 남자들은 모두 공부를 잘하는 우등생이었다. 역사, 사회, 수학 그 어떤 문제집을 들이밀더라도 쉽게 내가 모르는 문제들을 설명해 줄 수 있다면 모두 남친 후보 리스트에 올라갔다. 물어봤는데 모르겠다고 답한 남자들은 두 번 다시 쳐다보지 않았다.

초등학교 6학년, 전학을 갔을 때 일이다.

"쟤네가 바로 '조·임·방'이야!" 여자아이들이 수군대는 소리가 들렸다.

'조·임·방'이 뭐지?' 그 여자아이들의 시선을 따라가니 남자아이 세 명이 걸어가고 있었다. '조·임·방'은 그들의 성을 따 만든 이름이었다. 조 씨, 임 씨, 방 씨! 전교에서 나름 유명했던 일명 '조·임·방'은 일단 외모가 준수했고, 공부를 잘했다. 그러한 이유로 여자아이들의 인기를 한 몸에 받고 있었다.

결론부터 말하자면 난 그중 공부도 잘하고 그림도 잘 그리던 임 씨를 좋아하게 되었고, 내 인생의 비극적인 첫사랑이 시작되었다. 나의 잘못된 선택은 꽃다운 나의 10대 중 6년을 구질구질하고 끈질긴 짝사랑으로 얼룩지게 만들었지만 반면, 나에게 값

진 인생의 교훈을 남겨주었다. '잘생긴 남자는 얼굴값 한다.'

그 후로 남자를 사귈 때 절대로 외모를 보지 않았다. 지금의 남편이 내 기준을 알는지 모르겠지만 남편 역시나 철저하게 동일한 기준에 의해 선택되었다.

'나는 왜 똑똑한 사람을 좋아할까?' 수없이 자문했던 이 질문에 대한 답은 2,30대에는 찾을 수 없었다. 누군가 그 이유를 물으면, "모르겠어. 그냥 피가 그렇게 시켜."라고 말했다. 마흔 즈음 지나 이제는 그 해답을 찾았다. "내 지적 허영심을 채우기 위해서."

나는 내가 똑똑하지 않다는 것을 어릴 적부터 알고 있었다. 시험을 잘 보려면 남보다 몇 곱절 노력해야 했고, 그렇다고 해서 남달리 끈기가 있는 것도 아니었다. 그런데 불행히도 지적 욕망은 컸다. '나도 공부 잘하고 싶다.'보다 '아는 것이 많았으면 좋겠다.'라는 지적 욕망이 늘 내 안에 꿈틀댔다. 이러한 지적 욕망은 결혼 상대를 고를 때뿐만 아니라, 아이를 키우는 과정에서도 고스란히 발현되었다.

나는 엄마가 된다는 것이 무엇을 의미하는지, 엄마가 되기 위해 무엇을 준비해야 하는지, 어떤 마음가짐을 가져야 하는지 전혀 고민해보지 않았다. 다만 아이를 비싼 영어유치원에 보내지 않고 내가 직접 가르쳐야 한다는 계획만 있을 뿐이었다. 아이를 갖기 전에 했던 단 한 가지의 사전준비는 TESOL Teaching English to Speakers of Other Languages을 수료하는 것이었다. 그리고 계획대로 TESOL 과정을 수료하자마자 바로 그다음 해 1월에 임신을 하였다. 아이가 태어나고 나서는 일하는 엄마의 역할을 대신할 베이비시터를 구했고, 내 지적 허영심을 충족시켜줄 영유아용 한글, 영어책들을 주문했다. 아이가 성장해 감에 따라 그 연령에 맞는 추천 도서 리스트를 보면서 주구장창 책을 읽었다. 200~300장이 훌쩍 넘는 페이지 중 내게 중요한 건 추천 도서 목록이었다. 다른 내용은 읽을 시간도 정성도 없었다. 아이가 책에 능동적으로 반응하고 잘 읽으니 굳이 그들의 독서 육아 노하우는 중요하지 않았다.

그날도 역시 아이가 잠들자마자 며칠 전 읽으려고 사두었던 육아서를 읽기 시작했다. 엄마표 영어 멘토로 그 당시 핫했던 《지랄발랄 하은맘의 불량육아》였다.

'이 책엔 어떤 도서 목록들이 있을까?' 이것이 나의 최대 관심사였다. 하지만, 추천 도서 목록만 참고하려 했던 내 계획은 산산조각이 났다. 결론부터 말하자면 이 책을 읽고 난 후, 정확히 3일 후에 멀쩡히 다니던 회사에 휴직서를 던졌다.

그날 밤, 뿌옇게 동이 틀 때까지 그 책을 읽었다. 잠든 아이가 깰까 봐 숨죽여 꺼이꺼이 울다가 가슴에 통증이 날 지경이었다. 책 속에 붉은 글씨로 표시된 추천 책들은 하나도 눈에 들어오지 않았다. 내 눈에 들어온 건 전혀 다른 것이었다. 하은맘이 무슨 책을 아이와 읽었는지가 아니라 아이와 어떻게 24시간을 보냈는지였다. 벌써 아이가 7살이 되었는데 한 번도 해보지 않고, 어떻게 해야 하는지도 몰랐던 전혀 다른 육아의 세계를 그 책에서 발견하게 된 것이다.

'엄마는 이렇게 아이를 키워야 하는구나.'

'24시간 물고, 빨고, 뒹굴고 같이 호흡하면서 그렇게 시간을 함께 보내는 거였구나.'

'추운 겨울 아이가 놀이터에 나가 놀고 싶다고 하면 그저 안 된다고 꾸중할 게 아니라 꽁꽁 동여매더라도 함께 나가야 했던 것이구나.'

'주중에 일하는 엄마를 이해하지 못한다며 투덜댈 게 아니라 찬밥을 먹더라도 함께 식탁에 앉아 눈을 마주치며 대화했어야 했구나.'

'지지고 볶고 싸우고 소리 지르고 사과하기를 무한 반복하더라도 옆에 끼고 엄마인 내가 아이와 함께 호흡해야 했었구나. 그게 엄마인 것을.'

졸리지 않다는 아이를 억지로 눕히고 책을 읽어주다, 힘들어 죽겠는데 왜 안 자냐며 짜증을 내던 내 모습이 생각났다. 내일 새벽에 나가 미팅 준비해야 하는 엄마를 붙들고 이렇게 늘어져야 하겠냐고 아이에게 매몰차게 굴었던 내 모습이 왜 하필 그 순간 생각났을까?

가능만 하다면 그 어떤 대가를 치르더라도 처음으로 돌아가고 싶었다. 차가운 워킹맘 시절의 과거를 송두리째 지워버리고 이제라도 다시 시작하고 싶었다. 하지만 그럴 수 없다는 것을 너무나도 잘 알기에 미치도록 억울하고 원망스러웠다.

나는 왜 하은맘처럼 하지 못했을까? 왜 아무도 내게 엄마가 되기 전에 엄마 교육, 부모교육이란 걸 해주지 않았을까? 왜 아무도 엄마는 이렇게 해야 하는 거라고 얘기해 주지 않은 걸까?

학교에서 쓸모없는 '가정'을 배울 것이 아니라 '엄마 교육'을 가르쳤어야 했고, 대학교 교양수업에 '부모교육'이 있어야 했다. 하다못해 임신하면 보건소에서라도 '엄마가 갖추어야 할 기본 소양'을 가르쳐야 했다.

엄마표 영어 좀 해보겠다고 무심코 읽었던 그 한 권의 책이 내 인생에 크나큰 전환점을 가져올 줄은 그땐 미처 생각지 못했다. 결국 난 그 책을 계기로 15년간의 워킹맘 생활에 종지부를 찍고 전업주부의 낯선 삶을 시작하게 되었다.

'엄마'란 무엇인지,
'부모'란 어떤 존재여야 하는지
서른아홉, 늦깎이 엄마의
고민이 시작된 것이다.

건널목

나는 많은 것을 배웠다.

그러나
배운 대로 살지 못했다.

늦어도
한참 늦지만
지내놓고 나서야
그것은 이랬어야 했음을 알았다.

나는 모르는 것이 많다.
다음 발길이 닿을 그곳을 어찌 알겠는가.

그래도 한걸음 딛고
한걸음 나아가
낯모르는 사람들과 함께
신호를 기다리며
이렇게 건널목에 서 있다.

김용택 시인의 《울고 들어온 너에게》

나 같은 사람이 어떻게 엄마가 되었는지 몰라

큰아이는 우리 부부가 결혼 후 원만한 결혼생활로 정착하기까지 어른들의 모든 분란과 혼란을 함께한 아이였다. 아이를 봐주시던 시어머니가 갑자기 갑상선암에 걸리셔서 힘들어하실 때, 나와 남편의 사이가 좋지 않았을 때 등 아이는 불안정한 가정환경 속에서 어른들의 불편한 상황을 온몸으로 체감해야만 했다. 나도 남편도 시댁 식구들도 다 힘든 상황이었다.

공식적으로는 시어머니의 건강 문제로 핑계를 댔지만 난 그 모든 상황에서 벗어나고 싶었다. 그래서 거의 매일 친정엄마에게 전화를 걸어 힘들다고 울었다. 보다 못한 친정엄마는 몇 달만 아이를 키워주겠다고 하셨고 우리는 정말 여행용 가방 하나씩만 들고 친정집으로 들어갔다. 하지만 친정살이 역시 편치 않았다. 시댁과 친정의 문화적 차이가 컸고, 남편의 성향과 친정엄마의 성향도 달랐다. 그런 불편함 속에서 아이는 또 한 번의 불안한 환경에 적응해야만 했다. 양가의 불편한 어른들 속에서 고스란히 피해자가 된 것이다.

그런데도 시간은 흘러 둘째가 생겼고 난 두 아이의 엄마가 되었다. 둘째를 임신하고부터 회사에서는 더 많은 업무와 책임을 줬고, 내가 더 바빠지자 친정살이는 더욱 힘들어졌다. 그런 생활 속에서 아이는 또 하나의 책임져야 할 무게로 느껴질 뿐이었다. 그렇게 안팎에서 오는 스트레스는 아이에게 고스란히 전해졌다.

얼마 후 둘째가 태어났고 시부모님은 내가 편하게 산후조리를 할 수 있도록 이제 겨우 다섯 살이 된 첫째를 데리고 10일 동안 싱가포르에 있는 시누이 집을 다녀오셨다. 12살이 된 지금도 아이는 그 때의 심정을 기억하고 있다. 그 열흘 동안 매일 엄마가 보고 싶어 울고, 달력을 바라보며 엄마를 만나려면 몇 밤을 자야 되는지 물었다고 한다. 동생이 생겼다는 이유로 엄마와 떨어져 있어야 한다는 것을 이해조차 못 하는 아이는 엄마를 만날 날만 기다렸다.

지금 생각하면 그때의 나는 참 냉정한 엄마였다. 둘째가 생겨 질투 나고 섭섭했을 아이의 마음을 헤아려주기는커녕, 나 편해지자고 아이를 떼어낼 생각을 했다니 말이다. 누군가가 그러더라. 동생이 챙긴 첫째 아이의 마음은 마치 남편이 작은 마누라를 집으로 데리고 왔을 때의 충격과 같다고. 하지만 난 그런 아이의 마음을 전혀 헤아리지 못했다. 그러고 보면 나는 참 공감 능력이 없는 엄마였다.

메르스가 한창 유행하던 때, 나와 두 아이는 메르스를 피해 싱가포르에 있는 시누이 집에 한 달 동안 피난 갔었다. 그때 문득 시누이가 나에게 이런 말을 했다.

"은희야, 담이는 내가 볼 때마다 네 등만 보고 있는 것 같아. 담이가 너를 어떤 눈으로 쳐다보고 있는지 너는 모르지? 난 내가 첫째라서 그 마음 잘 알아. 너무 둘째만 끼고돌지 말고 담이도 좀 챙겨라. 둘째는 잠깐 맡기고 담이랑 둘만의 시간을 좀 갖는 게 어때?"

그때까지만 해도 첫째가 나와 둘째의 화기애애한 모습을 슬픈 표정으로 쳐다보고 있었다는 것을 인식하지 못했다. 차마 끼어들지 못하고 멀리서 물끄러미 바라보고 있었을 큰아이를 생각하면 지금도 마음이 저릿해져 온다. 어쩌다가 이렇게 못나고 부족한 엄마를 만나서 그 여린 아이가 감당하지 못할 상처를 받게 되었는지 스스로가 원망스러웠다. 그런데도 그때뿐, 그런 무심함은 잘 고쳐지지 않았다. 밤에는 울며 잠든 큰아이를 끌어안고 미친 듯이 후회했지만, 아침이 되면 또다시 같은 실수를 반복했다.

그렇게 어린 시절을 함께 해주지 못한 것을 후회하며, 큰아이가 7살 되던 해, 육아휴직을 냈다. 휴직 기간만이라도 큰아이 옆에서 많은 시간을 함께 보내자 마음먹었다. 하지만 초심은 어느새 흔적 없이 사라져 버리고 난 둘째를 끼고 앉아서 큰아이의 홀로서기를 강요하고 있었다.

1년이란 제한된 시간에 쫓겨 아이를 훈련하는 것에 급급했다. 혼자 학원을 보내고, 혼자 공부하게 하고, 하루 계획서를 만들어 반드시 지키기를 강요했다. 그리고 그것을 지키지 않으면 혼쭐이 난다는 각서를 쓰게 하고, 아이의 서명까지 받아냈다. 둘째 아이는 옆에서 책을 읽어주었지만, 첫째는 글을 읽는다는 이유로 혼자 책을 읽게 했다. 어느 날은 둘째 때문에 오는 육아 피로를 첫째에게 풀기도 했다. 오랜 회사생활로 지시와 명령에 익숙했던 나는 아이에게 지시하고, 명령하고, 그것을 지키지 못하면 응당 책임을 물었다. 심지어 가끔 나의 모든 짜증과 부정적인 감정을 첫째에게 뱉어낼 때도 있었다. 엄마가 회사를 쉬고 집에 있으면 자기 차지가 되리라 생각했을 큰아이는 오히려 혹독한 사감 선생님 같은 엄마를 마주해야 했다.

울고, 후회하고, 자책하며 어언 3년이란 시간을 보냈다. 그렇게 육아에 무지했던 나는 조금씩 아이의 마음을 헤아리려 노력하는 엄마가 되어가고 있었다.

큰아이가 어느새 올해로 5학년이 되었다. 이제 아이와 나의 키는 20센티가 채 차이 나지 않는다. 내 품 안에 아이가 온전히 들어오지도 않는다. 내 무릎에 앉히면 책이 아이의 머리에 가려 보이지 않는다. 번쩍 안아주기 힘들 정도로 커버린 우리 딸. 유아 시절 이 아이를 어떻게 사랑하고 표현해야 할지 몰라 제대로 사랑해주지 못한 것이 아직도 죄책감으로 남아있다.

그럼에도 불구하고 큰아이는 알뜰살뜰 동생을 잘 챙긴다. 큰아이는 동생이 미울 법도 한데 둘째가 갓난아이였을 때부터 기저귀를 갈아주고 안아주는 것을 좋아했다. 젖병으로 우유를 먹여주는 것 또한 즐겼다. 지금도 여전히 엄마한테 혼나서 우는 동생을 번쩍 들어 업어 주거나 자기 무릎에 앉혀놓고 눈물을 닦아

준다. 너무나 감사하게도 사랑과 웃음이 넘치는 밝은 아이로 자라주었다.

엄마가 된다는 것에 대해서 고민하거나 생각해보는 시간 없이 어쩌다 엄마가 되었다. 그것도 두 아이의 엄마가. 15년 다니던 직장을 그만두고 '엄마'라는 이름으로 육아의 바다에 뛰어들었을 때가 내 나이 서른아홉이었다. 그전까지는 늘 누군가의 도움을 받고 있었으므로 온전히 내가 엄마라는 생각을 하지 못했다. 육아를 굳이 내가 하지 않아도 되는 일, 대체 근무가 가능한 일이라고 생각했었다. 그러니 아이의 마음을 잘 헤아리지 못했고, 무엇을 어떻게 해야 하는지도 몰랐다. 말 그대로 무늬만 엄마였다.

지금도 어딘가에 예전의 나와 같은 실수를 하는 엄마들이 있다면, 지금이라도 첫째의 아픔을 알아주는 엄마가 되길 바란다.

분명한 건 아이와 보내는 지금 이 시간은 다시는 돌아오지 않을 소중한 시간이라는 것이다. 아이의 시간은 기다려주지 않는다. 그러니 엄마의 한 품에 아이가 쏙 들어올 때, 아이를 엄마의 무릎 위에 앉힐 수 있을 때, 아이를 들고 오래도록 안아줄 수 있을 때, 힘들다고 투정 부리지 말고 마음껏, 후회 없이 안아주고 사랑해주길 바란다.

식은 커피 한잔 들고 화장실에 들어가기

커피 한잔을 내려 급하게 차에 오른다. 눈앞에 창문이 뿌옇다. 내 눈에 흐르는 눈물 때문일까, 아니면 주룩주룩 내리는 비 때문일까? 둘 다겠지. 오늘도 아이와 눈물의 생이별을 했다.

'도대체 뭘 위해 아침마다 이런 생이별을 해야 하는 걸까?' 이 생각도 잠깐, 의식의 흐름에 따라 생각이 꼬리를 물고 이어졌다. 오늘은 회사에 가자마자 진행해야 하는 중요한 미팅이 생각났다. 비가 내려 출근길은 평소보다 더 막힌다. 미팅 생각을 하니, 가지 말라고 내 옷을 부여잡고 앙칼지게 울어대던 아이의 모습이 희미해져 간다. '난 역시 못된 엄마야….' 어느새 흐르던 눈물도 말라버렸고, 머릿속엔 미팅 시뮬레이션이 한창이다. 늘 그렇듯이 차 안에서 화장하고 간단한 과일로 아침을 해결한다.

'아 참! 내 커피! 오늘도 식어버렸구나….'

정신없이 아침을 맞는 나는 매일 아침 식은 커피로 시작하기 일쑤다. 일산에서 삼성동까지, 거의 2시간 동안 차 막히는 고속도로에서 출근 전쟁을 치르려면 또다시 카페인 러시가 필요하다. 허겁지겁 유니폼으로 갈아입고 사무실에 도착했다. 가자마자 급한 일을 처리하고 커피 한잔을 들고 회의실로 들어갔다.

한 모금 마시자마자 어제 있었던 고객 불평 사례에 대한 질문이 쏟아졌다. 사건 경위, 직원의 응대, 손님의 반응, 해결방안 등을 보고하고, 이번 주 주요 행사 및 VIP 손님들에 대한 브리핑이 이어졌다. 이어 내 차례가 끝나고 다음 팀으로 주제가 넘어갔다. 그제야 한숨 돌리고 커피를 들이켰다.

'젠장, 또 식은 커피잖아!'

난 좋게 말하면 커피 마니아고, 나쁘게 말하면 커피 중독자다. 졸려도 커피, 소화가 안 돼도 커피, 스트레스 받아도 커피, 누구와 진지하게 대화할 때도 늘 커피가 있어야 했다. 마시지 못하면 바윗덩이를 얹은 것처럼 머리가 무거워지고 가슴이 두근두근하며 금단현상이 일어나기도 한다. 그래서 늘 내 곁에는 커피가 있다. 그러나 대부분 내 커피는 따뜻하지 않고 잔뜩 식어 있다. 그러다 보니 식은 커피를 단번에 마셔 버리는 게 어느새 내 특기가 되어 버렸다.

회사에서 나의 취미는 한 번에 몰아서 화장실 가기였다. 그 당시 내가 맡고 있던 부서는 비즈니스센터, 클럽 라운지, 멤버 라운지, 고객관리부, 거기에 일주일에 한 번씩 당직 지배인 업무까지 봐야 했다. 아침에 출근해서 그날그날의 VIP 및 멤버 리스트를 살펴보고 전날 있었던 고객 불평 사례와 이메일도 체크한 뒤, 각 부서의 사무실로 올라가 부서별로 세부 업무를 보고 받았다. 그곳에서 만난 손님들과 얘기도 하고 한 바퀴 휭 돌다 보면 어느새 아침 조 식사 시간이 되었다.

식사 교대 후, 정신없이 일하다 보면 화장실 가는 걸 참아야 할 때가 많았다. 커피는 주구장창 마셔대면서 화장실은 한 번에 몰아서 해결하니 급기야 신우신염(콩팥 깔때기염이라고도 하며, 면역력 저하 등을 비롯해 소변이 역류하여 신우에 감염을 일으켜 생기는 병)에 걸리기도 했다.

내 성격 자체도 워낙 참을성이 부족하고 급해서 시간을 압축해서 쓰는 방식이 점점 자연스러워졌다. 번갯불에 콩을 볶아먹어야 직성이 풀리고, 당장 눈앞에 보이는 일을 해치우지 않으면 조급해서 참을 수 없었다. 그런 내가 그 모든 일을 내려놓고 아이를 키워보겠다고 집에 들어앉았을 때, 나를 아는 이들은 하나같이 이렇게 말했다.

"다른 사람도 아닌 네가 육아휴직을 낸다고?", "다시 생각해 봐. 분명 얼마 가지 않아 후회할 거야.", "일을 그만두고 아이만 키우는 건 너랑 너무 안 어울려."

이런 얘기를 들을 때마다 난 속으로 이렇게 다짐하곤 했다.

'두고 봐. 다 잘 해낼 테니까. 여태 그랬던 것처럼 아이도 잘 키울 수 있어. 그리고 절대 뒤처지지 않도록 중국어도 배우고 운동도 해서 다시 나타날 테니.'

내 안에는 사회생활에서 얻은 자신감과 자만이 충만했다. 아이도 멋지게 키우고 내 능력도 업그레이드해서 마치 복수라도 하듯 그들 앞에 멋지게 나타나고 싶었다.

그러나 현실은 기대와 달랐다. 마흔이 다 되어 가도록 한 번도 챙겨본 적 없는 우리 집 아침 풍경은 그야말로 아비규환이었다. 시부모님이나 친정엄마, 베이비시터분들은 분명 능숙하게 감당했던 일일 텐데, 그 누구도 내게 인수인계란 걸 해주지 않았다.

먹지도 않는 밥을 차리느라 아침 새벽부터 일어나 준비한다. 아이들을 깨우고 겨우 밥 한 숟가락 입에 물리지만, 되새김질하는 아들과 딸을 부여잡고 얼렀다가 화냈다가 혼냈다가 결국 포기하고 집을 나섰다.

시간 맞춰 유치원 차를 타야 하는 첫째는 아침부터 배가 아프다고 하더니, 차 탈 때가 되자 이제는 멀미가 난다며 꾀병을 부렸다. 워낙 멀미를 심하게 하는 아이지만 유치원까지 고작 15분 정도밖에 걸리지 않는데 무슨 멀미냐며 꾸역꾸역 차 안으로 밀어 넣었다. 둘째는 다음 차례가 자기인 줄 눈치채곤 엄마 껌딱지가 되어 좀처럼 떨어지질 않는다. 그런 아이를 보고 있자니 벌써 가슴이 벌렁벌렁한다. '이제 얘를 또 어떻게 보내지?' 오늘도 한바탕 난리가 날 판이다. 동네가 다 떠나가라 울고불고할 텐데 생각만 해도 가슴이 먹먹하고 답답해져 왔다.

첫째를 보내고 집으로 올라오자마자 또다시 커피를 탔다. 아침에 일어나자마자 탔던 커피는 이미 식어버린 채 식탁 위에 고스란히 놓여 있다. 물이 끓기까지 기다리지 못하고 식은 커피를 단숨에 들이마셨다. 그리고 또다시 머그잔에 커피믹스 두 봉지를 넣고 한가득 뜨거운 물을 담았다. 전에는 싸구려 믹스커피 따위에는 입도 대지 않았는데, 이제는 오전에 등원 전쟁을 치르고 나면 달달한 이 커피믹스가 너무도 당겼다. 그렇게 좋아하던 아메리카노는 아이들을 억지로 유치원에 보내는 과정에서 갈기갈기 찢긴 내 마음을 더 아리게 만드는 느낌이었다.

둘째는 아직 어려 내가 데리고 있어도 되었지만, 난 곧 다시 회사로 금의환향할 몸이기 때문에 오전에는 중국어 학원에 다니고 운동도 해야 했다. 그러나 현실은 달랐다. 아이들을 등원시키느라 이미 진이 다 빠진 나는 무엇을 할 힘이 남아있지 않았다. 난장판이 된 집안을 치우지도 못했다. 머그잔 가득 커피를 타서는 좀비처럼 소파에 기어 올라가 떨어진 당을 충전해야 했다.

새로 보낸 둘째의 어린이집은 처음 2주간의 적응 기간이 있었다. 이 기간에는 점심을 먹기 전까지 2시간가량 어린이집 작은 의자에 쭈그리고 앉아서 개입 없이 관찰만 하고 있어야 했다. 꿔다 놓은 보릿자루 마냥 아이 눈치 보랴 선생님 눈치 보랴 바늘방석이 따로 없었다. 그리고 집으로 올 때면 가지 말라며 둘째가 울고불고하는 소리를 어린이집 문밖에서 한동안 듣다가 눈물을 흘리며 돌아와야 했다.

그럴 때면 내가 지금 뭐 하고 있나 하는 죄책감에 발걸음이 떼어지질 않았다. 마음이 강하지도 못해 어느 날은 문득 '그냥 내가 데리고 집에 있을까?', '아이를 너무 힘들게 하는 게 아닌

가?' 하는 생각이 들기도 했다. 하지만 처음엔 다 그러니 엄마만 강하게 마음먹으면 아이들은 다 적응하게 되어있다는 선생님의 말씀에 '그래, 그렇겠지. 내가 아이를 계속 집에 데리고 있을 수도 없는 건데, 애도 나도 적응해야지.' 하는 생각이 들었다. 갈팡질팡하는 내 모습도 싫고, 유별나게 엄마를 찾는 우리 아이들이 애처로웠다가 원망스럽기도 했다. 결국, 둘째는 2년 동안 어린이집을 3번이나 바꿔가며 적응시켜야 했고 5살 때가 되어 동네 체능단으로 옮겨서야 적응할 수 있었다.

이 전쟁통 속에서 내 정신 줄을 지탱해 주는 단 하나의 힘, 커피를 마셔댔다. 과다한 카페인 섭취의 후유증인 울렁증과 빠른 심장 박동 증세도 무시하고 아메리카노, 커피믹스, 할 것 없이 마치 무슨 보약이나 건강보조식품 챙겨 먹듯 마시고 또 마셨다.

계획적이고 체계적으로 시간을 압축해서 사용하는 데 능숙했던 나의 모습은 집에선 찾아보기 힘들었다. 육아도 살림도 엉망진창이었고, 내 머릿속에 떠돌아다니는 생각도 중구난방이었으니 뭐 하나 제대로 되는 일이 하나도 없었다. 이러한 과정에서 나의 자존감은 점점 쪼그라들다 못해 사그라지고 있었다. 마지막 자존감의 끝을 부여잡듯 난 식은 커피잔을 손에서 놓지 못했다. 이런 불안 증세는 날로 심해져 미지근하게 식은 커피잔을 들고 멍하게 화장실에 앉아 있기도 했다. 그들이 맞고 내가 틀렸다. 식은 커피를 들고 멍하게 화장실에 앉아 있던 어느 날 아침, 난 인정할 수밖에 없었다.

'나에겐 아이 키우는 일이 어울리지 않아. 내가 살림을 한다는 것 역시 말도 안 되는 일이었어. 내 꼴이 이게 뭐람. 고급스러운 진주 목걸이와 귀걸이를 차고, 뾰족구두를 신고, 멋들어진 호텔 유니폼을 입고 여기저기 당당하게 누비고 다니던 내가 이런 볼품없는 모습으로 식은 커피잔을 들고 화장실에서 뭐 하는 거지?'

핸드폰 벨 소리에 정신이 번쩍 들었다. 액정화면에 여전히 낯익은 회사 사무실 전화번호가 떴다. 내 오랜 회사 동기다.

"넌 좋겠다. 회사 안 다녀도 되고. 집에서 아이들하고 마음껏 시간을 보낼 수도 있고. 네가 참 부러워. 난 요즘 회사 다니기 너무 싫어 죽겠어. 생트집 잡으면서 불평불만 하는 손님들 응석 받아주는 것도 진짜 신물이 난다."

"말도 안 되는 걸로 사람 잡는 게 어디 하루 이틀 일이야? 그러려니 해야지."

"알지. 근데 요즘 따라 쉬운 게 하나도 없어. 그건 그렇고 중국어는 배우고 있어? 운동도 한다고 했잖아. 운동은 뭐해?"

대답보다 먼저 깊은 한숨이 터져 나왔다.

"운동은 무슨. 운동할 시간도 없거니와 체력도 없다. 몸도 마음도 만신창인데 중국어는 또 무슨…. 내가 집에 있어 보니까 회사가 천국이다."

그렇게 친구와 전화를 끊고는 또다시 다 식어버린 커피를 단번에 마시며 생각했다.

'그래, 맞아!
회사에서 마시던 식은 커피가
내게 힐링이었어.'

솔직하다 못해
불량한 고백

내가 열 살이 되던 해, 엄마는 자궁암 판정을 받았다. 엄마 나이 서른이었다. 그리고 같은 해, 부모님은 이혼하셨다. 엄마가 투병 생활을 하는 동안, 나는 두 살 어린 여동생과 함께 집을 지키거나 때론 친척 집에 맡겨지기도 했다. 그 당시의 동생에게 난 엄마였다. 저녁 시간이 되어도 돌아오지 않는 동생을 찾으러 놀이터로 나가는 것이 나의 일상이었다.

아픈 엄마와 아빠의 부재 속에서 나는 자연스럽게 빨리 어른이 되어 가장이 되어야 한다는 생각에 이르렀고, 엄마와 담임선생님의 반대를 꺾고 상업계 고등학교로 진학했다. 그리고 그것은 인문계 고등학교를 진학하는 다른 친구들에 대한 나의 소심한 복수였다. 빨리 사회로 나가 돈을 버는 것이 내가 그들을 이기는 것이라 그때는 그렇게 생각했던 것 같다.

적성에 맞지 않는 상업계 고등학교 3학년을 보내고 대기업에 취직했다. 내가 상업계 고등학교에 간다고 했을 때 엄마는 후회하게 될 거라고 말했었다. 취직하고 몇 달 만에 엄마 말이 옳았다는 걸 깨달았다. 내 자존심은 고졸과 대졸의 차별을 용납하지 못했다.

결국 취직한 지 1년 후 대학에 가기로 결심했다. 그리고 직장을 다니면서도 대학교에 갈 수 있도록 근로시간을 적용해 준다는 모 회사로 이직했다. 다행히 회사가 서울역 근처였으므로 역 앞에 있는 유명한 대입학원에서 출근 전 새벽반과 점심시간을 이용해 수업을 들을 수 있었다. 그렇게 1년을 견뎌내고 난 대학교에 어렵지 않게 들어갈 수 있었다. 대학교에 들어가서도 학비를 마련하기 위해 늘 근로 장학생을 하거나 아르바이트를 했다.

그리고 4학년 초에 때마침 생긴 신규호텔에 지원하여 취직할 수 있었다. 그 호텔의 여자 합격자는 우리 과 전체를 통틀어 나

하나였다. 호텔에 들어가니 대부분 언어 전공자들이거나 외국에서 호텔경영을 전공한 사람들 또는 외국에서 살다 온 사람들이었다. 나 같은 상업계 출신은 없었다. 하지만 나처럼 호텔 취직 전에 대기업에서 근무한 경험이 있는 직원도 없었다.

이전 다녔던 해운회사에서는 대졸 사원들의 프레젠테이션 자료를 지겹게 만들어주는 것이 대부분의 업무였다. 그때의 잔심부름이 나의 경쟁력이 될 것이란 생각은 전혀 하지 못했다. 수기로 쓰던 장부들을 워드나 엑셀 파일로 만들고, 액셀을 화면에 켜놓고 계산기를 쓰고 계신 상사에게 액셀 계산부터 함수까지 다 알려드렸다.

그 후로 여러 부서로 이동 및 승진되면서 현장을 익힐 기회를 많이 부여받았고, People of potential이라는 차기 인재 육성 프로그램에도 추천되어 인재로 양성되는 과정도 밟을 수 있었다. VIP 전담부서의 책임자로 있으면서 많은 손님의 불편 사항을 해결하고 고객 향상 홍보 등을 기획했다. 그렇게 나는 성공하는 워킹맘의 롤모델로 승승장구하는 듯했다.

그러다 어느 날, 힘들어하는 큰아이가 눈에 들어왔고 뭔가 중요한 것을 놓치고 살아왔다는 사실을 그때야 비로소 깨달았다.

나는 밤새 울다 한숨도 못 자고 퉁퉁 부은 얼굴로 출근했고, 3일 후 휴직서를 제출했다. 그 당시 우리 부서에서 육아 휴직서를 낸 최초의 매니저였다. 그리고 다시는 회사로 돌아가지 않았다.

내가 자랑할 것도 없는 내 과거를 고백하는 데는 이유가 있다. 어린 시절, 부모의 지원 없이 스스로 삶을 개척해내며 살았던 나의 과거가, 그리고 회사에서 다양한 경험을 하면서 승승장구했던 한 여자의 사회 경험이 아이를 키우는 엄마라는 자리에서는 어떻게 작용했을까?

아이를 키우기 전까지 나는 솔직히 과거의 내 행적들을 스스로 대견하다고 생각했다. 평범하지 않았던 과거가 내 성공의 밑거름이 되었다고 여겼다. 참고 견디며 어려움을 극복했던 정신력과 의지가 내가 여기까지 올 수 있었던 원동력이라 생각했다. "마음만 먹으면 뭐든지 할 수 있다."는 자신감 넘치는 삶을 살아왔다.

처음 회사를 그만둔다고 했을 때 남편을 포함한 많은 사람이 나를 걱정해주고 만류했다. 그러나 난 꿈쩍하지 않았다. 지금 나에게 가장 중요한 것은 내 아이였기 때문이었다. 늦게 깨달은 만큼 내 마음속엔 불안과 조급함이 매우 컸다. 혼란 그 자체였다.

육아휴직 후, 회사에 다시 나갈지도 모른다고 생각하니 내게 주어진 시간이 매우 짧게 느껴졌다. 한정된 시간 안에 잘못된 것을 바로 잡아놔야 한다는 조급함은 내 안의 불안을 키우기에 충분했고, 나의 과거는 '엄마'라는 역할에 치명적으로 작용했다.

점심도 거르며 치열하게 살았던 내 인생처럼, 하늘 한번 쳐다볼 여유도 주변에 노랗게 물든 나뭇잎을 감상할 여유도 없이 메마르게 살았던 나의 과거처럼, 아이도 그저 정해진 시간 안에 해야 할 일만 능숙하게 처리하는 로봇 같은 인생을 살도록 조종하고 있었던 것이다.

또 아이가 집에서 넋 놓거나 뒹굴뒹굴하는 모습을 보면 참지 못했다. 아이에게 시간 낭비나 한다고 구박하며 비난했다. 빈둥거리는 것을 참지 못해 무언가를 자꾸 시키며 강요했다. 게다가 내성적인 나와는 달리 친구를 너무 좋아하는 아이의 모습도 이해가 되지 않았다. 늘 친구를 찾아 헤매고 혼자라도 동네 놀이터를 순회하며 노는 모습이 못마땅하기도 했다.

생각해보면 난 그 나이에 친구랑 놀이터에서 놀아본 기억이 없다. 놀러 나간 동생을 찾아 헤매던 저녁에도 난 동생을 이해하지 못해 구박하곤 했다. '놀이터에서 노는 게 뭐가 그리 재밌담. 얼마나 재밌기에 깜깜해지도록 집에 갈 생각을 못 할까? 정말 정신이 나갔어.' 하고 생각했다. 고기도 먹어본 놈이 고기 맛을 안다고, 놀아본 놈이 노는 맛을 알 텐데 불행하게도 엄마는 그 노는 맛을 모르니 어찌 놀이터를 방황하고 다니는 딸아이의 심정을 이해할 수 있었겠는가.

내 고집대로만 밀고 나가니 아이와 사이가 좋을 리가 없었다. 아이 때문에 일까지 그만둔 내가 오히려 아이를 힘들게 하고 망치고 있었다. 나는 나대로 성취감이나 보람 따위는 찾아볼 수 없었고, 그나마 남아있던 자존감도 온데간데없이 자취를 감춰버린 지 오래였다. '이럴 줄 알았으면 차라리 계속 일이나 할 걸.' 하는 후회도 많이 했다.

즐기지 못하고 주변을 돌아볼 여력도 없이 치열하게 앞만 보고 살아온 내가 아이에게도 그런 삭막한 삶을 살도록 강요하며 교육하게 될 줄은 몰랐다. 회사에서 관리 감독직을 오래 한 탓에 얻은 관찰하고 지적하는 버릇은 집에서도 그대로 나왔다. 성격 급하고 참을성도 없는 나는 몇 번 같은 지적을 했음에도 고쳐지지 않으면 화가 머리끝까지 올라 곧 폭발하기 일쑤였다.

하루에도 몇 번씩 폭발하니 아이들은 나와 함께 있는 시간을 불편해했다. 특히 큰아이는 자꾸 밖으로만 나가려 하고 집에 있는 시간을 편안해하지 않았다. 어느 날 나는 소리치고 말았다. "그렇게 친구가 좋아? 집이 싫으면 짐 싸서 나가!" 첫째는 어릴 적부터 엄마 품을 그리워하던 아이였다. 유난히 정이 많고 끊임없이 애정을 원하는 아이, 그런 아이가 애처로워 일까지 팽개치고 육아를 결심한 나였다. 그런데 정작 내가 아이에게 더 큰 상처를 주고 있었다.

치열했던 나의 과거는 마음의 여유와 평안을 줘야 하는 '엄마'라는 타이틀에는 커다란 걸림돌이 되었다. 결국 나를 변화시키지 않고서는 아이를 변화시킬 수 없다는 것을 많은 시행착오와 아픔을 겪으면서 깨닫게 되었다.

처음엔 아이의 문제라고 생각했던 것들이 실은 '나'에서 비롯되었다는 것을 깨닫자, 나는 아이가 아닌 나에게 집중하게 되었다. 내가 누구인지, 내가 어떤 사람이었는지에 대해서 생각해보게 되었고 아이의 모습을 보며 잊고 살았던 나의 어린 시절의 모습들을 다시 기억해 내기도 했다. 나를 들여다보고, 잊었던 과거의 모습들을 생각해 내는 일들은 내가 회사에 다닐 때는 시도조차 하지 못했던 것들이다. 그 당시에는 필요성조차 느끼지 못했다.

치열하게 일했던 워킹맘일수록 아이를 키우는 것이 힘들 수밖에 없다. 일을 잘하기 위해 키워진 능력이나 습관들은 과정이 아닌 결과에만 집중하게 만들기 때문이다. 훌륭한 리더의 역량으로 여겨지는 추진력, 빠른 결단력과 판단력, 날카로운 안목 등은 아이를 기다려주고, 있는 그대로 아이를 인정해 줘야 하는 엄마의 중요한 덕목과 상충한다.

내게는 워킹맘에서 전업주부로의 변신이 자동차였다가 한순간에 로봇으로 변신하는 로봇처럼 느껴졌다. 필요와 상황에 따라 재빨리 변신해야 하는 로봇처럼, 엄마라는 한 사람도 그렇게 변해야 하는 일이라고 생각했다. 좋은 엄마가 훌륭한 워킹맘이 되기는 쉽지만, 능력 있는 워킹맘이 좋은 엄마가 되기에는 진정 몇 곱절이나 피나는 노력이 필요했다.

바람난 엄마는 오늘도 집을 나선다

어느새 전업주부로 이직한 지 벌써 3년이 지나가고 있다. 매일 똑같은 일상에도 지치고, 살림도 육아도 내 마음대로 되지 않아 지치고, 무엇에도 재미나 흥미를 느끼지 못하는 나 스스로에게도 지쳐가고 있었다.

해야 할 일이 산더미처럼 쌓여 있는데, 막상 하려니 그 일들이 모두 진절머리가 났다. 도무지 엄두가 안 나 아무것도 할 수 없었다. 차라리 집을 나서는 게 나았다.

아침에 아이들을 등교시킨 후에 집으로 돌아와 밀린 설거지며 거실에 널브러진 장난감과 옷가지들을 외면하고 곧바로 외출할 준비를 했다. 물론 이미 일주일의 스케줄은 짜여 있었다.

월요일 - 야외 카페에서 브런치 약속

화요일 - 문화센터에서 경매 강좌

수요일 - 여성회관 테마 특강

목요일 - 인근 고등학교에서 무료 중국어 강좌

금요일 - 교회 목장 모임

끊임없이 주 5일 스케줄을 꽉꽉 채워 넣었다. 온종일 집에 있으면서 집안일만 할 때 내가 작아지고 무력해지는 그 느낌이 싫었다. 거실 한구석에 자리 잡은 소파와 한 몸이 되어 떨어지지 않고 앉아 있는 내 모습을 발견할 때면 몹시 불편했다. 그게 싫어서 구실을 만들어 무조건 밖으로 나갔다. 다양한 사람들 속에 섞여 있는 '나'를 발견할 때에만 존재감과 안정감이 찾아왔다.

회사에 다닐 때 직장은 대부분 예측 불가능한 일들의 연속이었다. 만나는 사람도 늘 다양했다. 호텔이라는 곳은 다양한 사람들이 잠시 머물렀다 가는 장소이기에 같은 사람을 오랜 시간 만나는 일은 극히 드문 일이었다. 새로운 사람들을 맞이하고 또 동시에 보내는 일을 하루에도 수십 번씩 했다. 사무직이 아니었기에 매일매일 변화무쌍한 업무환경과 분위기 속에서 일하는 것이 몸에 밴 나였다.

어쩌면 그런 나의 근무환경 때문에 다람쥐 쳇바퀴 돌 듯 똑같은 집에서의 일상이 더 견디기 힘들었을지도 모른다. 매일 수많은 사람 속에서 상호작용을 하던 내가 남편과 아이들이란 극단적으로 제한된 인간관계 속에서 답답함을 느끼는 것은 어쩌면 매우 당연해 보였다. 그래서 내가 할 수 있는 여건 속에서 살아남기 위해 발버둥 치듯 스케줄을 잡았다. 매일 새로운 사람들과 만남을 시도하면서 말이다.

밖에 있다고 마냥 마음이 편하진 않았다. 집에서 나를 기다리고 있을 집안일들은 또 하나의 스트레스였다. 오후에 아이들이 왔을 때 그 밀린 일을 하느라 제대로 놀아주지 못하게 될 상황이 예상되자 또다시 불안감이 몰려왔다. 거기다 오전에 밖에서 시간을 보내고 아이들 하원 시간에 맞춰 집에 들어오면 오자마자 피곤함이 몰려와 엉클어진 집안일만큼 내 몸도 마음도 엉클어져 버렸다. 끝내 아이들에게 내 불안한 심리상태가 고스란히 드러나고 말았다.

거실 소파에 멍하니 앉아 있다 불현듯 책꽂이에 꽂혀있는 리처드 J.라이더Richard J. Leider와 데이비드 A.샤피로David A. Shapiro의 《인생의 절반쯤 왔을 때 깨닫게 되는 것들》이 눈에 들어왔다. 무심코 들춰본 책에 '길을 잃어야 새로운 길을 발견할 수 있다'라는 부제가 내 눈에 들어왔다. 나는 어디로 가다 길을 잃은 것일까? 무엇을 찾고 있는 것일까? 나는 워킹맘에서 전업맘이 되는 중간 어디쯤에 서 있었다. 바뀌어버린 환경에 적응하지 못하고 목적지를 잃어버린 채 헤매고 있었다.

환경미화원으로 일하는 아저씨가 있었다. 이른 새벽부터 악취와 먼지를 뒤집어쓴 채 쓰레기통을 치우고 거리를 청소하는 일을 평생 해온 사람이었다. 누가 봐도 쉽지 않은 일인 데다 사람들에게 존경받는 직업도 아니고, 그렇다고 월급이 많은 것도 아니다. 그런데 신기하게도 표정이 늘 밝았다. 하루는 그 점을 궁금하게 여긴 한 젊은이가 이유를 물었다. 힘들지 않으시냐고, 어떻게 항상 그렇게 행복한 표정을 지을 수 있느냐고, 젊은이의 질문에 대한 환경미화원의 답이 걸작이었다.

"나는 지금 지구의 한 모퉁이를 청소하고 있다네!"

최인철 서울대 심리학과 교수가 쓴 《프레임, 나를 바꾸는 심리학의 지혜》에 나오는 이야기다. 그는 세상을 바라보는 눈, 즉 프레임을 어떻게 갖느냐에 따라 행복과 불행이 달라질 수 있다고 말한다. 같은 행동에도 의미를 부여하면 그 이유가 명확해지고 더 나아가 목표 설정까지 가능해진다. 그것은 마치 사물에 이름표를 부여하는 것과 비슷하다.

우리 집 거실 한편에 작은 수납장이 있었다. 그 수납장에 아이들의 태아 수첩부터 성장앨범, 나와 남편의 어릴 적 앨범부터 가족여행 앨범 등을 차곡차곡 정리해서 넣었다. 그리고 '추억충전소'라고 이름표를 붙여주었다. 그러자 그 의미 없던 수납장은 우리 가족의 보물 1호가 될 수 있었다. 틈틈이 그 안을 들여다볼 때마다, 가족들의 사랑과 소중함을 다시금 느낄 수 있는 사랑의 매개체가 되어 주었다.

그토록 지겹고 무료하게 느껴졌던 집안일에도 하나하나 이름표를 붙이기 시작했다. 내가 만드는 음식은 가족의 건강을 지켜주는 '슈퍼울트라 영양제'가 되었고 아이들과 함께 만드는 수제비는 커다란 가마솥에 이것저것 넣어 만든 '마녀 지렁이탕'이 되었다.

귀찮았던 집안일은 '행복주유소'란 이름표를 지어주고, 식구들이 밖에서 지친 몸을 회복시켜주는 공간을 제작 중이라고 생각해보았다. '행복주유소'에서 재충전을 마친 우리 남편과 아이들이 밖에 나가서 타인들에게 행복을 전파하는 '행복 바이러스'가 되어 준다면 집안일 정도는 환경미화원 아저씨처럼 좀 더 지혜롭게 웃으면서 할 수 있었다.

알록달록 색안경을 쓰고 무미건조한 일상을 다시 바라보자. 나와 내 가족의 행복을 위해 의미를 부여하고 이름표를 만들자. 나는 이렇게 서서히 변화된 환경에 적응하고 있었고, 일상에서 소소한 행복을 만드는 방법을 조금씩 깨우치고 있었다.

인생의 즐거움 또한 소중하지 않은 어떤 것,
의미 없는 어떤 것에 이름을 붙이는 일입니다.

《달팽이가 느려도 늦지 않다》 中

엄마에겐 대기발령이 없다

하원하고 돌아온 둘째를 데리고 아파트 놀이터로 놀러 나갔는데 엄마들이 삼삼오오 모여 육아에 대해 하소연을 하고 있었다.

"오전에 집안일 좀 하고 장 보고 오니까 벌써 애 하원할 시간이 되어 받아왔는데 자꾸 놀아달라고 하는데 너무 졸려서 TV를 틀어줬어요. 근데 깜박 잠이 든 거예요. 깨어나 아이 혼자 TV를 멍하게 보고 있는 걸 보니 너무 미안하고 자책감이 드는 거 있죠. 오래간만에 미세먼지도 없어서 밖에서 놀기 딱 좋은 날이었는데 너무 미안했어요. 애 하나 키우면서 재미있게 키워야 하는데 자꾸 쉬고 싶어지는 저는 나쁜 엄마인가 봐요."

"저도 그래요. 요즘 왜 이렇게 몸이 무거워지는지, 어린이집 안 보내고 집에 데리고 있으면서 촉감 놀이도 해주고 하려고 했는데 청소하랴, 요리하랴, 집안일 이것저것 하고 나면 체력이 달려서 놀이고 뭐고 해줄 힘이 남아있지 않아요. 이럴 거면 차라리 어린이집에 보내는 게 낫지 않나 하는 생각도 들고. 더 해줘야 하는데 내가 왜 이럴까 자꾸 자괴감이 들더라고요."

"저는 둘째가 올해 3월에 학교 입학해서 1년 육아휴직 냈거든요. 휴직하고 집에 있으면 아이랑 늘 같이 다니고 딱 붙어서 돌봐줘야겠다 했는데, 집에 있어 보니까 생각보다 너무 힘들더라고요. 학교는 왜 이렇게 일찍 끝나는지, 12시 반이면 집에 오니… 어제는 놀이터에서 3시간이나 있었는데 집에 들어가서 뻗어버렸어요. 어젯밤에는 회사에 전화를 걸어 좀 일찍 복귀해도 되냐고 물어보고 싶었다니까요.

회사 다닐 때는 정신적 스트레스만 있었는데 집에서 육아하니까 정신적, 육체적 스트레스가 둘 다 오는 것 같아요. 회사 다닐 때는 아이와 함께 놀아줄 시간이 없다는 것이 제일 미안하고 가슴 아팠는데 지금은 시간이 있으니 그게 또 힘드네요. 한 달도 안 되었는데 이런 생각을 하는 저야말로 정말 나쁜 엄마 같아요."

엄마들은 참 다양한 이유로 자신을 부족하고 나쁜 엄마라 느끼고 있었다. 분명 어디에도 만족감이나 행복은 찾아보기 힘들었다. 워킹맘들은 아이와 같이 보낼 시간이 부족해서 죄책감에 부딪히고, 전업주부들은 하루 종일 아이들과 함께 시간을 보내면서도 질적으로 좋은 시간을 보내지 못해 죄책감을 느끼고 있었다. 좋은 엄마, 완벽한 엄마가 되기 위해 자신을 끊임없이 채찍질하는 슈퍼맘 콤플렉스에 걸려버린 것이다.

문득 오늘 나는 얼마나 많은 '척'으로 나 자신을 속였을까? 하고 생각해본다. 사실 나는 '척' 전문가다. 나의 수준 높은 '척'은 하루아침에 만들어진 것이 아니다. 어릴 적 나의 가정환경이 엄마가 아파도, 아빠가 없어도 씩씩한 척, 밝은 척하게 만들었고, 나의 10년 넘는 호텔 생활은 슬퍼도 웃는 척, 기분 나빠도 좋은 척, 괜찮지 않아도 괜찮은 척, 울고 싶어도 웃는 척하게 만들었다.

엄마가 된 이후 나는 아이들 앞에서 화나도 화나지 않은 척, 힘들어도 힘들지 않은 척, 아픈데도 아프지 않은 척을 해야만 했다. 때로는 아이들에게 솔선수범의 정신으로 졸려도 허벅지 찔러가며 공부하는 척, 쉬고 싶어도 눈 부릅뜨고 책 읽는 척, 마구 욕하고 싶어도 고상한 척, 널브러지고 싶어도 다소곳한 척, 하기 싫어 죽겠는데 열심히 하는 척……. 온갖 '척'을 보란 듯이 척척 해냈다.

이런 '척' 전문가가 어디 나뿐이겠는가? 주변을 돌아보면 온통 '척' 박사들이다. 엄마들은 모두 슈퍼맘인 척, 프로 맘인 척하고, 아빠들은 모두 울트라 파워맨인 척, 손자 손녀 봐주시는 할머니, 할아버지들은 할 말 많아도 할 말 없는 척, 불만 많아도 못 본 척, 못 들은 척하신다. 우리는 왜 모두 '척' 전문가, '척' 박사가 되었을까?

그 이유는 바로 우리가 모두 '의무'에 끌려다니고 있기 때문이다. 이치에 맞게 살아야 할 의무, 각자의 위치에서 맡은 바 책임을 다해야 하는 의무, 사회가 규정해 놓은 의무가 이끄는 대로 살아가고 있기 때문이다.

롤프 젤린Rolf Sellin의 《나는 단호해지기로 결심했다》라는 책에 이런 구절이 나온다.

"자기 능력의 한계를 가늠한다는 것은 내가 최선을 다해서

도달할 수 있는 마지막 지점이 어디인지 알아보는 일이다. 더 이상 밀어붙였다가는 몸에 탈이 날 것 같다고 느끼기 직전, 투지와 희열은 사라지고 '내가 이렇게까지 힘들게 살아서 뭐 하나' 하는 자괴감이 들기 직전 같은 순간 말이다.

'완벽한 나'는 어디에도 존재하지 않는다. 자신의 취약함을 온전히 받아들이기 때문에 자신감 있게 살 수 있는 것이다. 자기 한계를 인식하고 중간에 멈추는 것을 부끄러워하지 마라. 당신의 능력이 거기까지밖에 안 된다는 것이 아니라 잠시 숨을 돌리고 에너지를 충천해야 할 타이밍이라는 뜻이니까 말이다."

나는 워킹맘이었을 때나 전업주부였을 때나 '나의 한계점'에 대해 한 번도 생각해 본 적이 없었다. 그래서 쉬이 지치고 쉬이 좌절했었다. 몸이 지치고 정신적으로는 좌절감이 들기 바로 직전, 그 지점이 바로 나의 한계점이다.

육아는 끝이 없다. 특히나 동시에 다양한 역할을 소화해야 하는 엄마들은 자신의 한계를 인식하기가 쉽지 않다. 스트레스를 최소화하면서 꾸준히 육아를 해내기 위해서는 자신의 한계점을 인식하고 설정하는 것부터 시작해야 한다.

'더 이상 완벽할 필요는 없고 항상 좋은 엄마가 될 수도 없다.

또한 항상 같이 있다고 좋은 것도 아니다. 완벽한 엄마 대신 내가 잘할 수 있는 것에 집중하는 엄마가 되자.' 등 스스로 육아에 대한 생각부터 바꿔보자.

나의 한계점을 설정하기 위해서는 의식적으로 자기 자신을 자세히 들여다보아야 한다. 내가 어떤 것을 좋아하는지, 어떨 때 가장 크게 화가 나는지, 무엇을 가장 힘들어하는지를 인식하는 것이 나의 한계를 규정짓는 데 많은 도움이 된다. 그리고 내가 좋아하는 것, 잘하는 것부터 시작하자. 내가 좋아하는 것, 잘하는 것을 아이들과 같이 하면서 시간을 보낸다면 엄마도 의무감에서 벗어나 아이와의 시간을 진정으로 즐길 수 있다.

엄마라는 직업은 휴가도 퇴직도 하다못해 대기발령도 없다. 쉬어가더라도 꾸준히 해야 하는 일이 엄마의 일임을 명심하고 나만의 페이스를 유지하기 위한 한계 설정을 꼭 해보길 바란다.

잠시 숨을 고르고
에너지를 충전해야 할 타이밍!
버튼을 누르자!
"Press the Stop Button!"

전업맘 vs 워킹맘,
누가 더 시간이 많을까

옛날에 어떤 주인이 하인 셋을 불렀다.

"얘들아, 나는 긴 여행을 다녀오겠다. 너희에게 100냥씩 맡길 테니, 각자가 알아서 잘 지키거라."

주인은 이 말을 남기고 떠났고, 100냥씩 받은 하인 셋은 각자 자기 몫을 지켰다. 마침내 세월이 흘러 돌아온 주인은 하인들을 불러서 물었다.

"얘들아, 내가 맡겨놓은 돈은 어떻게 되었느냐? 차례대로 말해보아라."

"주인님, 저는 맡겨주신 돈으로 가게를 운영해서 크게 불려 놓았습니다. 여기에 그 돈이 있습니다." 첫째 하인의 말을 듣고 주인은 크게 미소를 지으며 고개를 끄덕였다.

"주인님 죄송합니다. 저는 맡겨주신 돈으로 사업을 운영했으나 실패하여 한 푼도 남지 않았습니다." 둘째 하인의 말에 주인은 낙심하는 기색 없이 잠시 생각에 잠길 뿐이었다.

"주인님, 저는 맡겨주신 돈을 그대로 보존했습니다. 한 푼도 손해가 없었지요. 여기 있습니다." 셋째 하인의 말에 주인은 얼굴을 찡그리며 큰 소리로 꾸짖었다.

"예끼, 이놈! 이 게으르고 천박한 종놈아!"

주인은 셋째 하인을 쫓아냈다. 그가 앞의 두 하인과는 달리, 아무런 변화나 시도 없이 그저 무탈하게 하루하루를 보냈기 때문이었다.

나의 모습은 세 명의 하인 중 누구의 모습과 가장 비슷할까? 나는 주어진 시간을 어떻게 보내고 있을까? 워킹맘이었을 때나 경력단절녀가 되어 집에 있을 때나 나에게 주어진 시간은 변함없이 하루 24시간뿐이다. 그때나 지금이나 하루하루 내게 주어진 시간을 허투루 보내는 일 또한 없다. 오히려 늘 제한된 시간에 매 순간을 열심히 살아낸다.

워킹맘이었을 때는 아침에 일어나자마자 늦지 않게 출근을 하고 회사에서는 정신없이 내게 주어진 일들을 완벽하게 해치우려 노력하고, 그러다 보면 어김없이 찾아오는 퇴근 시간이 되어 기다리고 있을 아이들 생각에 허둥지둥 일을 정리하고 황급히 집으로 돌아왔다.

온종일 기다리고 있는 아이들과 잠깐 눈을 마주치고 저녁을 먹고 나면 어느새 9시가 훌쩍 넘어갔다. 10시 전에는 취침을 해야 하기에 더 놀고 싶어 하는 아이들을 억지로 씻긴 후, 누워서 책을 읽어 주다가 내가 먼저 잠이 들었는지 아이들이 먼저 잠이 들었는지 모르지만, 어느 순간 서로 뒤엉켜 잠이 들고 말았다.

전업주부였을 때도 별반 다를 바가 없다. 아이들보다 먼저 일어나 아침을 준비하고 아직 자고 있는 아이를 깨워 아침을 먹인다. 아침에 밥을 잘 못 먹는 큰아이를 위해 과일을 준비하고 아침에 과일주스 대신 누룽지 먹는 것을 좋아하는 둘째를 위해 누룽지를 끓인다. 첫째를 서둘러 보내고, 마지막으로 둘째를 유치원 차량에 보내고 집으로 올라오면 어언 10시가 된다. 어지럽게 접시가 널려있는 식탁과 바닥에 아이들이 벗어놓은 옷가지들, 그리고 둘째가 아침에 가지고 놀던 장난감과 너저분하게 널려있는 책들을 치운다.

대충 정리가 끝나면 본격적으로 청소를 시작한다. 거실과 각 방에 청소기를 돌리고 대걸레질을 한다. 그리곤 아침 설거지를 하고 빨래를 돌리고 건조기에 있는 마른빨래를 꺼내 개어서 서랍장에 넣는다. 급격히 당이 떨어진다. 잠시 청소를 내려놓고 커피 한 잔을 마시며 당을 보충한다. 멍하니 커피 마시는 시간도 아까워 커피를 마시며 온라인으로 장을 본다.

문득 생각난 양가 부모님들께 안부 전화를 드리고 곧바로 우리 집 생명체들의 집 청소를 서두른다. 아쿠아리움에서 외할머니가 사주신 딸기소라게, 체험 가서 받아 온 열대어들, 마지막으로 친구에게 분양받아온 햄스터들 집을 청소해주고 먹이를 주고 나니 그제야 나도 배가 고픔을 느낀다. 점심을 차려 먹고, 빌린 책을 반납하러 도서관에 다녀오니 어느새 두 아이가 돌아올 시간이다. '벌써 3시다. 뭘 했다고.'

돌아온 아이들과 함께 간식을 먹고 수다 떨다 보면 5시. 각각 피아노와 클레이 학원으로 출동한다. 아이들이 돌아올 동안 재빠르게 저녁을 준비한다. 돌아온 아이들에게 저녁을 먹이고 치우고 나면 어느새 9시, 책 읽는 시간이다. 10시에 씻고 잠자러 들어간다. 예전과 똑같이 내가 먼저인지 아이가 먼저인지 모르게 뒤엉켜 잠이 든다.

내가 어떤 모습이든 시간을 채우는 활동만 다를 뿐, 공평하게 주어진 24시간을 나름대로 채워 보냈다. 그런데 예전에도 지금도 하루를 되돌아보면 왜 '허탈함'이 드는 걸까? 왜 하루를 마감할 때면 늘 '불만족'을 느끼게 되는 걸까?

난 그 해답을 한 번의 강의로 1억을 번다는 김승호의 《돈보다 운을 벌어라》라는 책에서 찾았다.

"좋은 날은 우연히 찾아오지 않는다. 좋은 운을 만들어야 좋은 날이 온다. 운은 시간을 평범하게 쓰는 사람에게는 절대 오지 않는 법이다. 무언가가 달라야 한다. 무작정 열심히 사는 것은 좋은 방법이 아니다. '열심히'가 아니라 '특별하게' 살아야 한다. (중략) 삶의 관성에 묶여 한자리에서만 맴돌지 말고 일상에서 벗어나 보라. 내 삶에 무엇을 더할지 계속 생각해보고 하나라도 좋은 생각이 떠오르면 조금이나마 실천하면서 지내면 된다."

내게 주어진 시간을 열심히 살았던 나의 삶에 만족감 대신 허탈함과 불만족을 느꼈던 이유는 열심히만 살았기 때문이었다. '특별하게' 사는 것이 내게 필요했다. '특별하게 산다.'라는 것은 내게 행복감이나 만족감을 주는 행동을 하는 것이다. '해야만 하는' 일, 역할이나 책임에서 오는 일이 아니라, 오롯이 나의 행복을 위해 할 수 있는 일이 필요했다.

어떻게 하면 삶의 관성에서 벗어나 일상에 특별함을 더할 수 있을까를 고민하다 마침내 책을 쓰는 작가가 되기로 결심했다. 아이들을 키우면서 지금 내가 하는 일들을 계속하면서 할 수 있는 일을 고민했다. 지금이 아니라 먼 미래를 보며 나의 노력과 에너지를 집중할 수 있는 일을 찾아낸 것이다.

글을 쓰기 시작하면서 그동안 내가 살아온 삶을 되돌아보고 그 과정에서 나를 찾을 수 있었다. 또한 많은 책을 접하게 되면서 내 생각의 틀이 깨지기도 했고, 그 모양이 변하기도 하면서 그렇게 점점 내 의식의 그릇들은 커져갔다. 책 쓰기를 통해 많은 열정적인 사람들도 만나게 되었고, 그들의 생각과 긍정적 에너지를 이어받아 내 삶의 질도 점점 향상되고 풍요로워졌다. 예전의 나와 다른 또 다른 나를 만들어 갈 수 있게 된 것이다. 바로 이것이 지금 자신의 삶에 '특별함'을 더해야 하는 이유이다.

이 글을 읽고 있는 당신이 전업맘이든 워킹맘이든, 혹시 예전의 나처럼 주어진 시간을 열심히만 살고 있다고 느끼는 사람이 있다면 이제는 나를 행복하게 만들어 줄 수 있는 특별한 도전이나 시도를 해야 한다. 꼭 거창한 것이 아니어도 괜찮다. 작은 시도나 도전이라도 그 결과는 당신의 인생을 지금보다 훨씬 더 특별하게 만들어줄 것이다.

〈숨통 트기 - 첫 번째 이야기〉

매일 육아 전쟁을 치르는 워킹맘들에게

[오늘 아침 출근 풍경은 어땠나요?]

아이가 깰까 봐 일어나자마자 조심조심 고양이 세수하고 대충 옷을 챙겨 입고 끼니도 거른 채 허둥지둥 집을 나오지는 않았나요? 출근하는 차 안에서 혹은 지하철 안에서 뻔뻔하게 색조화장하면서 '내가 도대체 뭘 위해 이렇게 사는 거지?' 하고 생각하셨나요?

행여나 엄마가 출근할까 봐 새벽부터 일어나 안절부절못하는 아이를 억지로 떼어놓고 나오느라 아이도 엄마도 눈물바다가 되어 퉁퉁 붓고 충혈된 눈으로 지하철을 향해 뛰어가면서 '내가 무슨 부귀영화를 바라고 이렇게 사는 거지?' 하고 한탄하셨나요?

바쁜 엄마 속도 모르고 늦잠 자고 일어나서도 느릿느릿 준비하는 아이를 향해 "빨리! 빨리!"를 주문 외우듯 반복하다가, 급기야는 아침부터 소리 지르고 나와서 출근하는 버스 안에서 아이에 대한 미안함으로 '난 참 못된 엄마야!' 하며 자책의 눈물을 흘리셨나요?

미취학 아동을 둔 워킹맘이라면 이런 경우가 한두 번쯤은 있으실 거예요. 저 역시 매일 그랬으니까요. 매일 아침 출근하면서 아이에 대한 미안함으로 '때려치워야지!'를 무한 반복하면서 말이에요. 그러다가도 회사에 도착하면 어느새 아이에 대한 미안함은 사라지고, 누구의 엄마가 아닌 또 다른 나, '김은희'라는 이름으로 시간을 보내게 되더라고요. 그러다 퇴근 시간이 되면 또다시 아이의 얼굴이 떠올라 조급해지기 시작했답니다.

[직장을 다니면서 워킹맘으로서 가장 힘들 때는 언제였나요?]

갑자기 아이가 아픈데 엄마인 나는 출근해야 할 때? 유난히 아이가 떨어지지 않고 오늘만 엄마 회사 안 가면 안 되냐고 보챌 때? 내 몸이 아픈데 쉴 수 없을 때? 학교 공개수업이나 유치원

소풍 때 회사 사정상 함께 참석하지 못할 때? 친구들끼리 소그룹으로 견학을 갈 때 우리 아이만 엄마가 따라가 주지 못할 때? 혹은 워킹맘 아이라 그 그룹에 속하지 못할 때?

나 때문에 우리 아이가 행여나 불이익을 당할까 봐, 혹은 눈칫밥 먹을까 봐 가슴 아프고 미안한 적이 한두 번이 아니었답니다.

[아이에게 얼마나 자주 사랑 표현을 하시나요?]

하루에 몇 번이나 아이에게 "사랑해"라고 말씀하시나요?

하루에 몇 번이나 아이에게 "고마워"라고 말씀하시나요?

하루에 몇 번이나 아이에게 "미안해"라고 말씀하시나요?

[하루에 몇 번이나 아이에게 '엄마의 웃음'을 보여주시나요?]

워킹맘들의 미취학 아이들을 대상으로 한 기관에서 설문 조사를 시행했습니다. 아이들에게 '엄마' 하면 무엇이 떠오르나요? 라고 묻자, 대부분의 아이는 '엄마의 미소'라고 대답했다고 합니다. "엄마가 웃을 때가 제일 예뻐요."라고 말이죠.

21세기를 대표하는 독일 출신의 영적 교사, 에크하르트 톨레Eckhart Tolle는 그의 저서 《지금, 이 순간을 살아라》에서 이런 글을 남겼습니다.

"어디에 있든 온전히 그곳에 있어야 합니다. 지금 여기를 참을 수 없다면 불행해집니다. 우리에게는 세 가지 선택권이 있습니다. 그 상황을 벗어나거나, 바꾸거나, 전적으로 받아들이는 것입니다. 자신의 삶을 책임지고 싶다면 지금 당장 그 세 가지 가운데 하나를 선택하세요. 그리고 그 결과를 받아들이세요."

무엇을 선택하든 자신의 선택이 '최선의 선택'이라고 믿고 조금씩 노력하면 됩니다.

고등학생이나 대학생 자녀를 둔 선배 엄마들에게 육아 고충에 대해 늘어놓으면 한결같이 하는 말이 있습니다. "그때가 좋을 때예요. 아이들은 금세 훌쩍 커버려요. 지금을 즐겨요."라는 말입니다. 그분들의 여유가 부럽기도 했지만, 한편으로는 아이와 함께 하는 지금 이 시간은 다시는 돌아오지 않을 시간인데 힘들다고만 불평하며 보내기에는 억울하다는 생각이 들었습니다.

베스트셀러 작가 알랭 드 보통Alain de Botton이 '우리는 아이를 위해 빵에 버터를 바르고 이부자리를 펴는 것이 경이로운 일임을 잊어버린다.'라고 말한 것처럼 매일 매일 반복되는 일상 속

행위들이 누군가에는 '소망'이고 '꿈'일 수 있습니다.

저에게도 '성공'이 무엇인지, '행복'이 무엇인지에 대한 고민 없이 앞만 보며 바쁘게만 살았던 워킹맘 시절이 있었습니다. 그 때를 되돌아보면 뭐든지 다 잘해야 하고 완벽해지려 했던 '욕심'이 저를 가장 힘들게 했던 요인이었습니다. 과정에서의 소소한 행복을 보거나 느끼지 못하고 결과만을 보고 판단하려 했기 때문이었습니다. 또한, 내게 닥친 고난, 실패, 어려움, 헛수고 하나하나가 쌓여 성공의 경험을 가져온다는 것을 그때는 알지 못했습니다.

엄마 노릇은 보다 좋은 엄마, 보다 나은 인격적으로 성숙한 사람이 되기 위해 주어진 소중한 시간이며 다시 돌아오지 않을 기회입니다. 아이를 통해 '진정한 나'에 대해 다시 생각하게 되고, 그로 인해 타인의 감정을 헤아려 보기도 합니다. 엄마 노릇을 하며 부딪치는 모든 어려움에는 분명 의미가 있습니다. 엄마가 되고 나서 알게 된 것은 아이라는 존재가 나를 진정 좋은 사람으로 성장하도록 도와준다는 것이었습니다.

매일 매일 육아 전쟁을 치르고 있는 워킹맘들에게 하고 싶은 말은 단 하나! 입니다.

"인생 별거 없습니다. 재미있게 사세요!"

긴 시간이든 짧은 시간이든 아이와 마주하는 그 시간 동안 엄마도 아이도 미소 지으며 재미있게 사세요. 사랑한다고 말하고 많이 웃어주세요. 그것이면 족합니다.

마지막으로 제가 좋아하는 이혁백 작가가 늘 하는 말씀으로 사랑하는 워킹맘들에게 드리는 이 편지를 마무리하겠습니다.

"나에게는 엄청난 힘이 숨겨져 있습니다!"

"아이의 시간은 기다려주지 않습니다.

내 품에 아이가 쏙 들어올 때, 아이를 무릎 위에 앉힐 수 있을 때, 아이를 들고 오래도록 안아줄 수 있을 때, 힘들다고 투정 부리지 말고 마음껏, 후회 없이 안아주고 사랑해 주길 바랍니다."

뛰어난 사람이 뛰어난 이유는 실패를 통해 현명해졌기 때문이다.

— 윌리엄 사로얀 William Saroyan

2장

워킹'맘'이 될 것인가,
'워킹'맘이 될 것인가?
호텔리어
엄마

고객님,
어떤 엄마를 원하세요?

"고객님, 좀 더 편안한 투숙을 위해 어떤 서비스가 필요하세요?"

"고객님, 숙면을 위해 어떤 환경을 준비하면 좋을까요?"

"고객님, 조식에 어떤 메뉴를 추가하면 좋으시겠어요?"

"고객님, 어떤 프로모션을 하면 머무는 동안 특별한 시간을 보내실 수 있을까요?"

호텔에 다니던 시절, 고객들에게 참 많이도 물었다. 고객의 대답에서, 고객의 소리에서 모든 문제의 해답을 얻을 때가 많았다.

새로운 아이디어의 모색은 늘 손님으로부터 시작했다. 그들이 받을 서비스였고, 그들이 받을 혜택들이었기 때문이다.

클럽 라운지에서 메뉴 하나 바꿀 때도 고객과의 대화 속에서 답을 찾았다. 호텔에서 새로운 서비스를 시도할 때에도 고객이 어떤 서비스를 원하는지, 타 호텔에서 기억에 남는 좋은 서비스가 있었는지, 혹은 고객의 시선에서 개선할 점 등을 물어 서비스에 반영하곤 했다. 이를 위해서는 손님들과 끊임없는 대화가 필요했다. 그렇게 해서 나온 아이디어 중 하나가 "Pre Check-In" 서비스였다. 투숙 전에 이메일을 통해 고객이 원하는 서비스를 알아내면 그것을 도착 전에 객실에 미리 준비해 놓는 서비스였다. 이런 사전 준비를 통해 받은 서비스를 손님들은 매우 만족해했다.

우리 집은 저녁 9시가 되면 핸드폰 알람이 울린다.

"책 읽을 시간이야! 의자에 앉아 주세요!"

"책 읽을 시간이야! 의자에 앉아 주세요!"

우리 집 독서 시간을 알리는 소리다. 알람이 울리면 가족 모두 9시부터 10시까지 독서를 해야 한다. 알람음은 두 아이가 자신들의 목소리로 직접 녹음했다. 큰아이가 "책 읽을 시간이야!" 하면 곧이어 둘째가 "의자에 앉아 주세요!" 한다. 자신들의 목소리로 직접 녹음한 알람 소리여서 엄마에 의해 수동적으로 독서를 하는 것이 아니라, 마치 자신이 원해서 자의적으로 책을 읽는 것과 같은 착각을 일으키는 효과가 있다. 하려고 했다가도 시키면 하기 싫어하는 전형적인 청개구리과 아이들에게 효과 만점이다.

알람이 울리고 다들 책을 읽고 있는데 큰아이가 연신 키득키득 웃어대며 책을 읽는다.

"무슨 책인데 그렇게 웃어? 제목이 뭐야?"

"엄마 사용 설명서."

제목이 특이해서 호기심에 아이 옆으로 다가가 함께 책을 들여다보았다. '데쓰야'라는 4학년 남자아이가 만날 맛있는 것을 해주는 엄마, 게임을 실컷 하게 해주는 엄마, 공부하라고 잔소리하지 않는 엄마, 실컷 놀게 해주는 엄마, 잘못해도 꾸중하지 않는 엄마가 되도록 엄마를 자기 마음대로 조종할 수 있는 '엄마 사용 설명서'를 만드는 과정을 담은 내용이었다. 사용 설명서를 쓰기 위해, 데쓰야는 관심을 가지고 엄마를 관찰하게 되는데 무심코 지나쳤던 엄마를 관찰하는 동안, 불만 가득했던 마음 대신 결국 엄마에 대한 사랑을 깨닫는다.

데쓰야가 엄마에게 바라는 점 10가지를 적은 내용을 보면서 문득 '우리 아이들은 나에게 어떤 점을 바라고 있을까?' 하고 궁금해졌다. 예전에 내가 호텔 손님들에게 무엇을 원하는지 묻고 또 물었던 때가 생각이 났다. 10년 넘게 일터에서 하던 그 일을 왜 우리 아이들에게는 한 번도 시도하지 않았는지 나 스스로가 한심하게 느껴졌다.

"그럼 너희들은 엄마가 어떤 엄마가 됐으면 좋겠어?"

내가 아이들에게 묻자 기다렸다는 듯이 너도나도 대답한다.

"난 친절하게 말하는 엄마, 맛있는 간식 많이 주는 엄마, 화내지 않는 엄마."

"난 빨리 해! 하지 않는 엄마, 의심하지 않는 엄마, 계속 웃는 엄마."

들어보니 아이들이 원하는 엄마가 생각보다 어려워 보이지 않았다. "엄마가 너희들이 원하는 엄마가 되도록 노력해 볼게. 하지만 한 번에 하나씩만! 가능해. 너희들도 엄마가 갑자기 한 번에 여러 개를 하라고 하면 힘들지? 엄마도 마찬가지야. 그래서 한 달에 한 가지씩 하도록 노력해 볼게."

마지막으로 나도 아이들이 어떤 딸과 아들이 되어 주면 좋겠는지 한 가지씩 말해주고 오늘의 책 읽는 시간을 마쳤다.

아이들이 원하는 엄마는 희생적이고 이타적이고 완벽한 살림꾼에 특급 호텔 주방장 수준의 요리 솜씨까지 겸비한 엄마가 아니다. 영어는 기본이고 중국어나 일본어 등의 제2외국어쯤은 원어민 수준으로 구사해서 학원을 보내지 않고도 집에서 원어민 회화가 가능한 지적인 엄마 또한 아니다.

김미경 강사처럼 똑 부러지고 카리스마 넘치는 모습으로 일하는 엄마도 좋고, 오은영 박사처럼 아이의 마음을 다 이해해주고 공감해 주는 엄마도 좋지만 내 아이가 바라는 것은 그저 친절하게 말해주는 엄마, 많이 웃는 엄마, 기다려주는 엄마, 맛있는 간식 해주는 엄마 정도다.

요즘 엄마들은 넘쳐나는 육아서와 각종 육아 관련 콘텐츠 덕분에 하나같이 육아 전문가들이다. '이렇게 해서 아이를 훌륭하게 키웠다.', '이렇게 해야만 아이가 잘 자란다.' 각종 성공사례의 책들을 보고 그들과 비교하다보니 '좋은 엄마, 완벽한 엄마 콤플렉스'에 걸리고 만다. 완벽한 엄마가 되어야 한다는 압박감은 육아 과정 내내 엄청난 스트레스를 주며 그런 엄마의 스트레스는 고스란히 아이에게 전해지기 마련이다. 결국 엄마들은 처음과 달리 지치고 포기하고 만다.

《엄마의 빈틈이 아이를 키운다》의 저자 하지현 건국대 정신과학교실 교수는 그의 책에서 '완벽한 부모야말로 최고의 재앙'이라고 말했다.

완벽한 엄마가 되기 위해 고군분투하며 스트레스 받지 말고, 내 빈틈을 인정하고 사랑스럽게 바라봐 주자. 그리고 내 아이가 원하는 엄마가 어떤 엄마인지 아이들과의 대화를 통해서 해답을 찾아보자.

정답은 결코
육아서에 있지 않다.

정답은 바로
내 아이가 알고 있다.

'혁명'보다 '밀당'

워킹맘 시절, 그렇게 많은 일을 하고도 퇴근할 때면 늘 죄인이 되는 기분이었다. 스스로 괜히 눈치 보고 양심에 찔려서 퇴근할 때가 되면 좌불안석이 따로 없었다. 하는 일 없이 시계만 째려보다 6시 반이 되면 엉거주춤 일어나 도망치듯 사무실을 나오곤 했었다. 무슨 007 작전을 치르듯 매일 잔머리를 굴려 가며 오늘은 또 어떻게 퇴근해야 하나를 고민하곤 했었다. 딱히 누구 하나 뭐라 하는 사람도 없는데, 점점 비겁해지는 나를 보기 힘들어졌다.

나는 단호해지기로 결심하고 회사생활에 중심을 잡고 당당해지기 위한 나만의 철칙을 만들어갔다.

첫 번째 철칙, 상사 또는 고객과의 관계는 '갑을 관계'가 아닌 동등한 입장에서의 '비즈니스 파트너'이다.

내가 직원을 대상으로 교육을 할 때 호텔 손님을 바라보는 인식을 바꾸는 것을 강조했다. '손님이 왕'이라고 생각하는 수직관계가 아닌, 대등한 입장에서의 '비즈니스 파트너'로 인식하는 것이 중요하다. VIP 전담팀인 우리 부서는 업무 특성상 손님들의 비서 역할이 주 업무였다. 중역을 맡고 있는 손님들의 업무를 효율적으로 도와주는 것이 우리들의 역할이었다.

비즈니스 파트너로서 직원들이 대등해지려면 손님들이 말하기 전에 그들의 요구를 예측하고 챙겨주는 것이 가장 중요한 일이었다. 시키는 것만 하는 수동적인 역할이 아닌, 알아서 상대방이 필요한 것들을 챙겨주는 능동적인 역할을 할 수 있어야 했다.

손님들의 요구를 파악하는 것은 '관찰'을 통하여 가능한 것이었다. 그래서 직원들에게 손님들에 대한 '관심'과 '관찰'을 강조했고, 새로운 정보를 알게 되면 데일리 미팅 때 직원들과 공유할 수 있도록 하였다.

손님의 취향, 예를 들면 어떤 커피를 즐겨 마시는지, 아침에 어떤 신문을 주로 보는지, 흡연자인지 비흡연자인지 등등 사소한 것 하나라도 관찰하여 공유하고 회사 시스템에 기록하도록 했다. 이런 행위는 손님의 재방문 시에 손님의 취향을 파악하여 미리 준비하고 응대하는 능동적인 행동을 가능하게 만들었다. 이를 통해 손님에게 신뢰 및 만족감을 얻을 뿐만 아니라 서로 'win-win' 할 수 있는 관계로 발전할 수 있도록 만들었다.

상사와의 관계도 다를 바가 없다. 상사를 끊임없이 관찰하여, 시키기 이전에 필요한 것을 미리 제공한다면 상하 관계보다는 협력자 관계가 성립된다. 상사가 나를 필요로 하고 신뢰하는 것은 당연하고, 내게 의지하도록 만들 수 있다.

두 번째 철칙, 이용당하려면 철저히 이용당하자!

아무나 할 수 있는 일, 손쉬운 일 말고 나만 할 수 있는 일, 내가 아니면 그 누구도 할 수 없는 일로 이용당해야 한다. 완벽에 완벽을 더해야 한다. 주어진 일에 두 개 또는 세 개의 일을 더해 제공해라. 상사나 고객이 부탁한 일에 플러스, 내 생각 또는 나의 아이디어를 함께 첨부하고, 때로는 고객의 의견 또는 경쟁사의 상황이나 경쟁사의 성공사례 등을 첨부하는 것이다.

이런 일이 계속되면 상사나 고객은 나를 자잘한 일이나 시키는 부하직원으로 생각하는 것이 아니라 자신의 고민이나 아이디어를 함께 나누고 상의하는 믿을만한 직원으로 여기게 된다. 나의 가치는 내가 만드는 것이고 내 경쟁력을 만드는 기회를 잡는 것 또한 나이다.

세 번째 철칙, 그 누구도 '적'을 만들지 말라.

미운 사람, 회사에서 좋지 않은 평을 받는 사람에게도 절대로 등을 돌리는 일은 없어야 한다. 그래서 나는 어떤 사안에 대해 일리 있는 주장을 내세울 때도 여러 관계자가 모인 공식적인 자리에서보다는 개인적인 자리에서 의견을 표현했다.

모든 주장에 대해서 그럴 필요는 없지만, 상사의 의견에 지지하는 내용이 아니라 판단되는 경우에는 일차적으로 공식적인 자리는 피했다. 아무리 훌륭한 의견이라 하더라도 상사의 의견과 이견이 있을 때 공식 석상에서 말하는 것은 자신에 대한 공격이라고 감정적으로 받아들이는 상사들이 많이 있었다.

물론 상사의 성향에 따라 판단되어야 할 일이다. 나의 상사가 정말 객관적이고 오픈 마인드이며 냉철한 사람이라면 굳이 그럴 필요가 없겠으나, 반대의 경우에는 직진보다 살짝 돌아가는 것이 현명하다. 여기서도 역시 '관찰'이 필요하다. 관찰을 통해 나의 상사를 파악해야 한다. 그래야만 내가 어떤 자세를 취하는 것이 현명한지를 알 수 있기 때문이다.

15년 동안 많은 상사가 내 위를 지나갔다. 하나같이 정말 각각 다른 색깔의 상사들이었다. 그때마다 내가 그분들과 잘 지낼 수 있었던 것은 '관찰'의 힘이라 해도 과언이 아니다. 관찰을 통해 상사를 파악하는 일, 그리고 그에 맞춰 행동할 수 있는 유연성을 갖추는 것이야말로 '밀당'의 기술이 아닐까?

여기까지의 철칙은 나의 가치를 상승시켜서 상사를 내 편으로, 더 나아가 내 팬으로 만들기 위한 것이었다. 워킹맘들은 아이와 많은 시간을 보낼 수 없기에, 아이와의 놀이시간을 양이 아닌 질로 승부해야 하는 것과 마찬가지로 회사에서도 양이 아닌 질을 높여야 한다. 정시 출근 정시퇴근을 하더라도 정해진 시간 안에 눈에 보이는 성과를 내는 것이 중요하다. 여기서 성과란 업무실적만을 말하는 것이 아니라 인간관계의 성과를 포함하는 것이다.

마지막 철칙, 위에서 말한 세 가지 철칙이 먹히지 않을 때는 과감하게 버리거나 포기하자.

너무 극단적으로 들릴 수 있겠으나, 사실은 내 시선을 살짝 옮기는 것에 불과하다. 업무에 맞췄던 시선을 잠시 때를 기다리며 나에게로 돌리는 것이다. 아무리 노력해도 내가 원하는 대로 일이 흘러가지 않을 때는 일 중심의 생활에서 벗어나 자기 계발하는 시기로 삼았다. 사내에서 진행되는 교육을 듣는다거나, 운동을 시작한다거나, 제2외국어 향상을 위해 공부를 하는 등 나의 능력개발에 중점을 두고 생활했다.

내가 아무리 노력해도 바뀌지 않는 상황이라면 안 되는 일에 내 에너지를 소모하는 대신, 일정 부분 포기할 것은 포기하고 나를 다지는 데 중점을 두고 회사 생활을 했다. 내가 이렇게 할 수 있었던 것은 시간이 지나면 일정 부분 해결되리라고 믿었기 때문이다. '이 또한 지나가리'를 읊조리며 말이다.

바람이 불 때는
'혁명'이 아닌 '밀당'을 하면서
바람이 멈출 때를 기다려라.

초등 1학년을 보내는 워킹맘의 자세

"엄마, 신경 쓰지 마세요. 난 우리 가족만 서로 사랑하고 함께 있으면 돼요."

"엄마, 내가 잘 할 수 있어요."

엄마가 너무 힘들다고 아들에게 얘기했더니 아들이 내게 한 말이다. 이 말을 듣고 참고 있던 눈물을 아들 앞에서 보이고 말았다. '정말 이렇게 바보 같은 엄마가 세상에 또 있을까?'

첫째도 아닌 둘째를 키우고 있는 엄마인데, 아이 초등학교 1학년을 처음도 아닌 두 번째 보내고 있는 엄마인데, '엄마'라는 이름이 내겐 여전히 버겁게 느껴졌다. 굳이 '처음'이라는 핑계를 댄다면 남자아이를 키우는 것은 처음이라는 것.

엄마인 나는 또다시 아이와 함께 초등학교 적응기를 온몸으로 겪고 있었다. 4년 전, 너무나 힘들게 첫아이 초등학교 적응기를 보낸 나인지라 두 번째는 잘 할 수 있을 것 같았다. 그때보다는 좀 더 여유롭고 담대하게 이 시간을 보낼 수 있을 줄 알았는데, 마치 처음인 것처럼 당황스럽고 혼란스럽고 아팠다. 내가 좀 더 지혜로운 엄마였다면 아이의 마음도 보듬어주면서 타인에게도 상처 주지 않았을 텐데, 크고 작은 직면한 문제들을 슬기롭게 헤쳐 나갈 수 있었을 텐데, 현실의 나는 늘 부족하고 모자란 엄마였다.

초등학교 입학에 잘 적응하지 못하는 아이들은 대부분 마음에 두려움이 크다고 한다. 친구들이 자신을 좋아해줄까, 선생님이 자신을 싫어하지는 않을까, 스스로 잘 할 수 있을까… 이러한 두려움이 아이 안에 자리하고 있는 것이다. 아침부터 아들이 학교 가기 싫다고 내게서 떨어지지 않았다. 그 모습이 애처로워 눈물이 났다. 학교 교실에 한 발을 들이자마자 무섭다고 했다. 뭐가 무섭냐고 묻자 선생님께 혼이 날까봐 무섭단다.

초등학교 때만 세 번이나 전학을 가야만 했던 나의 어린 시절을 생각하니 그 두려움이 얼마나 클지 충분히 가늠하고도 남았다. 커서 어른이 된 후에도 다른 직장으로 옮긴 날에는 며칠 밤을 잠을 이루지 못했던 기억이 났다. 일어나지 않을 일들에 대한 걱정과 두려움으로 새로운 삶을 시작하기도 전에 많은 에너지를 소비했었다.

그래서 더욱 아이의 마음속에 있는 두려움을 없애주고 싶었다. 편안한 마음을 가질 수 있게 도와주고, 잘할 수 있다는 자신감을 주고 싶었다. 그러려면, 엄마인 나부터 마음속 두려움을 없애고 평안함을 되찾아야 했다.

"우리는 모두 다섯 살짜리 아이나 다름없습니다. 인생을 어떻게 살아야 할지 알지 못합니다. 조금씩 그 길을 찾아 나아갈 뿐입니다. (...) 아이들에게 무엇이 최선인지 알지 못하는데 어떻게 이래라저래라 할 수 있을까요? 아이들이 스스로 선택한 어떤 일로 행복하다면, 그것으로 대만족입니다. 아이들이 어떤 일로 불행해진다 해도, 그것 역시 내가 바라는 일입니다. 그 일을 통해 아이들은 내가 결코 가르쳐줄 수 없는 것을 배울 수 있기 때문입니다."

힘들어하던 내게 지인이 선물해 준 책, 바이런 케이티Byron Katie

의 《나는 지금 누구를 사랑하는가》를 읽으며 생각을 가다듬었다. 고작 다섯 살인 내가 초등학생 아들의 문제를 대신 해결해 주겠다고 나선 것 자체가 문제였다. 나 역시도 아직 인생을 어찌 살아야 하는지 배워가고 있는데 말이다. 엄마로서 아이에게 최선의 길을 안내해 주어야 한다는 강박감이 나를 괴롭히고 있었음을 알게 해주었다. 아이들이 스스로 생각할 능력과 힘이 있음을 믿지 못했다는 방증이기도 했다.

대신 해결하는 것이 아니라 함께 해결해야 하는 것이 맞았다. 서툰 엄마와 서툰 아들이 함께 넘어지고 엎어지며 길을 찾으려고 노력하는 것, 그것이 우리에게 최선임을 인정하게 되었다. 내 안의 두려움이 조금씩 걷히자 엄마로서의 모든 책임과 부담에서 조금씩 벗어날 수 있었다.

아이들을 대상으로 한 실험이 있다. 먼저 아이들을 산만한 아이들과 그렇지 않은 아이들, 두 그룹으로 나눈다. 그리고는 카드를 1분 동안 넘기면서 카드에 어떤 동물이 그려져 있었는지를 맞힌다. 당연히 산만하지 않은 아이들이 동물의 종류를 더 많이 기억했다. 그런데, 이 실험의 진짜 목적은 실험 장소 뒤에 있었던 포스트에 그려져 있는 동물이 무엇이었는지를 맞히는 것이었다. 그 결과, 산만한 아이들이 포스트에 그려진 동물을 더 많이 기억하고 있었다는 것이다.

자라다 교육 대표이자 아들 교육 연구소 소장인 최민준 대표의 동영상에서 소개된 실험이다. 그는 이 실험 결과를 이렇게 해석했다. 산만한 아이들은 집중을 못 하는 것이 아니라, 자신이 선택한 것에 집중하는 것이다. 그러므로 단편적인 기준으로 아이들을 평가해서는 안 되며, 아이를 바라보는 어른들의 관점이 바뀌어야 한다고 주장했다.

아이를 키우는 데 정말 중요한 것은 편견에 사로잡히지 않는 것이다. 아이의 생각, 성향과 기질, 그리고 충족되지 않은 욕구는 보지 못한 채 사회가 정해놓은 규범이나 기준의 틀에 맞춰 아이의 행동을 판단하고 있는 건 아닌지 어른들의 시선을 먼저 점검해야 한다.

선생님이 교실에 있는 아이들에게 운동장에 갈 테니 복도로 나가 줄을 서라고 했을 때, 재미없을 것 같아 나가고 싶지 않다고 말한 아이를 반항아로 볼 것인가, 자기 생각을 자유롭게 표현할 줄 아는 아이로 볼 것인가. 점심식사 후 자유시간에 학교 바로 앞, 개천에 나가 나뭇잎 배를 띄우고 논 아이를 학교 규칙을 어긴 위험한 아이로 볼 것인가, 상상력이 풍부한 창의적인 아이로 바라볼 것인가.

반평생 공교육에 몸담고, 지금은 아동심리 상담사들을 교육하고 계시는 선생님을 우연한 기회에 만난 적이 있다. 그분이 이런 얘기를 하셨다. 아이가 상담센터를 방문했을 때 '이 아이는 어떤 문제가 있을까?' 하는 시선으로 아이를 바라보는 순간 그 상담은 백해무익해진다. 문제가 있는 아이라는 전제에서 시작한다면 문제를 해결하는 데만 초점이 맞춰지게 되기 때문이다. 문제라고 인식되는 것들이 문제적 행동이 아닐 수 있다는 것, 현재의 단점이 미래의 장점이 될 수 있다는 것을 알아야 한다. 그러므로 진정한 해결방안은 아이 안에 채워지지 않는 욕구를 찾아 그것을 채워주는 일이다.

초등 1학년을 보내는 엄마의 첫 번째 자세, 아이의 모든 문제를 엄마가 대신 해결해 주어야 한다는 강박과 두려움에서 벗어나 자유로워져야 한다. 지금 겪고 있는 모든 일이 좀 더 나은 엄마로 거듭나기 위한 소중한 시간이었음에 감사할 날이 곧 올 것이다. 내가 이렇게 좋은 엄마 노릇을 할 수 있도록 기회를 준 내 아이에게 감사할 날이 반드시 찾아온다.

두 번째, 유연성을 갖추어야 한다.

어른들의 말을 잘 듣지 않는 아이는 반항아가 아니라 저항정신이 강한 아이일 수 있다. 정상의 반대는 비정상이 아니라, 그 아이가 가진 독특함이다. 아이에겐 문제가 없다. 문제를 만드는 생각만 있을 뿐이다.

세 번째, 마지막으로 제일 중요한 것이 남았다.

'내 아이를 믿을 용기'

아이는 성장하면서 일탈도 하고 퇴행도 했다가 움츠리기도 한다. 이런 과정 속에서 아이가 잘 성장할 수 있는 단 하나의 힘은, 흔들림 없는 엄마의 믿음이다. 세상이 흔들려도 엄마는 흔들리지 않도록, 내 모든 것을 희생하여 소멸되는 '아낌없이 주는 나무'가 아닌, 언제나 그 자리에 흔들리지 않는 모습으로 굳건히 서 있는 '뿌리 깊은 나무'가 되어야 한다.

엄마인 내가 내 아이를 믿어주지 않으면 누가 믿어줄 것인가! 내 아이를 내가 믿지 않으면 그 아이를 믿어줄 사람은 이 세상에 단 한 사람도 없다.

조금 부족해도 아름다운 넌, 또 다른 나야

옷을 갈아입는 데만도 10분이 족히 걸린다. 양말 한 짝 신고 딴청, 또 한 짝 신고 딴청을 부린다. 그러다가 두 짝을 다 벗고 다른 양말을 찾아 신는다. 세수하러 가서는 한참동안 돌아오지 않는다. 하도 안 와서 화장실에 들어가 보면 거울보고 딴짓하거나 무슨 생각을 하는지 변기에 앉아서 마냥 멍 때리고 있다. 책가방을 싸라고 하면 갑자기 가지고 다니던 필통을 꺼내서 연필 한 다스를 다 깎고 다른 필통으로 바꾼다. 가방 싸기는커녕 필통 정리하는 데만 30분이 걸린다.

아침에 밥을 먹을 때도 세월아~ 네월아~ 마냥 씹고 앉아있다. 학교 종 치기 10분 전인데도 서두르는 법이 없다. 이쯤 되면 속이 썩어 문드러지다 못해 폭발하기 일보 직전이다. 영화 〈주토피아〉를 기억하는가? 은행에서 일하는 나무늘보. 아침마다 보고 있으면 나무늘보가 생각나서 속이 시커멓게 타기 일쑤였다. 우리 집 큰 아이 이야기다. 큰애는 2학년까지만 해도 이랬다.

'늦어서 선생님께 혼 좀 나야 정신 차리지.' 해도 요즘은 학교에 호랑이 선생님이 없으신가 보다. 하교하고 돌아온 아이의 표정이 평소와 다르지 않아 물어보았다.

"너 아침에 늦어서 혼 안 났어?"

"응, 혼나지 않았는데! 그리고 나보다 더 늦게 온 사람도 많아."

작전 실패다. 느린 우리 큰아이 때문에 아침마다 정신적 스트레스가 쌓여만 갔다.

육아 스트레스 풀기엔 아줌마들의 수다만큼 좋은 특효약이 없다. 국민학교 5학년 때, 그러니까 12살에 만난 죽마고우들이 이제는 모두 두 아이의 엄마이자 40대 아줌마들이 되었다. 다들 사는 게 바빠 자주는 못 만나고 생일 때마다 만나는데, 때마침 한 친구의 생일파티가 있었다.

나는 음식이 나오기도 전에 하소연을 시작했다. 마치 내 딸 안티라도 된 듯이 침을 튀겨가며 답답해 죽겠다고 험담을 늘어놓았다. 그녀들의 진심 어린 공감과 위로를 기대하면서 말이다. 그러나 반응은 의외였다.

"딱 너네. 너 예전에 그랬잖아. 우리 너희 집 대문 앞에서 너 기다리다가 네가 늑장 부리는 바람에 지각해서 매일 선생님한테 혼났던 거 기억 안 나? 매일 혼났는데도 계속 지각해서 운동장 몇 바퀴 뛰기도 하고 교무실에 끌려가 손바닥 맞기도 했잖아."

친구는 쌤통이라는 듯이 배꼽을 잡으며 웃었다. 그러자 옆에 앉은 한 친구가 한술 거든다.

"너! 양말 신는 데도 얼마나 오래 걸렸는지 알아? 아무거나 신고 나오라고 해도 똑같은 양말인데 신었다 벗었다, 색깔이 바지랑 안 어울린다나 뭐라나 하면서 말이야."

순간, 소스라치게 놀랐다. '우리 담이가 바로 내 어린 시절의 느린 아이를 붕어빵 찍듯 빼박은 거였구나.' 까맣게 잊고 있었던 내 어린 시절의 모습이었다. 또 다른 친구가 맞장구를 쳤다.

"그리고 얘, 밥은 또 얼마나 오래 씹는지. 난 딱 소가 되새김질하는 줄 알았다니까."

그리곤 너 나 할 것 없이 이구동성으로 말했다.

"얘! 너에 비하면 네 딸은 양반이니까 구시렁거리지 말고 잘 해줘라. 딴 사람은 몰라도 너는 네 딸 이해 못 하면 양심도 없는 거야!"

'계집애들... 알아도 날 너무 잘 알아. 딴 데 가서 하소연할 걸, 여기선 먹히지도 않네. 혹 떼러 왔다가 혹 붙이고 가는 격이구만.'

어린 시절 나의 모습을 고스란히 기억하고 있는 나의 옛 친구들 덕에 난 반항 한 번 못하고 수긍하고 돌아와야 했다. 집에 돌아오는 버스 안에서 조금씩 잊고 살았던 어린 시절의 기억이 되살아났다.

나는 '바지 색깔에 맞는 양말 찾느라 옷장을 다 뒤집어 놓았던 아이'였다. 전날 밤에 미리 준비하면 됐을 것을 꼭 아침에 찾느라 번번이 지각을 면치 못했었다. 늦었는데도 절대 서두르지 않았고 뛰지도 않았다. 점심시간에도 우리 반에서 제일 늦게 밥 먹는 사람 역시 나였다. 5교시 시작 종소리와 함께 도시락 뚜껑을 닫을 정도였다.

어린 시절 엄마가 생각났다. 엄마가 나처럼 안절부절 못하며 어린 나를 재촉했던 기억은 어디에도 찾아볼 수 없었다. 한 번은 엄마에게 물어보니 이렇게 말씀하셨다.

"뭘 재촉해... 그렇게 태어난 걸 성화 부린다고 달라져? 힘만 빠지지. 넌 정말 느려서 9시까지 학교 가야 하면 2시간 전, 그러니까 7시부터 일어나서 준비시켰어. 그러면 여유 있게 준비하고 가지 뭐. 그래도 다행인 건 7시에 깨우면 잘 일어나긴 하더라."

아이가 느린 걸 알면서도 엄마인 나는 아이와 같이 8시 언저리에 일어나 같이 준비를 시작했다. 아이가 느린 걸 알면 미리 깨워 준비하면 되었을 것을 말이다.

"엄마, 아빠 성격은 호떡집에 불난 듯 급한데 도대체 넌 누굴 닮아서 그런지 모르겠다."

등교하는 아이에게 아침부터 잔소리에 비난을 퍼부었던 내가 참 어리석었다. 나도 어릴 적엔 '느린 아이'였는데 그 사실을 까맣게 잊어버리고, 성인이 되었을 때의 내 모습만 기억하고 있었던 것이다. 그렇게 세월아, 네월아 느렸던 아이도 커서 필요한 상황이 되면 이렇게 불같이 성격 급한 사람으로 변할 수 있다는 걸 내 경험으로 안 이상, 더 이상 아이를 재촉할 필요가 없었다. 때가 되면, 필요하면 환경에 따라 자신을 변화시킬 테니까 말이다.

그런 느린 아이도 3학년 2학기 즈음 되자 스스로 노하우가 생겨 30분이면 알아서 척척 준비하고 등교를 했다. 그것도 깔

맞춤으로. 하나 비밀을 말하자면, 전날 늦게 자서 아침에 늦잠 잘 것 같으면 자기 전에 미리 내일 입을 옷을 입고 잔다. 하! 하! 이리 현명할 수가! 아이의 잔머리에 감탄이 절로 난다.

기다리면, 그리고 때가 되면 아이는 알아서 환경에 적응하기 마련이다. 자신의 단점을 가장 잘 아는 사람도 본인이고, 그 단점으로 인해 가장 힘들어하는 사람도 본인이다. 힘들어하는 아이에게 괜히 잔소리를 보태지 말고, 믿고 응원해주자. 아이의 못마땅한 모습에 분노하는 자신을 발견하면 그 즉시 방으로 들어가 어린 시절의 나를 회상해보자. 곧 알게 될 것이다.

'조금 부족해도 아름다운 넌,
또 다른 나야!'

Better than nothing

"제일 행복한 사람은 타고난 능력을 최대한 활용하는 사람이다. 당신이 이 생에서 해야 할 일은 그 능력과 가치를 최대한 많은 사람들에게 나눠주는 것이다."

하브 에커Harv Eker의 《백만장자 시크릿》을 읽다가 문득 이런 생각이 들었다. 그럼 도대체 나의 타고난 재능은 뭘까?

어릴 적 늘 잘했던 일이 타고난 재능일 확률이 높다는 이야기를 어디선가 들었던 것 같다. 그렇다면 난 어릴 때 주로 뭘 하면서 놀았을까? 도무지 생각이 나지 않아 엄마에게 전화를 걸어

물어보았다. 엄마는 무덤덤하게 대답했다.

"넌 어려서 잘하는 게 없었는데. 수줍음 많고 사람이 말 거는 것도 쳐다보는 것도 싫어하고."

나가서 노는 것도 싫어하고 그저 집안에서 비행기 가지고 노는 게 다였단다. 뭘 시켜도 다 싫다고 하고 미술, 피아노, 발레, 한국무용도 조금씩 하다 그만두었고 한마디로 의욕이 없는 아이였단다.

"정서적으로 문제가 많은 아이였네, 나..." 하고 말하자, 엄마는 무심하게 대답했다.

"그럴 수도 있었을 거야. 엄마가 아파서 집에 있을 때보다 병원에 입원해 있는 날이 많았고 그래서 아기 때부터 큰 이모가 키워줬고. 그 후로도 외가나 친가로 맡겨져 뭐 하나 차분히 배울 기회도 없었지. 그래서 그런지 엄마 옆에서 아무것도 안 하고 붙어 있는 것만 좋아했어."

별로 기억나지 않는 어릴 적 이야기다.

'내가 그런 아이였구나.'

그렇게 의욕 없던 내게 난생처음 하고 싶은 일이 생겼다. 지금도 그때의 감정이 생생하게 기억이 난다. 너무나 간절하게 원하는 일, 하고 싶은 일이 생긴 첫 경험이었기 때문이다.

대학에 입학한 지 얼마 되지 않은 어느 날, 동아리 소개 시간이었다. 멍하니 듣고 있던 나의 머리카락이 쭈뼛 서고 심장이 쿵쿵 뛰었다. 프레젠테이션에서 보이는 과거 선배들의 사진을 보면서 온몸에 짜릿한 전율이 느껴졌다.

전국 사이클링 관광자원 답사단!

관광경영학과인 만큼 한 달 동안 사이클을 타고 전국의 대표 관광지를 직접 돌면서 답사하고 설문조사를 통해 실태 파악 및 개선방안을 도출하는 취지의 동아리였다. 서울에서 출발해서 대관령을 넘어 속초로, 속초에서 동해를 따라 부산까지 내려간 후, 배로 제주도로 들어간다. 제주도에서 목포로 올라와 목포에서 서해안을 따라 다시 서울로 입성하는 총 30일간의 여정이었다.

여태 20여 년을 살아오면서 그토록 간절하게 뭔가를 하고 싶다는 생각이 든 적이 없었다. 이 기회를 놓치면 평생 후회할 것이라는 확신마저 들었다. 그러나 곧바로 큰 문제에 봉착했다. 전국 일주 사이클링 답사를 가려면 다니고 있던 회사를 그만두어야 했다. 그 말은 앞으로 4년간의 대학 등록금은 아르바이트해서 벌어야 한다는 의미였다. 등록금은 어떻게 마련한다 하더라도 엄마에게 드리던 생활비는 이제 더는 드릴 수 없게 된다는 생각이 죄책감을 불러일으켰다. '이렇게 이기적이어도 되나?

고작 자전거 타고 딱 한 달 놀러 가겠다고 나머지 4년을 불안정한 상황으로, 무책임한 상황으로 만들어도 되는 것일까?' 고민하고 주저했지만, 이미 결론은 나 있다는 것을 너무나도 잘 알고 있었다.

모집 마감일 전날, 저녁을 먹은 후 엄마에게 말을 꺼냈다.

"엄마, 나.... 회사 그만둘까?"

"갑자기 왜? 회사 다니랴 학교 다니랴 둘 다 같이 하려니까 힘들구나?"

"아니, 그런 게 아니고..."

"그럼 왜? 회사에서 학교 다닌다고 누가 뭐라고 해?"

"아니, 그런 사람 없어... 그런 게 아니고..."

갑자기 눈물이 주르르 흘렀다.

"엄마! 나, 전국 일주 사이클링 관광자원 답사단 그거 하고 싶어. 너무너무. 미안해, 엄마."

그렇게 자전거도 잘 타지 못하던 나는 자전거도 아닌 사이클을 타겠다고 덥석 회사를 그만두었다. 3월에 회사를 그만두고 4월부터 바로 3개월간의 전지훈련을 거쳐 7월에 드디어 전국 일주 사이클링 답사를 가게 되었다.

"자전거 타고 동네 한 바퀴도 못 돌던 내가 대관령을 넘어 전국 일주를 한다고? 할 수 있을까?"라는 고민이나 의심은 딱 하루 하고 지워버렸다. 또한, "한 달 답사 다녀오면 그 이후 뭐 해 먹고 살지?" 하는 걱정 역시 일단 허공으로 날려버렸다. 지금 당장 하고 싶은 것에 오롯이 집중하고 싶었다.

아무것도 모르겠지만 '일단 해보자.', '아무튼 해보자.' 나중 일은 나중에 다녀와서 생각하기로 하고 답사단 일에 몰두했다. 답사단은 전 일정 모든 비용을 전통적으로 후원금을 받아 진행했다. 학교에서도 지원금을 받지만, 그것으로는 턱없이 부족해 기업이나 선배들의 기부금과 후원금을 통해 비용을 충당했다. 3개월간의 전지훈련 기간 동안 오전에는 사이클을 타고, 오후에는 각계각층에 일하고 있는 다양한 선배들을 만나 후원금을 유치했다.

전국 일주 사이클링 답사단을 준비하는 과정에서 내가 모르던 또 다른 세계를 만날 수 있었다. 나만 보고 나만을 위해 살 때는 몰랐는데, 비로소 이 사회가 어떻게 돌아가고 있는지 가늠할 수 있었다. 혼자가 아닌 여럿이 모여 함께 도움을 주고받으며 어우러져 살아가야 오래, 멀리 갈 수 있다는 사실을 배웠다. 많은 좋은 분들의 작은 정성들이 모여 성공을 만들 수 있다는 사실도 알게 되었다.

사이클링 답사를 하는 30일간의 여정에서 만난 사람들은 참 따뜻하고 감사한 분들이었다. 난생처음 본 사람인데 후배라는 이유 하나만으로 흔쾌히 본인의 집과 앞마당을 내어 주시고 정성껏 기른 닭과 야채들로 푸짐하게 우리를 대접했다. 지방 대학에서 학생들을 가르치는 선배들도 숙소를 잡아주고, 저녁 사는 것도 모자라 가는 길에 용돈까지 챙겨주셨다. 그 당시는 교수님이니까 돈 많이 버나보다 했지만, 얼마 되지 않아 지방대 교수의 월급이 그리 녹록하지 않았다는 사실을 알게 되었다. 나라면 후배라는 사실 하나만으로 아낌없이 퍼줄 수 있었을까?

그런 분들을 수도 없이 만났다. 후원금 유치 과정에서부터 답사 기간까지 가슴이 따뜻한 사람들을 만나면서 나도 조금씩 동화되고 있었다. 경직되고 얼어붙어 있던 마음이 조금씩 누그러지기 시작했고, 나눔, 기부에 대해 생각하게 되었다. 나도 선배가 되면 반드시 내가 받은 것들을 다 나누어주리라 답사 기간 내내 끊임없이 되뇌었다.

낯선 길에서 만난 사람들, 대관령을 넘을 때 차 창문을 열고 응원해 주던 분, 잠시 나무 그늘에서 쉬는데 시원한 생수를 건

네주고 가는 사람들, 아들, 딸 생각난다며 아이스크림 사다 주신 분들, 직접 기른 채소와 과일을 챙겨서 떠나는 날 아침 건네주시던 동네 아주머니들...

답사에서 만난 사람들을 통해 나는 예전의 나와 많이 달라지고 있었다. 굳게 닫혀있던 마음의 문이 열렸고, 감사를 배우게 되었다. 세상은 내게 앞만 보지 말고 좌·우도 보고 뒤도 돌아보며 살라고 말했다. 생각보다 세상은 아름답고 살만한 곳이라는 것 또한 알려주었다.

걱정하던 모든 문제는 내 의지와 상관없이 해결되었고, 내가 예상하지 못했던 일들이 일어나기도 했다. 후원금 유치 과정에서 만난 인간관계를 통해 아르바이트를 할 수 있었다. 등록금 못 내서 걱정하는 일은 전혀 일어나지 않았을 뿐만 아니라, 졸업 후에도 여러 여행사에서 취직하라는 권유도 받았다. 어느새 더 나은 세계에서 살아가는 나를 발견할 수 있었다.

돌이켜보면 내 삶의 전환점들을 통해 현재보다 더 나은 삶을 살 수 있었다. 시도하지 않았으면 얻지도, 알지도 못했을 깜짝 선물 같은 또 다른 세상을 만날 수 있었던 이유는 바로 한 번도 해보지 않았던 일을 했기 때문이었다.

> "Better than nothing"
>
> '아무것도 없는 것보다 나아'
>
> '아무것도 안 한 것보다 나아'

새로운 것을 시도할 때 걱정하던 직원들이나 아이들에게 하던 말이다. 아무것도 시도하지 않으면 아무것도 얻을 수 없다! 그러니 일단 해보자! 시도하면 반드시 얻는 게 있을 테니까 말이다. 인생을 살아가는 데 있어 가장 큰 두려움은 아무것도 시도하지 않는 것이다.

Better than nothing!
아무튼 해보자.

인생에 숨겨진
행운의 선물을 찾아
미지의 세계로!

엄마도 가끔은 상장이 필요해

작년 11월 말, 큰애의 학교 공개수업이 있던 날이었다. 그날의 주제는 '감사'였다. 아이들은 친구와 선생님에게 감사했던 일들에 대해 발표를 하고 마지막 순서로 아이들이 '부모님께 드리는 감사장'을 발표했다.

그 교실 안에 있던 모든 엄마가 감사장을 받았지만, 나에게는 딸아이에게서 받은 이 상이 더욱 특별했다. 엄마라는 직업이 적성에 안 맞는다고 생각하던 나였는데, 비로소 '엄마로서의 재능'을 아이에게 인정받는 것처럼 느껴졌다. 좀 더 과장되게 말하면 눈물 나도록 치열했던 육아 중에 '내가 그 어려운 걸 해냈구나!' 하는 희망의 빛을 보았던 날이다.

같은 반 아이들의 감사장엔 '맛있는 것을 많이 만들어주셔서', '멋진 장난감을 많이 사주셔서', '낳아주셔서', '보살펴 주셔서', '먹여주고 재워주셔서' 등의 내용이 많았다. 그런데 우리 아이는 슬프면 위로해 주고, 기쁘면 함께 기뻐해 주고, 안아주고, 뽀뽀해 주어서 감사하다고 말했다.

엄마로서 당연한 거 아니냐고? 그 당연한 걸 못한 엄마가 바로 나였다. 그렇게 차갑고 쌀쌀맞고 공감 능력 떨어졌던 내가, 그래서 아이에게 모질게 굴고, 애정표현 못 해 차갑게만 대했던 내가, 아이에게 공감을 잘 해줘서 고맙다는 감사장을 받게 되니 그 감격은 말로 다 하기 어려웠다. 모르는 이들은 그게 뭐 그리 대단하다고 호들갑을 떠느냐고 말할 수 있을 것이다. 하지만 나 자신은 알고 있다.

엄마가 가져야 할 가장 기본적이고 중요한 덕목이 공감 능력이라고 생각했던 나에게, '공감 능력 부족'과 '따뜻한 표현능력 제로'라는 나의 치명적 단점이 얼마나 큰 절망감을 주었는지. 고쳐야 한다는 걸 알면서도 매번 고쳐지지 않을 때, 머리는 아는데

감사장

성명: 부모님♡

저희 부모님은 저를 낳아주시고, 키워주시고,
돌보아주셨습니다. 또 아프면 치료해 주셨고,
슬프면 위로해 주셨고, 기쁘면 함께
기뻐해 주셨고, 꼭 껴안아 주시고, 뽀뽀
도 해 주셨기에 이 상장을 드립니다.

2017년 11월 1일

저희 부모님은 저를 낳아주시고, 키워주시고, 돌보아 주셨습니다. 또 아프면 치료해 주셨고, 슬프면 위로해 주셨고, 기쁘면 함께 기뻐해 주셨고, 꼭 껴안아 주시고, 뽀뽀도 해 주셨기에 이 상장을 드립니다.

행동으로는 되지 않아 매일 자책하고 후회하고 아이에게 미안해하는 것을 반복하다 보니 엄마 자존감은 바닥을 뚫고 끝이 어딘지 모를 지하로 곤두박질치고 있었다.

한때는 이 모든 잘못을 나의 환경 탓으로 돌린 적이 있었다.

'어릴 적 나도 그런 공감 받은 경험이 없는데 어떻게 공감하라는 거야!'

'슬퍼할 때 위로받은 적 없고, 살갑게 애정표현 받아본 기억이 없는 내가 어떻게 내 자식한테 그렇게 살갑게 굴라는 거냐고!' 하고 말이다. 한 고등학교 동창이랑 육아에 지치고 힘들 때마다 하던 이야기가 있었다.

"인정하고 싶진 않지만 육아 스타일도 대물림이 되는 거지. 우리의 엄마가 차갑고 거칠었던 것처럼, 그 모습을 보고 자란 우리가 어떻게 자식새끼 예쁘다고 물고 빨고 낯간지럽게 살갑게 구니? 경험해본 사람이나 하는 거지. 우리 핏속엔 공감 DNA는 애초에 없었던 거야."

그런데 생각해보면 내 감정을 엄마에게 드러냈던 기억이 별로 없다. 그러니 엄마 입장에서도 날 위로해 주고 공감해 줄 기회도 없으셨겠지.

어쩌면 내가 기억하지 못할 뿐 무의식 속에는 부모로부터 공감 받았던 경험이 차곡차곡 쌓여 있을지도 모를 터였다. 한 편으로는 오기가 생기기도 했다. 내 딸은 나처럼 차갑고 냉정한 엄마가 되어서는 안 된다. 이 대물림은 나에게서 끝내야 한다고. 그래서 죄책감 속에서 치를 떨며 부단히 노력했을지도 모른다. 좀 더 다정한 엄마가 되기 위해, 좀 더 따뜻한 엄마가 되기 위해.

그러다 어느 순간, 부자연스러웠던 행동들이 서서히 자연스럽게 느껴졌다. 그런 나의 노력을 아이는 알고 있었던 걸까? 생각지도 못한 감사장의 내용을 보면서 내가 눈물지을 수밖에 없었던 이유였다.

많은 학자들의 단골 연구 대상인 남아프리카의 바벰바족이 있다. 연구의 이유는 범죄가 거의 일어나지 않는다는 것. 연구 결과, 이렇게 낮은 범죄 발생률의 비법은 바벰바족만의 색다른 죄인 심판 방법 때문이었다. 마을에서 죄를 저지른 사람이 생기면 광장에 세우고 부족들이 그를 중심으로 큰 원을 만들어 한 명씩 돌아가며 죄인을 칭찬한다.

"넌 원래 착한 사람이잖아."

"이 친구는 우리 가족에게 식량을 나누어 주었어요."

"작년에 비가 많이 왔을 때 우리 집 지붕을 고쳐줬던 거 기억해? 그때 정말 고마웠어."

아무도 그의 죄에 대해서는 말하지 않는다. 더 해줄 말이 없을 때까지 칭찬은 계속된다. 마을 사람들이 말하는 칭찬을 들다, 죄인은 반성하며 눈물을 흘리고 만다. 그렇게 반성하면 마을 사람들은 그를 안아주며 위로의 말을 건네고 죄를 용서하는 것이다. 그리고 죄를 뉘우치고 새 사람이 된 그를 축하하는 의미로 축제를 연다. 바벰바족의 낮은 범죄 발생률의 비밀은 '너는 원래 착한 사람이야.'라는 칭찬과 믿어주는 힘이었다.

엄마도 아이와 마찬가지로 칭찬과 인정이 필요하다. 매일 자신을 인정하고 칭찬해 주자.

> '나는 꽤 괜찮은 엄마다.'
> '이 정도면 잘하고 있어.'
> '나는 원래 좋은 사람이야.'

스스로 부족하다는 생각이 들거나 힘이 들 때면 가끔 아이들에게 유도 질문이라도 해서 억지 칭찬을 받기도 한다.

> "엄마는 뭘 잘하는 것 같아?"
> "오늘 엄마에게 뭐가 제일 고마웠어?"

칭찬은 고래도 춤추게 만들고, 바보도 천재로 만드는 힘을 가지고 있다. 칭찬받은 엄마는 자존감이 올라가고, 자존감이 올라간 엄마는 행복한 육아를 실행할 힘을 가지게 된다. 아이가 행복한 인생을 살아가는 데 있어 자존감이 중요하다는 것은 두말할 것도 없다.

아이의 자존감을 높여 주기 위해서 선행되어야 할 것은 엄마의 자존감을 높이는 일이다. 아이의 자존감은 엄마의 자존감과 비례하기 때문이다. 자존감 높은 엄마를 보고 자란 아이가 자존감 높은 어른으로 성장할 수 있다는 사실을 명심하자.

아이들에게
칭찬받고 인정받는 것이야말로
엄마의 자존감을 높이는
최고의 특효약이다.

볼록거울
목에 걸고 다니기

어느 날 학교에서 돌아온 딸아이가 고개를 푹 떨어뜨리고 한숨을 쉬며 말했다.

"엄마, 난 잘하는 게 하나도 없어. 우리 반 혜원이는 어릴 때부터 발레를 해서 엄청 유연해. 다리도 쫙 벌어지고 근데 난 요만큼밖에 안 벌어져."

"그리고 오늘 토론 수업을 했는데 난 말도 못 했어. 내가 뭐라 말할지 생각하는데 다른 친구들은 다들 자기 생각을 말하는 거야. 내가 하려고 했던 말이랑 똑같은 말을."

아이의 끝없는 불만을 듣고 있다가 불현듯 예전에 딸과 함께 읽었던 《숟가락》이라는 동화책이 생각났다. 주인공인 숟가락은 친구들인 나이프, 포크, 젓가락의 재주를 자신과 비교하면서 자신은 잘하는 것이 하나도 없다고 우울해한다. 나이프는 잼을 식빵에 쓱쓱 바를 수도 있고, 포크는 무슨 일이든지 척척 해내고, 젓가락은 키도 크고 멋지다며 친구들을 부러워한다.

그런데 알고 보니 숟가락의 친구들은 오히려 숟가락을 부러워하고 있었다. 숟가락은 무엇이든 재밌게 하고, 위험하지도 않고, 달콤한 설탕을 덜어낼 수도 있다고 말이다. 숟가락은 친구들의 얘기를 들으면서 생각하지 못했던 자신의 장점을 깨닫고 다시 행복해한다.

이 책을 아이와 다시 함께 읽으며 다른 사람과 자신을 비교하는 일은 자신을 불행하게 만드는 일이라고 이야기해주었다. 남과 비교하지 말고 자신의 장점을 볼 수 있어야만 행복한 삶을 살 수 있음을 상기시켜 주었다. 그리고 아이에게 종이 한 장을 가져와서 자신이 잘한다고 생각되는 것, 장점이라고 생각하는 것들에 대해서 써보라고 했다. 다 쓰고 나니 A4용지 한가득 자기 자랑을 써 놨다. 스스로 적은 자신의 장점 목록을 만족스럽게 보던 아이는 언제 그랬냐는 듯이 함박웃음을 지으며 놀이터로 나갔다.

자기 자신의 있는 그대로를 인정하고 그 안에서 장점을 찾아내는 것은 생각보다 쉬운 일이 아니다. 언젠가 회사에서 들었던 강의 중에 자신의 장점을 작성하는 시간이 주어졌는데 한참 고민만 하다가 몇 줄 겨우겨우 적었던 기억이 난다. 비단 나뿐만 아니라 그 강의실에 있던 대부분의 사람도 마찬가지였다.

지금에 와서 그 이유를 생각해보면 평소에 나란 사람에 대해, 나의 장점에 대해 생각해 볼 시간이 거의 없었기 때문인 것 같다. 나를 들여다보고, 나에 관해 탐구해 볼 겨를 없이 살아오다가 갑자기 나에 관해서 써서 내라 하니 생각하기에도 시간이 모자랐다.

자신을 있는 그대로 인정하고 더 나아가 사랑하려면, 어릴 적부터 꾸준히 자기 자신을 탐구하는 연습을 해야 한다. 꾸준한 반복을 통해 습관이 되면, 자신에 대해 잘 알게 되고 당연히 자신의 장점에 대해서도 잘 파악할 수 있게 된다. 결과적으로 자신에 대한 만족도 또한 커진다.

엄마들이 그토록 중요하다고 생각하는 아이의 자존감은 결국 자기 자신에 대한 만족감에서 비롯된다. 자신이 꽤 괜찮은 사람이라고 느낄수록 아이의 자존감은 높아진다. 중요한 것은 자존감을 높이거나 강하게 만들어 줄 수 있는 가장 강력한 사람은 바로 '자신'이라는 점이다.

다른 사람의 눈이 아닌 나 자신의 눈으로 나를 긍정적으로 바라보고 사랑할 때, 자존감은 가장 큰 힘을 발휘한다.

"검은 피부를 가진 사람도 있고, 하얀 피부를 가진 사람도 있다. 나는 단지 두 가지를 모두 가지고 있을 뿐이다. 지금의 내 모습이 무기이며 미래이다."

디젤DIESEL, 스와로브스키SWAROVSKI, 보그VOGUE 등의 많은 유명 브랜드의 모델로 활동하며, 영국 BBC 2016 올해의 여성 100인 중 한 명으로 선정되기도 했던 슈퍼모델 '위니 할로우Winnie Harlow'의 말이다.

그녀는 멜라닌 색소 감소로 몸 여러 군데에 하얀 반점이 생기는 희귀난치성 피부질환을 갖고 있다. 흔히 '백반증'이라 불리는 병이다. 어릴 때부터 젖소, 얼룩말이라는 놀림과 괴롭힘에 시달리다 못해 결국 고등학교를 중퇴하고 자살도 여러 번 시도했다.

그러던 어느 날, 그녀는 유튜브를 통해 《백반증, 인생을 바꾸지 않는 피부질환이다》란 제목으로 자신을 알리기 시작했다. 유튜브에서 그녀는 백반증에 대해 솔직하게 이야기하고, 백반증을 앓아온 자신의 삶에 대해 자신 있게 말하며 병에 대한 사람들의 인식을 바꾸기 위해 노력했다.

'위니 할로우'의 사례는 자기 자신을 있는 그대로 받아들이고 사랑하면 스스로에 대한 신뢰가 생기고 꿈을 향해 나아갈 원동력이 된다는 것을 우리에게 일깨워준다.

평소 아이가 자신이 꽤 괜찮은 사람이라고 느끼고, 더 나아가 가치 있는 사람이라고 생각하게 만드는 비법이 있다. 바로 '칭찬하기'와 '오늘 잘한 일 세 가지 말하기'이다.

첫 번째 방법인 칭찬은 거창한 것이 아니다. 언젠가 김제동 씨가 강연할 때 들었던 이야기이다. 문재인 대통령이 자신의 벗은 양복 윗도리를 참모들이 걸어주지 않고 스스로 옷걸이에 걸었다고 국민에게 박수를 받은 적이 있었다. 아이들도 옷을 스스로 걸어놓으면 있는 힘껏 손뼉 쳐주며 이렇게 말하라는 것이다. "엄마는 오늘 너의 그런 모습에서 네가 장차 커서 대통령이 될 만한 재목이라는 것을 알아차렸다."라고.

아이의 자아상은 부모, 형제, 자매, 선생님 등과 같이 자신과 가장 가까운 사람들로부터 많은 영향을 받는다. 긍정적인 피드백을 많이 받을수록 자신이 괜찮은 사람이고 가치 있는 사람이라고 느끼게 된다. 그러니 엄마 먼저 볼록렌즈를 목에 걸고 내 아이에 대한 장점을 많이 들여다보고 깨알 칭찬을 해줘야 자존감 높은 아이가 될 수 있다.

두 번째 방법은 아이들과 매일 밤 자기 전 침대에 누워 '오늘의 잘한 일 세 가지'를 공유하는 것이다. 오늘 하루를 되돌아보며, 내가 오늘 한 일 중 가장 잘한 것 세 가지를 돌아가면서 말하고, 다른 식구들은 긍정적인 피드백을 줌으로써 자신의 행동을 다시 한번 생각해 볼 기회를 만들어주는 것이다.

이런 행위는 자신의 장점을 찾는 훈련이 될 뿐 아니라, 자신을 칭찬하는 습관을 만들어주어 결국 나에 대한 긍정적 이미지를 갖게 해준다. 식구들과 잠들기 전 나누는 대화를 통해 스스로에 대한 자신감과 만족감을 높일 수 있고, 남과의 비교에서 우위를 차지할 때만 얻는 행복이 아니라 자기 안에서 스스로 행복을 만들어 낼 수 있는 중요한 습관을 형성하게 된다.

또한, 긍정적 눈을 가진 아이는 타인도 똑같이 긍정적으로 바라본다. 자신을 칭찬할 줄 아는 아이는 타인의 장점을 찾아 칭찬하는 일에도 익숙해진다. 자신도 행복하고 주변 사람들도 행복하게 만드는, 이 세상에 꼭 필요한 존재가 되는 것이다.

자기 자신의 매력, 타인의 매력을 찾아내고 칭찬할 줄 아는 아이로 자라게 하는 것이 엄마가 아이에게 줄 수 있는 가장 큰 선물이다. 아이가 평생을 행복하게 살기 위한 강력한 습관을 만들어주는 것 역시 엄마가 줄 수 있는 최고의 유산이다.

담이가 좋아하는 것

1. 보드 게임
2. 반려동물 돌보기
3. 춤추기
4. 노래부르기
5. 피아노 치기
6. 줄넘기
7. 달리기
8. 운동하기
9. 일러스트 그리기
10. 다이어리 꾸미기
11. 놀이터에서 놀기
12. 미역국♡
13. 기억력 하는 것.
14. 시내에서 놀기
15. 수다떨기

담이가 잘하는 것

1. 그림그리기
2. 색칠하기
3. 책읽고 평가하기
4. 책 소개하기
5. 동생 돌봐주기
6. 미역국 빨리 먹기
7. 아기 돌보기
8. 필기하기
9. 동생 놀리기
10. 동물 구경하기
11. 피구
12. 만화 그리기
13. 돈 모으기
14. 옛날이약
15. 이야기 만들기

담이가 되고싶은 사람은?

도움이 필요한 사람들을 도와주는 UN 직원

얼음 빙판 위를 달리는 피겨 스케이팅 선수

무대위를 우끈 달구는 연예인

우리 아이의 목에
나만의 장점과 무기를 찾아줄
볼록거울을 걸어주자.

하나를 선택하면 전부를 얻을 수 있다

온종일 이리 뛰고 저리 뛰고 바삐 시간을 보냈지만, 저녁때가 되면 문득, 오늘 하루가 허탈하게 느껴지는 순간을 당신도 만난 적 있을 것이다.

'오늘 정말 많은 일을 했군. 정신없이 바쁜 하루였어.'

육신은 천근만근 무겁기만 한데 머릿속은 텅 빈 느낌을 느낀 적이 있을 것이다.

회사에 다니던 시절, 나는 멀티플레이어의 본보기였다. 한 번에 2가지가 아니라 3가지 이상의 일을 해냈고 회사에서도 멀티플레이어가 진정한 능력자로 인식되었다. 당시 나는 고객관리부 매니저 일과 당직 지배인의 업무를 동시에 행했다. 그뿐 아니라 클럽 라운지와 비즈니스센터의 책임자까지 겸하고 있어, 한 번에 하나씩 업무를 보는 것 자체가 불가능했다. 고객과 전화를 하면서도 동시에 급한 이메일을 회신한다든지, 업무보고를 들으면서 프레젠테이션 준비를 함께 해야 했다. 이렇게 동시에 여러 가지의 일을 처리해야만 야근을 최소한으로 줄일 수 있었다.

이런 멀티태스킹의 습관은 일을 그만둔 후에도 계속되었다. 설거지나 청소를 하면서 인터넷 강의를 듣거나 중국어 회화를 틀어 놓았다. 음식을 할 때도 볶음밥을 만들며, 동시에 찌개를 끓이는 것은 당연하고, 중간중간 세탁기를 돌리고 마른빨래를 개곤 했다. 밥을 먹으면서도 책을 읽거나 부동산강의를 듣기도 했다. 아이들에게도 멀티태스킹 훈련은 이어졌다. 식사하면서도 책을 읽거나 간단한 한자 공부를 하도록 독려하고, 간식을 먹을 때도 영어 DVD를 틀어놓는 등 두 가지의 일을 동시에 하는 것이 시간을 효율적으로 사용하는 것이라 믿었다.

지금 생각해보면, 살림하면서 들었던 인터넷 강의나 외국어 회화 중 기억에 남는 것은 별로 없었다. 아이들 또한, 노는 것과 공부하는 것, 그 어느 것에도 집중하지 못하고 산만해지기만 했던 것 같다.

우리는 하루하루 쏟아져 들어오는 많은 요구에 부응하기 위해 여러 가지 일을 한꺼번에 처리하려는 헛된 노력을 한다. 그 결과 집중력은 떨어지고, 스트레스는 치솟고, 결국 주위에 있는 동료나 고객, 직원, 친구, 가족에게 회복하기 힘든 실수를 저지르기도 한다. 이렇듯 흐트러진 집중력은 좋지 않은 결과를 만들고, 인간관계 또한 망칠 수 있다.

멀티태스킹 연구에 있어 세계적인 권위자인 스탠포드 대학교의 에얄 오피르Eyal Ophir 교수는 멀티태스킹은 주의전환을 늦춤으로써 판단력을 저해한다는 것을 밝혀냈다. 그는 멀티태스킹을 하는 사람들은 자신 앞에 놓인 정보는 모두 받아들이지만, 그것을 분리해서 생각하지 못하고 주의를 분산시킬 뿐이라고 지적했다.

모든 사람이 마찬가지겠지만, 특히 워킹맘들은 하나에 집중하기가 쉽지 않다. 회사에서의 일은 물론 살림, 육아 등 해야 할 일과 책임져야 할 일이 많기 때문이다. 그 안에서 중심을 잡으려면 '단 하나의 법칙'을 사수하는 방법밖엔 없다. '단 하나의 법칙'은 《원씽》이란 책에서 제시된 것으로 우리가 자주 작성하는

'할 일 목록To-do-list'을 8:2 법칙을 적용하여 '성공 목록'으로 바꾸는 것이다. 예를 들어, 25가지의 할 일 목록을 작성했다면, 그중 20%에 해당하는 5가지의 성공 목록을 작성하고, 다시 그 5가지 중에 제일 중요한 '단 한 가지'를 찾는 방법이다. 생각은 크게 하되, 가장 중요한 것에 초점을 맞춘다는 '단 하나의 법칙'이 매우 강력한 결과를 이끌어 낸다고 저자는 강조한다.

이 책을 읽고 나는 매일 하던 할 일 목록을 지워나갔다. 처음에는 해야 할 일들이 아닌 하지 않아도 되는 일들을 하나, 둘씩 지워나갔다. 이 작업을 가장 중요한 단 하나가 나올 때까지 계속 진행했다.

그 결과, 나에게 중요한 단 하나는 '독서와 글쓰기'였다. 사실 독서와 운동 중 하나를 고르기 힘들었지만, 집필을 하는 지금의 내 상황에선 독서와 글쓰기가 가장 중요했다. 온종일 독서와 글쓰기만 한다는 것이 아니라, 두 가지를 최우선 순위에 놓고, 시간이 남으면 다른 해야 할 일을 하는 것이다. 굳이 하지 않아도 되는 사소한 일을 먼저 하느라 가장 중요한 일이 뒤로 밀리는 것을 방지하기 위함이다.

요즘 아이들은 정말 바쁘다. 운동도 한 가지, 악기도 하나쯤

다뤄야 하고, 영어도 당연히 해야 하고 바쁜 와중에 독서는 당연하다. 하나하나 중요하지 않은 것이 없어 보인다. 중요한 것은 이 모든 것을 한꺼번에 하려는 것을 멈춰야 한다는 것이다. '한 번에 하나씩'을 잊지 말자. 아이의 관심과 상황에 맞게 아이와 상의하여 '단 한 가지'를 찾아야 한다. 우리 아이들에게도 역시나 가장 중요한 단 하나는 '독서'였다. 이렇게 단 한 가지를 결정하니 집중할 수 있는 여건과 심리적, 물리적 여유가 함께 주어졌다.

직장에서의 일과 살림도 마찬가지다. 회사 업무 중에서 가장 중요한 것이 무엇인지를 고민하고, 가사노동에서도 가장 우선시되어야 할 단 하나를 찾아 집중해보자. 나의 한정된 시간과 에너지를 투자할 만큼 정말로 공들일 가치가 있는지, 또 왜 그것을 추구하려 하는지 고민해본다면 가장 중요한 단 한 가지를 찾는 데 도움이 될 것이다.

매일 하던 할 일 목록에서 줄긋기 게임을 중단하고 그중에 숨어있는 가장 중요한 한 가지를 찾는 '원씽One Thing 게임'을 시작해보자. **가장 중요한 일을 하는 것이 가장 중요한 일이 되어야 한다.** 그래야 차례차례 내가 원하는 것을 얻을 수 있다.

비로소 보이는 것들 1

[비로소 보이는 것들(남편 편)]

호텔 오픈 20주년을 맞아 호텔 품격 향상을 위한 T.F.T Task Force Team에 속해 있을 때 일이다. 때마침 G20 정상회담이 호텔 옆 코엑스에서 열리고 있어서 보안상 집에도 가지 못하고 호텔 스위트룸에 갇혀 며칠 동안 일을 하고 있었다.

아침에 일어나 화장실에서 양치하고 있는데 남편에게 전화가 왔다. 전화를 받자마자 남편이 하는 말, “너무 힘들다. 죽고 싶다.” 아침이라 잠이 덜 깬 데다, 전날 늦게까지 일한 탓에 피곤했지만, 남편의 이런 갑작스러운 말을 듣고는 무척 당황할 수밖에 없었다. 둘 다 아무 말도 하지 않고 있다가 다시 남편이 말을 꺼냈다. "미안하다. 힘들 텐데……." 그리곤 전화를 끊었다.

표면적으로 보면 우리 부부는 아무 문제도 없어 보였다. 오히려 아주 금슬 좋은 부부였다. 남편이 내 생일날, 바쁜 나 대신 백화점을 돌며 겨울 코트를 여러 개 사진 찍어 어떤 게 좋은지 물어본 적이 있었다. 직원들은 나에게 회사에 올인하는데 어쩌면 그렇게 좋은 부부가 될 수 있는지 그 비결을 묻기도 했다.

하지만 보이는 것이 다가 아닌 법. 우리 부부는 사실은 위기 속에서 발버둥치고 있었다. 남편이 그렇게 애쓰는 것도 위기에서 벗어나고자 하는 몸부림이었을 것이다. 그 당시 육아 문제로 처가살이를 했는데 남편은 나름의 어려움이 있었을 테고, 엄마는 사위와 별로 궁합이 맞지 않아 힘들어하고 있었다.

아이도 그런 어른들 사이에서 힘들어하긴 마찬가지였다. 하지만 워킹맘으로 사는 것도, 친정살이하는 것도 내가 선택한 일이었기 때문에 감당해야 할 부분이라 생각했다. 지금 생각하면 감당이 아니라 외면이었고, 가족들보다 내 일이 더 우선이었다. 퇴근하고 집에 와서도 이메일을 체크하고 머릿속에는 내일 발표할 일들과 이번 달에 있을 이벤트를 구상하곤 했다. 집에 몸만

와있을 뿐 내 관심은 온통 회사에 있었다. 친정엄마가 왜 매일 아픈지, 왜 남편이 죽고 싶다고 하는지, 왜 딸이 집착증세를 보이는지 알지 못했다.

회사를 그만두고 집에 있어 보니, 비로소 하나둘 보이기 시작했다. 먼저 내가 얼마나 가족들에게 관심이 없었는지 알게 되었다. 처음으로 남편의 와이셔츠를 빨고 다림질을 하면서 그때서야 정확한 남편의 와이셔츠 치수를 알았다. 남편의 발 사이즈가 구두는 275mm, 운동화는 280mm임을, 남편의 겨울 양복이 3개밖에 없음을, 그리고 남편이 젓갈을 좋아했다는 사실을 새삼 기억해 냈다. 남편의 해진 양말과 속옷을 보면서 내가 얼마나 무심한 아내였는지 알게 되었다. 아내라면 당연히 알고 있어야 하는 남편에 대한 사소한 것들을 나는 모르고 있었다.

결혼 후 5년간의 시댁살이 동안 시부모님들께서 남편의 모든 것들을 챙겨주셨다. 신발이며 와이셔츠며 속옷까지. 그 후 친정으로 와서는 그 역할을 엄마가 대신해주셨다. 그 모든 것을 당연하다 여겼다. 나는 일하는 여자였기 때문에. 그런데 남편은 단 한 번도 이런 일을 서운해 하거나 나를 나무란 적이 없었다.

내가 받는 이해와 배려는 당연하다고 여겼다.

그런데 집에서 남편이 생활하는 것을 지켜보니 그동안 남편이 얼마나 나의 관심과 사랑에 목말라했는지 알게 되었다. 사소한 나의 관심에 감동하고 감사해하는 남편의 모습에 한없이 미안한 마음이 들었다. 당연하다고 생각한 것들이 당연한 것이 아님을 깨닫자, 내가 얼마나 복에 겨웠는지 알게 되었고 남편에게 미안한 마음과 함께 좀 더 잘 챙겨줘야겠다는 생각이 들었다.

내가 변하자 남편도 서서히 변했고 점차 부부간에 애틋함이 생겨났다. 부부가 변하자 아이들도 달라졌다. 이렇게 정서적으로 가정이 안정되자, 남편도 나도 미래에 대한 꿈을 함께 그릴 수 있었다.

"40대 이상의 남자들은 감정 표현이 제한돼 있어요. 저는 이를 감정 난독증이라고 하는데요. 가만히 살펴보세요. 남자들은 "외로워"라는 말을 하지 않고 "술 한잔해야겠어."라고 말합니다. 회사에서 잘릴 것 같아 불안해도 "산속에 들어가 살아야겠어." 라고 돌려 말합니다. 자기감정을 엉뚱하게 읽다 보니 표현도 그리 되는 겁니다."

아산병원 정신건강의학과 전문의 김병수 전문의가 한 말이다. 오죽했으면 《아플 수도 없는 마흔》이라는 책 제목이 있을까? 40대는 일과 책임감이 증가하는 시기이다.

홍삼이나 비타민 없이는 버티기 힘들어지고, 방심하는 순간 몸 여기저기에서 이상 신호를 보내오는 시기이다. 게다가 이 무렵 지인들이 암에 걸렸다거나 돌연사, 과로사했다는 이야기가 들린다. 위장병이 나도 술자리는 반드시 참석해야 하고, '운동해야지' 수백 번 각오해도 정작 몸은 소파를 떠나지 못하고 있다.

정서적으로도 마찬가지다. 이 시기가 되면 아이들은 대부분 사춘기가 시작된다. 남편들은 이제 슬슬 자기 자신과 가족들에게 시선을 돌리려 하지만 시기가 서로 맞지 않는다. 불행하게도 서로 필요한 시기가 엇갈려, 40대의 남자들은 가족들 사이에서 고립되어 우울증과 공황장애, 분노조절장애 등으로 고통 받기도 한다.

회사를 그만둔 후, 남편을 위해 내가 제일 잘한 일을 꼽으라고 한다면 교회의 부부목장에 다니도록 독려한 일이다. 부부목장은 부부 단위로 이루어진 가정예배의 형식인데, 각자의 삶의 되돌아보고 고민거리를 허심탄회하게 나눌 수 있는 자리다.

믿음과 신앙이 깊지 않은 내가 남편을 부부목장에 권했던 데는 이유가 있다. 남편에게는 일에서 받은 스트레스를 털어놓고 공유할 수 있는 상대가 절실히 필요했기 때문이다. 직원들과도, 오랜 친구들과도 나눌 수 없는 삶의 무게를 타인과 공유함으로

써 그 짐을 조금이나마 덜어낼 수 있는 시간이 되었으면 싶었다.

비슷한 처지의 사람들에게 공감을 받는 것 자체가 스트레스 해소에 큰 효과가 있음을 경험으로 누구보다도 잘 알고 있었던 터였다. 예상대로 이런 만남과 교제는 남편에게 치유의 시간이 되었다. 그뿐만 아니라 각자의 가정에서 일어나는 크고 작은 일들, 육아나 부부의 고민을 터놓고 얘기함으로써 때로는 위안을, 때로는 지지와 공감을 받으며 어려움을 슬기롭게 해결해 나갈 수 있었다.

낯 뜨거운 말을 직접 대놓고 하지 못하는 성격의 나는 그 자리를 빌려 평소에 남편이 잘하는 점과 고맙게 생각하는 점들을 이야기했다. 또한, 남편이 힘들어할 때 내가 도와주고 싶은 심정이나 감사한 마음도 표현했다. 이렇게 아내에게 공감을 얻고 인정을 받는 경험이 늘어나자 남편은 더욱 가정적인 남편으로 변해갔다.

남편도 아이와 같다. 힘들어할 때 공감을 통해 위로해 주고, 잘할 때 무한 칭찬을 해주고, 사소한 것이라도 고마움과 감사함을 표했다. 가정에서 인정과 격려, 그리고 존경을 받은 남편은 점차 밖에서 받은 상처를 집에서 치유하기 시작했다.

그리고 더욱 중요한 것은 남편이 완전히 나의 편이 되었다는 점이다. 내가 그랬던 것처럼, 일과 육아의 소용돌이 속에서 직장과 가정 사이를 줄타기하는 워킹맘에게 남편은 맨 뒷전으로 물러나게 될 수밖에 없다. 내 몸이 지치고 힘들기 때문에 남편에게 신경 쓸 여유조차 없다는 걸 잘 안다. 그러나 아이에게 줄 사랑과 관심에서 조금이나마 떼어서 남편에게도 나누어주길 바란다. 남편을 내 편으로 만들면 육아도 가사도 아이들 교육도 훨씬 수월해진다.

[비로소 보이는 것들(친정엄마 편)]

어느 날 아침, 잠을 자고 일어났는데 양손이 퉁퉁 부었다. 손가락 마디에 통증이 느껴지고 잘 펴지지 않았다. 아이들 아침밥을 푸려고 주걱으로 밥을 뜨는데 주걱을 잘 잡을 수가 없었다.

'갑자기 왜 그러지?' 생각도 잠시, 바쁜 아침 일상에 그러려니 하고 넘어갔다. 둘째 유치원 등원시키려고 집을 나서는데, 계단을 내려가는 순간 이젠 무릎에 통증이 느껴졌다. 평상시대로 계단을 걸어 내려가니 너무 아파서 몸을 옆으로 비틀어 한쪽 다리로 하나씩 하나씩 겨우 내려갔다.

가까스로 아이를 유치원 차량에 태워 보내고 집으로 들어와 소파에 벌러덩 누워있었다. 그때 걸려온 전화, 액정화면에 '엄마'

라고 떴다. 엄마는 내 몸 상태를 듣더니 같이 병원에 가자며 지금 바로 올 테니까 누워서 쉬고 있으란다. "아니, 괜찮아. 좀 누워 있다가 동네 정형외과에 가볼게." 엄마의 집이 포천인데 거기에서 수지까지는 자동차로도 1시간 반은 족히 걸린다.

전업주부들은 대부분 아이나 남편 몸이 안 좋으면 자다가도 벌떡 일어나 병원이나 하다못해 약국이라도 가서 약을 사다 주면서도 자신의 몸이 좋지 않으면 참을 때까지 참다가 결국 심각해져서야 병원을 찾는 경우가 많다.

예전의 우리 엄마도 그랬다. '매일 아프다고 하면서도 도대체 왜 병원을 가지 않는 걸까?' 도저히 이해되지 않았다. 그 땐 정말 미련하다고 생각했던 그 행동을 지금 내가 하고 있는 것이다. 그날 저녁 병원을 다녀왔냐는 엄마의 확인 전화에 "아니, 오늘 바빠서 못 갔어. 내일 가볼게." 하니 버럭 화를 내시더니 당장 내일 새벽에 오시겠단다.

다음 날, 자고 일어나 거실에 나가보니 거실 탁자에서 엄마가 커피를 마시고 계셨다. 부은 내 손을 보시더니 도대체 병원 하나 혼자 못 가고 할 줄 아는 게 뭐냐며 투덜대셨다. 곧 능숙한 손놀림으로 식구들 아침밥을 챙기시고 아이들 등교, 등원을 시키신다.

의사는 사진도 찍고 내 손을 이리저리 살펴보더니 류머티즘성 관절염이 의심된다고 하며 몇 가지 검사를 했고, 검사 결과는 며칠 걸리니 그동안 통원치료 받으면서 당분간 살림은 하지 말라고 했다. 엄마는 역시나 본인의 예상이 맞았다며 연거푸 한숨을 쉬시면서 집에 가서 옷가지 몇 벌을 챙겨 오시겠단다. 의사가 살림하지 말라고 했으니, 본인이 와서 아이들 돌봐주고 살림을 하겠다고 자청하셨다.

그렇게 엄마가 떠난 지 3년 만에 다시 집으로 들어오셨다. 엄마는 내가 퇴사한 지 1년이 되던 해에, 우리 가족이 싱가포르에 가서 한 달 동안 있을 때 혼자 이사를 나가셨다. 오랜 고민 끝에 내린 결정이라며 이해해 달라고 하셨다. 나는 그때도 엄마가 왜 그런 결정을 내려야만 했는지 온전히 이해하지는 못했다. 다만 같이 산다고 해서 행복한 것만은 아니라는 말에 더는 엄마를 붙잡을 수 없다는 것을 직감했을 뿐이다.

난 장녀로서 내 나이 9살 때부터 혼자인 엄마를 보고 자랐다. 그것도 오랜 세월 홀로 암 투병하는 엄마의 옆자리를 지켰다. 지켰다기보다는 그저 시간을 함께 보냈다. 자연스럽게 난 엄마의 보호자가 되어야 한다고 생각했고 아빠의 빈자리를 내가 채워야 한다고 생각했다.

결혼한 후에도 그 생각은 변함이 없었다. 어쩌면 애를 핑계로 엄마 옆자리를 지키려 했는지 모른다. 죽이 되든 밥이 되든 내 옆에 엄마를 두는 게 맞다고 생각했다. 그런데 함께 있어서 행복하지 않다는 엄마의 말이 내겐 큰 충격이었다. 그렇게 해서 결혼한 지 10년 만에 우리 가족은 양가로부터 독립했다.

19살 때부터 취직해서 돈을 버느라 살림은 손에 대본 적이 없었다. 아이가 태어났을 때도, 직장을 다녀야 하니 아이를 손수 봐주시겠다는 시댁 어르신들 덕분에 육아에도 별로 신경 쓰지 않았다. 집과 회사가 먼 탓에, 출퇴근 시간만 왕복 4시간이 걸렸다. 새벽에 나와 밤에 귀가하니 살림할 시간도 없었다.

시어머니가 갑상선암에 걸리시면서 집안 분위기는 더욱 안 좋아졌고, 매일 힘들다고 울던 딸을 보다 못해 친정엄마가 아이를 봐주시겠다고 나선 것이었다. 그렇게 또다시 엄마와의 동거가 시작되었다.

"엄마, 또 잤어? 또 어디 아픈 거야? 아프면 병원을 가든지 해야지 그렇게 누워만 있으면 어떡해? 담이 하원하고 오면 어떻게 하려고?"

"집이 이게 다 뭐야! 엄마가 치우면서 놀라고 했지. 다 버릴까?"

"담아, 또 TV 보고 있는 거야? 어떻게 만날 TV만 봐! 책은 오늘 몇 권 읽었어?"

"엄마, 매일 아프다고 하지 말고 운동을 좀 하지 그래?"

근무 중에 잠깐 엄마에게 전화하면 이렇게 짜증부터 내는 게 일상이었다. 퇴근하고 집에 돌아오면 아이는 TV 삼매경에 빠져 있던 적도 있었다. 어떤 날은 거실과 주방이 어수선했고, 내가 들어오는 소리에 깬 엄마는 여기저기 쑤신다면서 몸살 약을 찾아 드시고 계셨다. 그런 정돈되지 못한 집안 환경에도 짜증이 났고, 매일 아프다고 말하는 엄마를 보는 것도 몹시 불편했다. 그러니 나의 표정이나 말투도 곱게 나가지 않고 투덜대거나 짜증스럽게 말하기 일쑤였다.

친정엄마가 왜 매일 아파하는지, 왜 매일 낮잠을 자는지 알지 못했다. 그저 원래 몸이 약한 분이어서 그런가 보다 했다. 오히려 왜 운동하지 않고 매일 아프다고 하냐며 운동하라고 잔소리까지 했었다.

"아이고, 멋쟁이 할머니 요즘 안 보이시네. 매일 뾰족구두 신고 애 업고 다니고 매일 놀이터 와서 애 놀리고. 하루도 빼놓지 않고 걸어서 아침에 아이 유치원 데려다주고. 엄마한테 잘해야 해. 이 동네 사람들이 다 알아. 할머니가 애를 얼마나 잘 키우셨는지."

"아이가 많이 컸네. 걷지도 못해서 할머니 등에 매일 업혀 있었는데 언제 이렇게 컸대. 저녁때만 되면 애가 엄마 보러 가자고 보채서 할머니가 애 등에 업고 허구한 날 밖에 나와 있었잖아."

내가 퇴사하고 거의 1년 동안 아파트 엘리베이터를 타면 하루에도 몇 번씩 동네 사람들이 이런 이야기들을 해주셨다.

"아~ 담이 엄마시구나. 아이고, 처음 봬요. 우린 할머니랑 친했는데. 할머니가 놀이터에 통 안 보이셔서 그러잖아도 궁금했어요. 아이 하원 하면 매일 몇 시간씩 놀이터에서 놀렸잖아. 할머니 정말 대단하셔. 엄마인 우리도 그렇게는 못 하잖아요. 놀이터 죽순이가 얼마나 피곤하다고."

한동안 애를 데리고 놀이터에 나가면 낯선 동네 아줌마들이 내게 다가와 하던 말이었다.

엄마인 나도 못 할 일들을 우리 엄마는 하고 있었던 것이다. 이런 이야기를 1년 넘게 동네 아주머니나 할머님들에게 들으며 깨닫게 되었다. 왜 저녁에 내가 퇴근하고 돌아오면 매일 아프다고 하고 쪽잠을 주무셨는지. 온종일 아이를 데리고 다니시느라, 몇 시간씩 놀이터에서 아이를 보시느라, 또 저녁때가 되면 엄마를 데리러 가자고 보채는 아이를 업고 달래느라 그렇게 고단하셨던 거다. 저녁을 준비하는 동안 잠깐 텔레비전을 틀어주거나, 아이가 TV 보는 동안 옆에서 깜박 잠이 들었을 때 내가 퇴근한 거였고 그 광경을 보면서 난 자초지종도 모른 채 못마땅해서 인상을 구기곤 했던 것이다.

그런데도 엄마는 힘든 몸을 일으켜 꼭 저녁을 챙겨주시고 다 먹고 나면 설거지까지 다 하셨다. 원래 남편의 와이셔츠도 한 장에 990원 하는 세탁소에 맡겼었다. 그런데 간혹 다림질이 제대로 되어있지 못한 경우가 있었다. 남편이 불평을 하자, 엄마는 그 다음부터 남편의 와이셔츠를 직접 빨고 다림질까지 하셨다.

살림을 도맡아 하는 지금의 나는 그때의 엄마처럼 아이를 키우지 못한다. 흉내조차 내지 못한다. 와이셔츠도 응당 동네 세탁소에 맡긴다. '애들 키우고 살림하면서 어떻게 와이셔츠까지 다림질 하냐고.' 아침에 걸어서 아이를 등원시키는 것은 꿈도 꾸지 못한다.

아이에게 텔레비전을 보여주면 그렇게 인상 쓰던 내가 지금은 피곤하면 책 읽어달라는 둘째에게 컴퓨터로 동영상을 보라고 들이밀고 잠깐 잠이 들기도 한다. 힘든 날이면 남편에게 힘들어서 아무것도 못 했으니 먹고 들어오거나 아니면 사 오라고 할 때도 있다. 설거지도 쌓아놓고 다음 날 아침에 하기도 한다. 반찬 만들 때도 "양념이 짜. 너무 달아." 하며 옆에서 잔소리만 늘어놓던 내가 지금은 집에서 반찬 만들기는커녕 반찬가게에서 대부분 사다 먹기도 한다.

그래서 헨리 워드 비처Henry Ward Beecher가 "우리가 부모가 됐을 때 비로소 부모가 베푸는 사랑의 고마움이 어떤 것인지 절실히 깨달을 수 있다."라고 말했나보다. 집에 있어 보니, 그리고 내가 직접 해보니 이제야 알겠다. 엄마가 얼마나 힘들었을지, 또 엄마가 얼마나 우리를 위해 노력하시고 희생하셨는지를 말이다.

아무리 똑똑하고 현명하다 하더라도 직접 경험해보지 않으면 보이지 않는 것들이 있다. 보고 싶은 대로 보고, 듣고 싶은 대로 듣는 것일 뿐, 정작 봐야 할 것들을 놓치고 사는 경우가 많다. 온전히 혼자의 힘으로 아이들과 남편, 그리고 살림을 돌보니 무엇이 중요한지 내가 무엇을 놓치고 살고 있었는지 눈에 들어오기 시작했다.

친정엄마는 이제 혼자 생활하시면서 꾸준히 운동하시고 여행도 다니신다. 예전엔 상상할 수 없을 만큼 건강을 되찾으셨다. 누구의 눈치도 보지 않고 하고 싶은 것들을 하며 행복한 시간을 보내시는 엄마의 모습을 보면서 매일 감사한 마음이 든다.

"완벽한 엄마가 되려고 고군분투하며 스트레스 받지 말고, 내 빈틈을 인정하고 사랑스럽게 바라봐 주어야 합니다. 그리고 내 아이가 어떤 엄마를 원하는지 대화를 통해서 해답을 찾아보세요.
정답은 결코 육아서에 있지 않습니다. 정답은 바로 내 아이가 알고 있습니다."

지식을 얻으려면 공부를 해야 하고 지혜를 얻으려면 관찰을 해야 한다. — 마릴린 보스 서번트 Marilyn vos Savant

3장

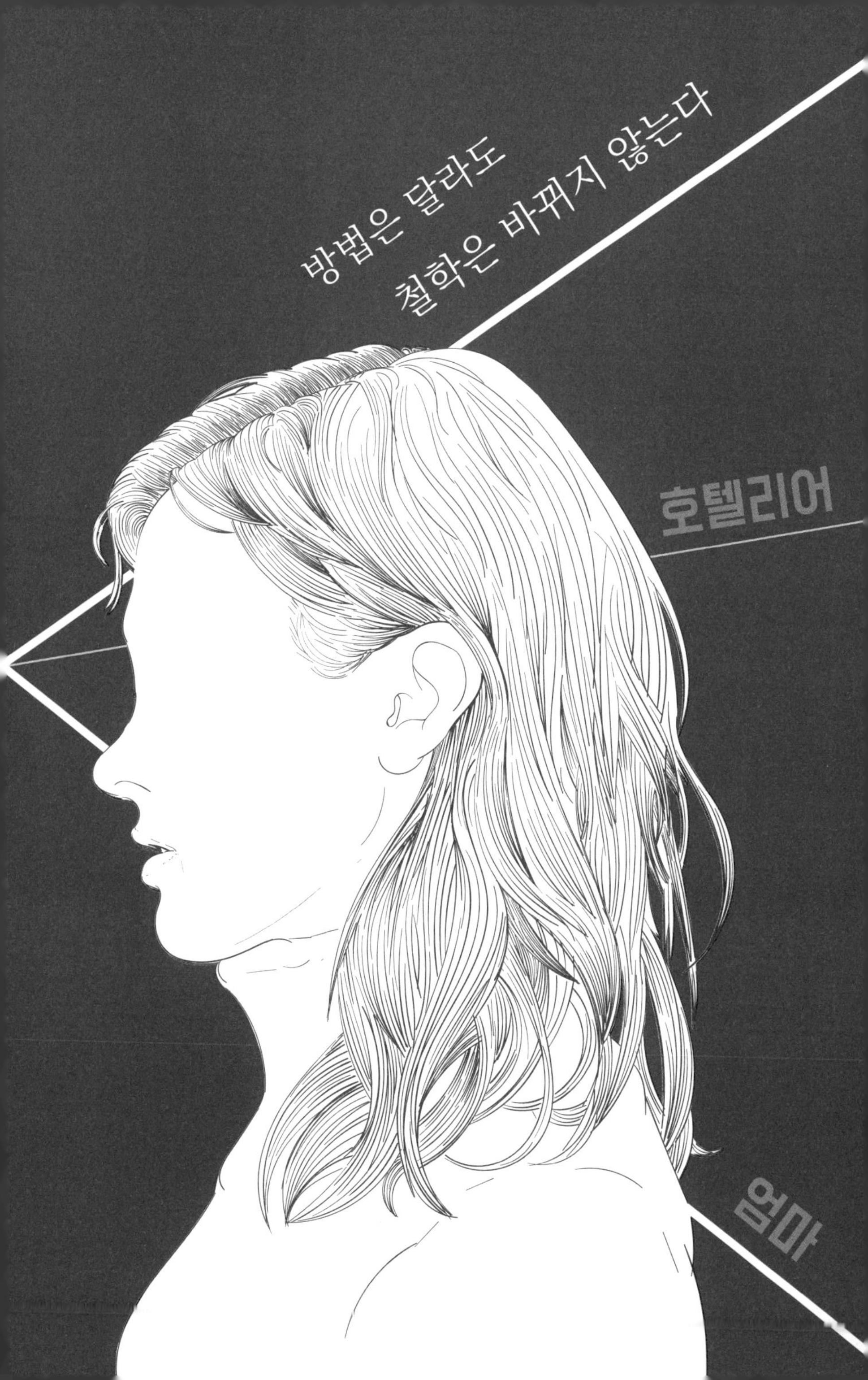
방법은 달라도
철학은 바뀌지 않는다
호텔리어
엄마

됐고
무조건 심플하게 육아

언제부턴가 라이프스타일 키워드로 '미니멀리즘'이 떠오르고 있다. 불필요한 것을 제거하고 사물의 본질만 남기는 것이 핵심인 미니멀리즘을 육아에도 적용해 '심플 육아'를 해보는 것은 어떨까? 다이어트는 육체에만 필요한 것이 아니다. 엄마라는 직업에도 불필요한 요소를 제거하는 정신적 다이어트가 필요하다.

심플 육아 첫 번째 단계 : 내 마음 비워내기

'마음 비워내기'는 타인의 시선, 비교, 걱정, 죄책감, 의무감, 책임감 등 나를 힘들게 만드는 부정적 감정 등을 내 안에서 비워내는 작업이다. 요즘 유행하는 미니멀리즘은 불필요한 물건이나 일과를 줄이는 것을 말한다. 우리 마음에도 미니멀리즘이 필요하다. 불필요한 감정, 즉 내게 도움이 되지 않는 부정적 감정을 줄여보자.

완벽한 나도, 완벽한 아이도 존재하지 않는다. 누구나 부족함을 가지고 산다. 완벽함은 어디에도 존재하지 않는다. 이를 인정하는 것이 '마음 비워내기'의 시작이다.

'나와 아이는 완벽해야 한다'는 엄마의 생각이 '두렵고 불안한 감정'을 낳고, 그 결과 엄마는 본인을 대신해 아이를 완벽하게 만들기 위해 이 학원 저 학원으로 돌리게 된다. 무리하게 아이를 뒷바라지하다가 육체적·경제적·정신적 난관에 봉착하게 되고 마는 것이다. 엄마인 나도, 아이도 모자람을 인정하면 좀 더 쉽게 행복해질 수 있다.

또한 타인과의 비교우위를 통한 만족감보다는 내적 만족감이 중요하다. 내적 만족감이 채워졌을 때, 더 큰 행복을 느낄 수 있다는 사실을 잊지 않도록 하자. 만족감이나 행복감은 스스로 만들어 가는 것이지 타인과의 비교를 통해 얻어지는 것이 아니다.

심플 육아 두 번째 단계 : 지금 나에게 집중하기

나에게 집중한다는 것은 내 삶에 있어서 내가 우선이 되어야 한다는 것이다. 스스로 물어보자. 가능하다면 종이를 꺼내 적어도 좋다. 내가 좋아하고 잘하는 것이 무엇인지, 언제 행복함을 느끼는지를 정리한 후 그것들을 실행하면서 육아에 적용할 방법을 궁리해야 한다.

나는 스타벅스에서 소이라테를 마시며 책을 볼 때가 가장 좋다. 퇴근 후 아이와 함께 좋아하는 음료를 먹으며 함께 볼 수 있는 그림책을 본다. 긴 시간이 아니어도 괜찮다. 30분이라도 지친 몸과 마음을 충전할 시간을 갖는다면 그 이후 시간을 행복하게 채워갈 에너지를 얻을 수 있다.

집에서도 마찬가지다. 아이의 책을 읽어 줄 때마다 난 내가 읽고 싶은 책을 읽고 싶다는 충동을 강하게 느끼곤 했다. 그래서 패드로 책을 읽어 주는 오디오 북 서비스가 가능한 북클럽에 가입했다. 그 후론 가족 독서 시간을 정해 엄마는 엄마 책을, 글을 아는 큰아이는 혼자 책을 읽고, 한글을 잘 모르는 둘째는 오디오 책을 통해 각자 원하는 책을 읽는 시간을 가졌다.

물론 그렇다고 해서 엄마가 전혀 책을 읽어 주지 않는 것은 아니다. 대부분의 독서 시간을 아이만을 위해 희생하지 않는다는 것이다. 엄마인 내 삶의 만족도와 행복감은 아이들의 행복에도 지대한 영향을 끼친다. 엄마의 행복 그릇이 먼저 채워져야, 차고 넘쳐 아이들에게도 담아줄 수 있다. 내가 중심이 되기 위한 가장 쉬운 방법은 환경을 바꾸는 것이다. 아이를 위해 내 시간을 희생한다는 생각이 들지 않도록 스스로 환경을 바꾸는 것이 중요하다.

희생이라는 감정은 다른 사람을 원망하게 만든다. 희생한 만큼 보상을 바라게 되고, 원하는 대로 되지 않았을 때 결국 서로 힘들어진다. 그러니 애초에 원망의 씨앗을 만들지 말자. 엄마에게 희생하면서 자신을 뒷바라지하라고 강요하는 아이는 없다. 나의 행복과 아이의 행복을 결정하는 것은 바로 '나'라는 것을 명심하자.

심플 육아 세 번째 단계 : 나의 한계 설정하기

노트북이나 핸드폰도 배터리가 15% 이하가 되면 경고메시지가 뜨고 스스로 절전모드로 들어간다. 마찬가지로 우리의 체력과 에너지도 한계가 있음을 인정하고 각자 한계를 설정해야 한다. 미니멀리즘이 불필요한 일과를 줄여 단순한 생활방식을 취하는 것과 같이 심플 육아 역시 해야 할 일 중에서 줄일 수 있는 것들을 빼는 작업이 핵심이다.

예를 들면, 청소는 구역을 나눠 요일을 정하거나 남편과 아이들도 집안일에 동참시킨다. 각자 여건을 고려해 할 수 있는 집안일을 배분하여 가사노동에 참여시키는 방법을 추천한다. 또한 요즘 가사노동을 줄여 줄 가전제품들, 가령 건조기, 에어프라이기, 로봇청소기 등이 많이 나오는데 이를 적극적으로 활용한다. 요리하는 시간을 줄일 수 있는 간편식이나 즉석요리를 이용하고 가끔은 아이들과 동네 분식집에서 저녁을 해결하거나 반찬가게 등을 이용하면 남는 시간을 아이와 함께 산책하거나 풍성한 이야기를 나눌 수 있는 여유를 가질 수 있다.

두 가지 일을 동시에 하다 보면 두 배로 스트레스를 받을 수 있다.

그렇게 되면 누구라도 좋은 몸 상태를 오래 유지할 수 없다. 갑자기 모든 에너지를 써버려서 방전되는 일이 없도록 일을 잘 배분하는 습관을 들여야 좋은 컨디션으로 오랜 호흡을 할 수 있다. 자신에게 맞는 단순한 생활패턴을 정하자.

요일별로 살림과 육아를 나누어보거나 요일별로 청소 구역이나 집안일의 종류를 나누어 배정할 수도 있을 것이다.

"완벽함이란 더 보탤 것이 남아 있지 않을 때가 아니라 더는 뺄 것이 없을 때 완성된다."라고 말한 앙투안 드 생텍쥐페리Saint Exupery의 명언을 삶 속에도 적용해보자.

심플 육아의 핵심은 불필요한 요소를 최소화하여 나의 휴식 또는 충전 시간을 확보하는 데 있다. 나의 건강이 가족의 건강이고, 내 행복이 가족의 행복이기 때문이다.

나는 욕심 많은 워킹맘이니까

엄마들이 아이에게 키워주고 싶은 가장 중요한 능력 두 가지를 꼽으라고 한다면, 아마도 '자존감과 창의력'일 것이다. 그런 이유로 창의력을 길러주기 위해서 사교육에 많은 돈을 투자하기도 한다. 어떤 영역이든, 수학, 과학, 논술은 물론, 미술, 종이접기, 요리에까지 창의력이란 단어를 빼면 홍보를 할 수조차 없다. 그런데, 창의력은 왜 중요한 것일까? 그리고 어떻게 하면 창의력을 높일 수 있을까?

창의력이 중요한 이유는 좀 더 재미있고 풍요로운 삶을 살 수 있기 때문이다. 스쳐 지나갈 수 있는 사소한 일상을 특별하게 느끼고 그 안에서 감동할 수 있는 것만큼 행복한 삶이 있을까? 별것 아닌 것들 속에서 별것을 찾아낼 수 있는 능력이 아이를 풍요롭고 행복한 삶으로 이끄는 능력이요, 그것이 바로 창의력이 중요한 이유이다.

이런 창의력을 갖추기 위한 두 가지의 전제조건이 있다. 바로 상상력과 사고력이다. 이 두 가지가 뒷받침되어야 창의력이 제대로 발현될 수 있다. 상상력은 어떤 단어를 생각할 때 이미지로 떠올릴 수 있는 능력이다.

예를 들어, '사과'라고 말했을 때, 사과 한 알을 머릿속에 떠올려 내기는 쉽다. 그러나 '행복' 또는 '사랑'이라고 말하면 어떤 장면이 머릿속에 쉽게 떠오르는가? 아마도 단순히 한 사물을 떠올리기보다는 과거의 경험이나 기억 등을 통해 어떤 한 장면을 떠올리게 될 것이다. 그런데 이런 기억이나 경험이 적다면 그만큼 이미지화시키는 데 한계가 있을 수밖에 없다.

도시에서 자란 아이에게 '시골'이란 단어를 이미지화해보라고 한다면 어떤 이미지를 꺼낼 수 있을까? '장독대'를 그려보라고 한다면? 시골풍경을 본 적이 없다면, 장독대를 한 번도 본적이 없다면, 당연히 이미지를 그려낼 수가 없다.

그래서 상상력을 키우려면, 많은 이미지를 머릿속에 저장시킬 수 있는 활동들을 꾸준히 해야 한다. 산으로 들로 뛰어다니면서 자신의 오감을 통해 보고, 듣고, 맡고, 맛보고, 느낀 모든 직접 경험과 책에 있는 그림이나 글을 통해 얻은 간접 경험을 통해 상상력의 바탕이 되는 이미지들을 의식과 무의식 속에 저장하는 작업은 어려서부터 체득해야 한다. 가득 쌓인 이미지와 자신의 경험을 바탕으로 타인의 생각이 아닌 자신만의 생각을 할 수 있는 능력을 길러야 한다.

사고력이란 생각하는 능력을 말한다. 생각한다는 것은 우리가 보편적으로 생각되는 편견이나 관습 등에 '왜'라는 물음표를 붙이는 것에서 시작한다. 끊임없는 '왜'가 생각을 다듬어 자신만의 독창적인 생각을 만들어내고, 이를 통해 사물이나 현상에 자신만의 의미를 부여해준다. 한마디로 남들과 다르게 생각하는 것, 나만의 생각을 만들어낼 수 있는 능력이 바로 사고력이다. 사고력은 단순한 현상이 아닌, 현상 속에 있는 본질을 꿰뚫어 볼 수 있는 자신만의 안경을 장착한 것과 같다.

“가장 개인적인 것이 가장 창의적인 것이다.”라고 말한 봉준호 감독의 아카데미 수상 소감처럼 자신만의 경험을 바탕으로 한 독창적인 생각, 남들과는 다른 나만의 해석으로 기존의 것들을 재탄생시켰을 때, 우리는 그것을 창의적이라고 부른다.

대추 한 알

저게 저절로 붉어질 리는 없다.
저 안에 태풍 몇 개
저 안에 천둥 몇 개
저 안에 벼락 몇 개
저게 저 혼자 둥글어질 리는 없다
저게 저 혼자 둥글어질 리는 없다
저 안에 무서리 내리는 몇 밤
저 안에 땡볕 두어 달
저 안에 초승달 몇 날

장석주 시인

스며드는 것

꽃게가 간장 속에 반쯤 몸을
담그고 엎드려 있다.

등판에 간장이
울컥울컥 쏟아질 때
꽃게는
 뱃속의 알을 껴안으려고
꿈틀거리다가
더 낮게 더 바닥 쪽으로
웅크렸으리라.

버둥거렸으리라.
버둥거리다가
어찌할 수 없어서
살 속에 스며드는 것을
한때의 어스름을
꽃게는 천천히 받아들였으리라.

껍질이 먹먹해지기 전에
가만히 알들에게 말했으리라.

저녁이야.
불 끄고 잘 시간이야.

안도현 시인

이런 시를 읽을 때면 나는 시인들의 위대함에 온 몸에 전율을 느낀다. 흔한 대추 한 알을 보면서 이런 생각을 할 수 있다면 우리의 삶이 얼마나 행복하고 풍성할까?

간장 게장을 수도 없이 먹으면서도 단 한 번도 이런 생각을 해본 적이 없었다. 꽃게와 동화되어 이런 감수성을 불러일으킬 수 있다면 삶 자체가 감동일 수밖에 없다. 내가 아이들에게 바라는 삶은 이런 모습이다. 세상의 모든 것에서 감동을 받고 행복을 찾아낼 수 있는 능력을 갖춘다면, 인생이 얼마나 재미있고 풍요로울지 상상만 해도 행복하다.

나는 아이들과 집에서는 그림책을 자주 들여다보고, 밖으로 나가서는 세상 구경을 하며 직접 오감으로 느낀다. 《나의 문화유산답사기》의 저자 유홍준 박사님은 '아는 만큼 보이고, 노는 것과 공부하는 것을 분리하지 말아라.'라고 말씀하셨다. 아이들과 여행을 자주 다니면서 이 말에 참 많이도 공감했다. 여행을 갈 때 미리 여행 갈 곳에 관련된 책을 읽고 가면 아이들은 아는 만큼 보고, 느끼고, 생각했다.

9박 10일 제주도 여행을 계획했을 때, 《안녕, 나는 제주도야》라는 어린이 제주도 가이드북을 사서 아이들과 함께 미리 보았다. 책의 내용은 제주도의 생성과정부터 제주도가 유네스코 3관왕 브랜드를 가지고 있다는 것, 그리고 분화구, 화산재, 현무암, 오름, 곶자왈 등 제주도의 자연환경에 대해 자세히 설명이 되어 있었다. 특히, 아이들은 우리나라와 일본에만 있다는 해녀에 대해 많은 흥미를 보였다. 미리 책으로 보고 머릿속에 상상만 하다가 직접 가서 오감으로 느끼는 과정을 거치면 아이들은 지식을 온몸으로 체득하게 된다.

진짜 해녀가 바닷가에서 물질하는 광경을 발견하고는 그들이 숨을 내뱉는 소리가 책에서 설명했던 '숨비소리'라는 것을 기억해내어 가는 길을 멈추고 오랫동안 그들을 바라보았다. 물질을 하는 것을 신기하게만 바라보는 것이 아니라 해녀들의 힘겨웠던 삶을 생각하며 숨비소리가 슬프게 들린다고 말하기도 했다. 아마도 《꼬마해녀와 물할망》이라는 그림책을 보았기 때문에 직접 해녀들을 보면서 느끼고 공감할 수 있었던 게 아니었을까?

고성으로 여행 갔을 때에는 《앗, 공룡화석이다》를 읽고 상족암 군립공원과 고성공룡박물관을 다녀오고, 《춘향전》을 읽고 남원 춘향테마파크를 다녀오고, 안도현 시인의 《연어》라는 그림책을 보고 양양으로 어미연어맞이 생태체험을 다녀오기도 했다.

천천히, 느리게, 제대로 보아야 볼 수 있다. 그러려면 머리와 마음에 '여유'라는 공간이 존재해야 한다. 여유가 주어졌을 때, 사물을 제대로 볼 수 있는 눈이 생긴다. 사고력 수학학원을 다닌다고 사고력이 생기지 않는다. 요즘 아이들은 학교와 학원 사이에서 시간적 여유를 갖기 쉽지 않다. 다람쥐 쳇바퀴 돌듯 바쁜 일상 속에서 '새로운 발견'을 시도할 수 있을까?

"우리가 읽는 책이 우리 머리를 주먹으로 한 대 쳐서 우리를 잠에서 깨우지 않는다면, 도대체 왜 우리가 그 책을 읽는 거지? 책이란 무릇, 우리 안에 있는 꽁꽁 얼어버린 바다를 깨뜨려버리는 도끼가 아니면 안 되는 거야."

현대문학을 대표하는 작가 프란츠 카프카Franz Kafka의 말이다.

'엄마'라는 자리는 아이들뿐 아니라, 온 가족에 미치는 영향력이 매우 크고 대단하다. 엄마의 지성이 충만해야 그 영향을 받아 온 가족의 의식을 깨울 수 있다. 엄마가 책을 읽어야 하는 이유이다. 생각과 감정이 풍부해지고 나의 의식을 깨울 수 있는 슬로우 리딩을 해야 한다. 읽을 때마다 다르게 해석되고 상황에 따라 달리 느낄 수 있는 독서 말이다.

이러한 독서를 통해 일상에 무뎌진 감수성을 회복하고, 나만의 필터를 장착하여 나만의 해석이 가능해진다. 이렇게 독서에 대한 내 생각이 정리되자, 《꽃들에게 희망을》이란 책을 가지고 한 달간 아이와 하브루타를 시도해 보았다.

"꼭 성공할 것이라는 장담도 없는데 그래도 희망을 품고 고치를 만든 노랑 애벌레가 대단하고 놀라운 것 같다."

"나는 이 책을 읽고 매일 다른 삶을 살아가는 것이 얼마나 좋은 일인지 알게 되었다. 자신이 하고 싶은 일을 하는 것이 특별한 것이라는 것도 깨달았다."

"나도 내가 하고 싶은 일을 하면서 내가 만족할 수 있는 그런 삶을 살아가기 위해 노력할 것이다."

아이가 《꽃들에게 희망을》을 읽고 느끼고 깨달은 점들을 정리한 글이다. 그 이후로 아이는 애벌레를 그냥 곤충으로만 바라보지 않았다. 꾸물꾸물 기어가는 나비 안에 자신이 원하는 곳으로 훨훨 날아갈 수 있는 희망의 씨앗을 함께 발견했다. 어떤 모양의 나비로 변신할지 그 단서를 찾아내기 위해 오랫동안 애벌레를 들여다보았다.

지식을 얻기 위한 독서는 의미가 없다. 머리가 아닌 가슴으로 하는 독서, 반복되는 일상 속에서 위대한 발견을 할 수 있게 해 주는 독서만이 삶을 풍요롭고 행복하게 만들어준다.

육아에 있어 '엄마의 독서'는 가장 중요한 단 하나가 되어야 한다. 우린 아이들의 성공만을 바라는 것이 아닌 풍요로움 속에 성공한 삶을 바라는 욕심 많은 엄마니까.

"모래 한 알에서 세계를 보고, 들꽃 한 점에서 천국을 보니
네 손 안의 무한을 움켜쥐고 순간 속의 영원을 놓치지 말라."

|

윌리엄 블레이크William Blake 《순수를 꿈꾸며》 中

정해진 길에서 벗어나는 방법

나에게도 남들과 같은 길을 걷지 않으면 초조하고 불안하던 때가 있었다. 마치 낙오자라도 된 듯한 기분이 들어 타인을 따라 하고, 흉내 내기에 급급하던 시절이 있었다. 지금 생각해보면 나에 대한 확신과 믿음이 부족한 탓이었고, 타인의 시선이 내 시선보다 더 중요했기 때문이었다.

아니라 부인해도 우린 이 사회가 정해놓은 규범과 울타리 속에서 정해진 길을 따르는 것을 당연시하고 그 길이 안전하다고 생각하고 살아간다. 초·중·고등학교를 졸업하고 대학을 가는 것이 마치 인생의 순리라 여긴다.

남들 다 다니는 영어학원에 안 다니면 불안해서 견딜 수 없고, 남들 다 하는 선행학습을 안 하면 미래가 걱정되는 게 현실이다. 나 역시 영어학원에 다니지 않는 첫째가 집에서 영어책을 읽지 않으면 불안해지고, 숙제하지 않고 책만 주야장천 보고 있으면 불안감이 엄습해오곤 했다.

나는 고등학교 졸업 후 대학 진학 대신 취업을 했다. 직장 생활을 하면서 대학의 필요성을 뼈저리게 느낀 후 일과 공부를 병행하며 힘겹게 대학에 진학할 수 있었다. 힘들게 들어간 직장을 한 달간의 전국 일주 사이클 동아리를 하기 위해 그만두기도 했다. 물론 그 후로 다시 취직을 했지만 말이다. 이런 크고 작은 일탈의 경험들이 쌓여 이제는 조금 늦게 시작해도, 남들과 조금은 다른 길을 선택해도, 남들이 다 하는 방법에서 벗어나도 덜 두렵고 덜 불안하다. 그동안 내가 겪었던 여러 경험으로 인해, 남들이 가는 길이 아닌 다른 길에서 뜻밖의 행운을 얻을 수 있다는 것을 알았기 때문이다.

때론 우리 일상에서도 정형화된 사람들의 생각을 깨는 일들을 흔히 만날 수 있다. 또 사소한 일이 의외의 변화를 가져오기도 한다.

우리 집 식탁 옆 벽면에는 경고스티커 판이 붙어 있다. 얼마 전 오랜만에 집에 오신 아이들 할아버지가 물으셨다.

"건이는 경고스티커 3개, 담이는 경고스티커 2개 받았네! 뭘 잘못해서 경고를 받았어?"

둘째가 대답한다.

"할아버지! 저거 우리 아니야! 내가 안경 썼어? 안 썼잖아. 저거 아빠랑 엄마야."

자초지종을 말하자면 이랬다. 며칠 동안 옥신각신 다투는 아이들 소리가 듣기 싫어 둘이 앉혀놓고 규칙을 정하자고 했다. 저녁에 아빠가 퇴근하자, 자기들이 정한 규칙을 자랑하듯 설명하더니 아빠한테 물었다.

"아빠, 근데 우리도 이 규칙을 어기면 벌칙을 받는데 엄마 아빠는 왜 규칙이 없어? 아빠도 가끔 나쁜 말 하잖아? 안 그래? 그러니까 아빠랑 엄마도 벌칙 받아야지, 응?"

아이를 키우는 집에 가보면, 아이들의 잘못된 버릇을 고쳐주기 위한 수단으로 만든 아이들 경고 스티커 판 또는 칭찬 스티커 판을 흔히 볼 수 있다. 하지만 단언컨대 부모들을 겨냥한 경고 또는 칭찬 스티커 판은 보기 힘들 것이다.

부모도 무의식적으로 잘못된 언행을 하기 마련인데 어찌하여 어른들에겐 이런 장치가 없는 걸까? 아이의 눈엔 공평치 않아 보였던 것이다.

이런 작은 외도가 아이들에게 본보기가 되어야 할 부모님들에게 때론 긴장감을 주고, 좋은 역지사지의 경험을 할 수 있는 계기가 되어 준다. 반드시 그래야만 한다고 생각했던 일에서 조금 달리 행동해 보면 의도치 않은 깨달음을 얻을 수 있다.

토요일 아침부터 도서관에서 빌린 책을 반납하라는 메시지가 연거푸 띵! 띵! 울려댔다. 도서관에서 빌린 책을 반납하고 딸아이를 찾는데 보이지 않았다. 어디서 책 고르고 있나 보다 생각하고 도서관 한편에 앉아 책을 읽고 있었다. 몇 분 있다 딸아이가 나를 찾아와서 "엄마! 이 책 읽어볼래?" 하고 책 두 권을 들이민다.

《소리 지르지 않고 아이 키우기》, 《첫째 아이 심리 백과》. 순간 누가 뭐라 한 적 없는데 콕! 콕! 마음이 찌릿찌릿해진다. '오늘 아침 아이들에게 너무 소리를 질렀나?'

마지못해 아이에게 책을 받아들어 빌려왔다. 보통은 부모가 아이들에게 책을 읽어보라고 권한다. 나 역시 그랬다.

하지만 반대로 아이의 추천 책을 받아보니 평소 미처 생각하지 못했던 것들을 느낄 수 있었다. 아이의 지금 심리상태를 엿볼 수 있었고, 그로 인해 좀 더 세심하게 큰아이를 대할 기회가 되어 주었다. 또한, 아무 생각 없이 엄마가 빌려온 책을 받아든 아이의 심정도 이해할 수 있었다. '내가 뭘 잘못했나?' 하고 주눅 들기도 하고, 마음을 들킨 것 같아 왠지 읽기 싫은 오기도 생기는 그런 마음 말이다.

'그 나이엔 그래야 해. 그 나이면 그 정도는 갖추어야지. 이런 건 이렇게 해야지. 지금 이 시기를 놓치면 안 돼.'와 같은 정형화된 생각과 의무감의 좁은 길에서 한 번쯤은 내려와 보는 것은 어떨까? 내려오면 넓고 평평한 길이 기다리고 있을 수도 있는데 마치 높고 복잡한 애벌레의 기둥을 내가 가야 할 길이라고 생각하고 살고 있지는 않을까? 내려오는 순간, 세상 어디에도 없는 나만의 길이 보일 것이다.

육아도 마찬가지다. 남들이 하는 대로 따라 하지 않고, 아이만의 걸음 속도에 맞춰서 내 아이의 길을 만들며 나아갈 수 있도록 북돋아 주어야 한다. 부모로서 이런 용기와 확신을 갖는 것만큼 중요한 것은 없다.

베스트셀러 《제로 투 원》의 저자이자 '세계 최고의 부자' 순위에 늘 이름을 올리는 페이팔PayPal의 창업자 피터 틸Peter Thiel은 말한다.

"당신이 지금껏 성공하지 못한 사람이라고 느껴진다면, 그건 당신이 상식적이고 합리적인 사람이기 때문이다."

가끔은 늘 똑같이 돌아가는 일상에 물음표를 던져보자. 뒤집어도 보고, 굴려도 보고, 던져도 보고, 열기도 하자. 그 속엔 '뜻밖의 행운'이 숨어있을지도 모른다. 행운은 항상 변화 속에서 오는 법이니, 정해진 길이란 없다. 나와 내 아이가 걸어가는 발자국이 모여 길이 될 뿐이다. 자, 이제 아이의 손을 잡고 전인미답全人未踏:아무도 가보지 못한 길을 즐길 시간이다.

비범하게 빚은 평범한 엄마,
평범하게 빚은 비범한 아이

'德勝才 謂之君子(덕승재 위지군자)
才勝德 謂之小人(재승덕 위지소인)'

공자가 한 말로 '덕이 재주를 이기면 군자요, 재주가 덕을 이기면 소인이다.'라는 뜻이다. 다시 말해, 재주가 덕을 넘게 해서는 안 된다는 이 말은 나의 교육철학이자 내가 추구하는 삶의 태도이기도 하다. 옆집, 앞집 아줌마의 말에 흔들리지 않고, 다른 아이와 우리 아이를 비교하지 않으려면 나만의 교육철학이 필요하다.

내 아이를 어떻게 키울 것인가, 어떤 사람으로 키울 것인가에 대한 기준 말이다. 혼재된 가치와 교육이념 속에서 우왕좌왕 흔들리지 않기 위해, 부모의 불안을 이용해 사업을 번창시키려는 사교육에 휘둘리지 않으려면 나만의 소신이 필요했다. 끊임없이 몰아쳐 오는 파도 속에서 살아남기 위해서는 구명환을 필사적으로 붙들고 있어야 하는 것처럼, '덕승재'는 막막한 교육현실에서 흔들리지 않기 위한 구명환 같은 역할을 해준다.

교육은 크게 세 가지로 나눌 수 있다. 가치교육, 지식교육, 생활교육이 그것이다. 현 교육은 지식교육에 심각하게 편중되어 있다는 인식을 지울 수 없다. 가치교육과 지식교육은 서로 그 무게를 같이할 때 빛을 발한다. 한 곳으로 편중된다면 불완전해질 수밖에 없다. 가치가 상실된 지식은 도리어 독약과도 같다. 그런데 가치교육, 지식교육보다 더욱 중요한 것이 생활교육이다.

미국의 심리학자이자 베스트셀러 《12가지 인생의 법칙》의 저자인 조던 피터슨Jordan Bernt Peterson은 의미 있는 삶을 사는 12가지의 지혜를 소개한다. 그중 6번째 법칙은 '세상을 탓하기 전에 방부터 정리하라'는 내용이다. 크고 거창한 것에만 관심을 집중하는 요즘 사람들에게 일침을 가하는 말이다.

공자 역시 예부터 '수신제가치국평천하修身齊家治國平天下' 라 했다. 먼저 자신의 몸을 닦고 집을 가지런히 정리한 후 나라를 다스리고 천하를 평정한다는 뜻으로 올바른 선비가 세상에서 해야 할 일들의 순서를 가르치는 말이다. 사소해 보이고 작은 것들로 여겨지는 것부터 하고, 그다음에 큰 것들을 행하라는 말이다. 결국 기본부터 충실해야 한다는 동서고금을 막론한 진리이다.

한참 《효리네 민박》이 유행하던 시절, 단기 알바생으로 박보검이 출연한 적이 있었다. 박보검이 아침에 일어나서 자신의 침구를 정리하는 장면이 나왔는데, 그 장면을 보며 '나도 아들을 저렇게 키워야지!' 하는 생각을 했었다. 어디를 가든 자신의 침구 정리로 하루를 시작하는 것! 사소해 보이지만 그 아무것도 아닌 것 같은 행동은 큰 차이를 낳는다.

요즘 아이들은 중·고등학교 갈 때까지 걸레 한 번 빨아본 적이 없고, 제 속옷을 제 손으로 빨아본 적이 한 번도 없는 아이들이 태반이다. 설거지는 고사하고 밥 먹고 설거지통에 밥그릇을 담그는 일도, 물마시고 난 컵 하나도 닦는 일이 드물다. 왜 그럴까? 바로 부모들이 지식교육만 강조했기 때문이다. 공부만 잘하면 그 외의 것들은 못해도 용서가 된다.

나도 예전에는 생활교육의 중요성을 인식하지 못했다. 지식교육은 노력하면 비교적 단기간에 이룰 수 있지만, 생활교육은 '세 살 버릇 여든까지 간다'는 말처럼 많은 노력과 시간이 뒷받침되어야 평생습관으로 자리 잡을 수 있다.

그렇다면 생활교육이 왜 중요할까? 침구를 정리하고 자신의 방청소를 하는 것이 '덕'과 무슨 관련이 있을까 의아할 수도 있겠다. 덕이란 무엇인가? 덕이 있는 아이란 어떤 아이를 말하는 걸까? 예를 들어, 시험기간에 노트필기를 친구에게 빌려주지 않는 아이를 우리는 덕이 있는 아이라고 하지 않는다. 무거운 물건을 낑낑거리며 들고 가는 친구를 모른 체하고 지나쳐버리는 아이를 덕이 있는 아이라고 말하지 않는다. '덕'의 사전적 정의는 '도덕적·윤리적 이상을 실현해 나가는 인격적 능력 또는 공정하고 남을 넓게 이해하고 받아들이는 마음이나 행동'이다.

'덕'은 그 사람의 됨됨이, 인성, 품성, 심성이라는 말로도 대체된다. 그래서 나는 덕이 있는 아이는 가슴이 따뜻한 아이라고 말한다. 따뜻함, 배려심, 이타적, 포용력, 공감 능력 등을 갖춘 아이 말이다. 이러한 능력은 리더십을 이루는 기본 자질이기도 한 동시에 4차 산업 시대를 살아갈 우리 아이들이 갖추어야 하는 능력이다.

이런 '덕'을 쌓는 가장 기본적인 훈련이 바로 생활교육이다. 주변을 정리한다는 것은 단순히 청소를 해서 깨끗이 한다는 것에서 끝나지 않는다. 주변을 돌아본다는 것은 시선의 중심이 나로부터 외부로 확장된다는 것을 의미한다. 나만 보고 생각하는 것에서 벗어나 주변을 살피고 타인을 살피는 연습이다. 내가 할 수 있는 일이 무엇인지를 생각하고 다른 이를 위해 무엇을 해야 하는지를 탐색하는 훈련이기도 하다. 또한 나를 가꾸고 관리할 수 있는 능력을 갖추었다는 것은 나뿐 아니라 타인을 보살피고 도와줄 준비가 되어 있다는 것을 의미한다.

무엇보다 가장 중요한 것은 내가 당연하게 누리고 있는 모든 것들이 실은 누군가의 노력과 피와 땀의 결실이라는 사실을 깨닫는 것이다. 잘 정돈된 방, 깨끗하게 청소된 화장실, 맛있게 차려진 밥상이 저절로 얻어지는 것이 아니라는 사실은 직접 행해 보았을 때 비로소 깨닫게 된다. 이런 과정을 통해 타인에 대한 이해와 배려, 감사함을 느낄 수 있게 된다. 덕이 있는 아이로 자라는 밑바탕이 되어주는 것이다.

《세바시 253회, 길의 여왕, 마음을 팝니다》 편에 이랑주 소장의 이야기가 소개되었다. 그녀의 직업은 다소 생소한 '비주얼 머천다이징'이다. 이랑주 대표는 원래 마트나 백화점, 명품관에서 상품이 잘 판매될 수 있도록 진열하는 상품 진열 전문가였다.

그런 그녀가 어느 날, 우연히 재래시장을 갔다가 홍시를 땅바닥에 놓고 팔고 있는 시장 소상공인을 보고 도와주고 싶은 마음에 하얀 비닐을 이용하여 더욱 먹음직스럽게 진열할 수 있도록 도와주었다. 그 일을 계기로 그 가게의 매출이 크게 늘었다. 몇 달이 지나자, 사장님의 오래된 봉고차를 새 차로 바꿀 정도로 장사가 잘되었다고 한다.

이 일을 통해 이랑주 대표는 자신의 작은 재능이 한 가게를, 더 나아가 재래시장 전체를 살릴 수 있는 가치 있는 일임을 깨닫고 전국의 재래시장은 물론, 세계 일주를 하면서 세계의 유명한 전통시장들을 벤치마킹하며 돌아다녔다. 그 후 그녀는 여러 저서를 내는 작가, 성공한 강연가가 되었고, 세상에 없던 직종 '비주얼 머천다이징'을 만들어 낼 수 있었다.

요즘 성공했다는 사람들, 주목받는 인물들을 보면 하나의 공통점이 있다. 그들의 출발점에는 자신만의 행복이나 물질적 성공이 아니라 '사람을 위하는 마음'이 있다. 타인을 생각하고 돕고 싶은 마음을 가질 때, 사람은 자신만의 성공이 아니라, 사회 전체로 이어지는 성공을 꿈꾸게 된다. 공적 존재로 거듭나는 것이다. 내 안의 인성이 커지면 커질수록 나의 소망도, 나의 성공도 함께 커지고 성장할 수밖에 없다. 이제는 학교 성적이나, 학벌, 지식의 양만으로는 개인의 역량을 설명할 수 없다.

파워 경제교육연구소 조윤정 소장은 누군가에게 도움을 주려는 마음, 누군가의 불편을 해결해 주고 싶은 마음, 누군가가 행복해지기를, 또는 성공하기를 바라는 마음에서 시작된 행동이 자신의 직업이 되거나 현재의 직업을 확대해 나가게 될 것이라고 말한다. 즉 자신의 인성을 기반으로 자기 직업을 만드는 세상이 올 것이라는 말이다. 많은 미래학자들 역시, 21세기에는 현 직종의 60% 이상이 사라지고 신종 직업이 생겨날 것이라고 한다. 이미 그 움직임은 시작되었다.

우리의 아이들이 성공하기를 바란다면, 사회가 꼭 필요로 하는 인재가 되길 바란다면 지금 당장 눈앞에 보이는 성적이나 시험을 위해 달려갈 것이 아니라 더 먼 미래와 더 큰 꿈을 위해 가장 기본적인 것, 가장 작아 보이는 것, 가장 사소해 보이는 것에서부터 시작하자.

"머리는 차갑고, 가슴은 따뜻한 아이."

우리가 원하는 아이의 모습이다.

엄마인 나 역시 그동안 일터에서 요구되었던 많은 역량을 쌓아 올리는 데 집중했다면 이제는 내가 가진 능력이나 재능을 통해 이 사회에 어떻게 도움을 줄 수 있는지를 고민해야 할 때이다. 내가 하는 일에 어떤 가치를 부여할 것인지에 따라 내 미래와 나의 꿈은 달라질 것이다.

또한, 덕과 실력을 고루 갖춘 엄마는 아이들에게 훌륭한 본보기가 될 것이며 일터에서도 없어서는 안 될 중요한 인재로 거듭날 것이다. 더 나아가 일하는 여성의 좋은 롤모델로 많은 여성의 인정과 존경을 받을 수 있을 것이다.

나와 내 아이가 맞닥뜨리게 될 미래사회를 대비하는 방법은 함께 인성과 실력을 갈고닦는 길이다. '지식 전달자'에서 탈피하여 꿈이 크고 마음이 자랄 수 있도록 도와주는 '지혜 전달자'로 거듭나야 한다. 그리고 이를 위해 가정이 훌륭한 연습소가 되어야 한다. 비범함은 사소한 것들을 완벽하게 할 때 완성된다.

기다리는 것도 실력이다

큰아이와 단둘이 남원으로 여행을 간 적이 있었다. 첫째가 힘들어할 때면 둘째를 친정에 맡기고 종종 외동딸 체험을 하는데 남원여행이 외동딸 체험의 첫 여행지였다. 호텔 다니던 시절, 함께 일했던 후배가 고향으로 내려가 남원에 있는 호텔에서 근무하고 있었는데 여자만 단둘이 하는 첫 여행이라 겁 많은 엄마는 안전하게 지인이 있는 장소로 여행지를 택했다.

남원 여행을 마치고 담양으로 가는 길 중간쯤에서 대봉감을 한 상자 샀다. 대봉감을 무척이나 좋아하는 큰아이는 신이 나서 대봉을 직접 상자 가득히 담았다. 인심 좋은 사장님은 그런 딸내미가 귀엽다며 상자가 이미 찼는데도 비닐봉지에 한 아름 더 챙겨주시기까지 하셨다. 여행을 다녀오고 며칠이 지나자, 대봉감이 집으로 배달되었다.

대봉감은 다른 과일과는 다르게 바로 먹을 수가 없다. 말랑말랑 익을 때까지 기다려야 한다. 참을성과 인내를 가지고 자연이 허락하는 시간까지 기다려야 한다. 대봉감이 마음에 드는 이유다. 대봉의 달콤한 맛은 말할 것도 없지만, 이런 달콤함을 선물 받으려면 매일 오며가며 들여다보고, 얼마큼 익었나 조심스레 만져도 보고, 빨리 익었으면 하는 마음에 따뜻한 방에 놓았다가 바깥 베란다에 놓았다가 안절부절 못하는 시간을 들여야 한다. 그런 기다림의 시간이 있기에 대봉감의 맛은 그 어떤 맛과도 비교가 되지 않는다.

매해 이렇게 대봉을 익히는 과정을 보냈는데 올해 유난히 대봉이 익어가는 모습이 낯설게 느껴졌다. '올해는 왜 이렇게 더디지?' 꽤 시간이 지난 것 같은데도 여전히 자연은 맛볼 기회를 쉽사리 내어주지 않았다. 나란히 놓여있는 대봉감을 물끄러미 바라보다 문득 이런 생각이 들었다.

'대봉도 아이와 같구나! 아니, 사람과 똑같구나!'

"계절마다 피는 꽃이 다르다. 봄꽃은 여름에 피는 꽃을 시샘하지 않고, 가을꽃은 겨울에 피는 꽃을 부러워하지 않는다. 어느 계절의 꽃이 가장 아름다운지 비교할 수 없다. 제철에 피는 꽃을 보고 아름답다고 환호하듯, 아이마다 다른 성장 시간표를 존중해야 한다."

얼마 전 읽었던 《아이는 당신과 함께 자란다》의 책 한 구절이 생각났다. 대봉조차도 같은 온도, 같은 습도, 비슷한 일조량 등 같은 환경에서도 제각기 다르게 익어 가는데 사람은 오죽할까. 관심과 사랑을 주면서 똑같은 시간을 내어주었는데도 대봉은 그런 노력에는 전혀 아랑곳하지 않고 제 마음대로 익어갈 뿐이다. 그 누구의 의지도 아닌 오직 자신의 시간표에 맞춰 익어갈 뿐이다.

육아도 마찬가지다. 부모가 아이에게 준 사랑, 시간, 노력, 돈, 희생 등에 따른 결과가 바로 나타나지 않는다. 결과는 둘째 치고 변화의 기미조차 보이지 않아 초조하고 불안하기만 하다. 육아는 기다림의 연속이다.

한번은 같은 동네에 사는 한 엄마가 대뜸 나에게 물었다.

"언니는 어떻게 그렇게 편하게 아이들을 키워요? 비결이 뭐예요?"

쌍둥이를 키우고 있는 그 엄마는 이런저런 육아의 어려움에 대해 토로했다. 아이의 영어 실력이 들인 노력과 시간에 비해 많이 향상되지 않아 걱정이라고 하면서 우리 아이들이 어떻게 영어 공부를 하는지 궁금해했다. 그런데 정작 내가 해줄 수 있는 이야기는 나무 얘기뿐이었다.

모든 나무는 '유형기'를 보낸다. 유형기는 눈에 보이는 성장보다 눈에 보이지 않는 땅속에서 뿌리를 최대한 깊숙이 그리고 단단히 내리는 시간이다. 유형기는 나무에 따라 조금씩 다르지만 길게는 5~7년 정도가 걸린다고 한다.

이 시간 동안 나무는 다른 주변 나무들과 비교하지 않는다. 옆의 나무가 얼마나 자랐는지 곁눈질조차 하지 않는다. 모든 노력을 다해 자신의 뿌리와 줄기를 단단하게 만들고, 가능한 많은 잔뿌리를 내는 데 집중한다. 따스한 햇살을 머금고 땅속의 물기를 흡수하며 내실을 기한다. 그렇게 자신만의 공간을 확고히 구축하여 어떤 폭풍우나 가뭄 속에서도 굳건히 살아낼 수 있는 기반을 다진다. 이 유형기를 잘 보내고 나면 대나무 같은 경우는 하루에 50~80cm나 자란다고 한다.

누구는 유형기가 짧을 수도 있고 누구는 그보다 조금 더 길 수도 있다. 대봉이 같은 조건과 환경에서도 제각각의 성장시간표에 맞게 익는 것처럼 사람도 성장을 위한 유형기가 제각기 다르다. 조금만 주위를 자세히 들여다보면 자연은 우리에게 매일 동일한 진리를 알려준다. 20~30미터가 훌쩍 넘는 거목을 만드는 건 줄기가 아니라 눈에 보이지 않는 뿌리라는 지극히 당연한 사실을 망각하지만 않으면 기다림은 한결 편안해진다. 이것이 내가 남들 눈에 편안하게 육아하는 비결이라면 비결이다.

남과 비교하지 말고 묵묵히 자신만의 시간표를 따라가자.

나 역시 불안과 조급함으로 안절부절못하던 시절이 있었다. 아무 생각 없는 아이에게 다 다니는 피아노 학원인데 너도 다녀보라며 온갖 협박과 회유로 등 떠밀며 2년여 간의 시간을 흘려버렸다. 억지로 보내니 안 가기 위해 온갖 핑계를 댔고 그럴 때마다 선생님께 죄송하다며 구차한 문자 메시지를 보낸 적이 한두 번이 아니었다. 그러니 아이의 피아노 실력이 느는 속도도 더디기만 했다. 결국 다 때려치우라며 한바탕하고 그만둔 일이 있었다.

그러던 아이가 4학년 말부터 피아노를 다시 배우고 싶다고 몇 달을 졸라댔다. 학원등록을 해주지 않자, 피아노 숙제도 한 번 해

가지 않던 아이가 예전 피아노 교재를 꺼내 집에서 뚱땅뚱땅 연주도 했다. 이제 진짜 다니고 싶나 보다 싶어 피아노 학원을 다시 보냈는데 요즘은 말 안 해도 피아노 숙제를 다 한다. 선생님도 우리 아이가 완전 다른 아이가 되어 왔단다. 내 아이의 시간표대로라면 지금이 피아노를 배우는 데 적기인 것이다.

영어학원에 다니지 않는 딸에게 하루는 친구들이 영어학원을 같이 다니자고 권유했단다.

"난 너희들처럼 영어단어를 하루에 50개씩 외워본 적도 없는걸." 무심한 척 말하고 집으로 돌아온 딸이 대뜸 영어단어집을 사달라고 했다.

"갑자기 웬 영어단어?"

"응~ 친구들은 학원에서 하루에 단어를 50개씩 외우고 시험 본다는데 나도 집에서 좀 하려고. 이제부터 하루에 15개씩 매일 외울 거야!"

그렇게 시작한 영어단어 암기 40일 만에 단어 책 한 권을 다 외웠다.

자신만의 성장 리듬에 따라 다소 시간이 걸릴 수 있다는 것을 인정하고 나면, 우리는 모두 흐르는 물처럼 움직이고 변화하는 유기체라는 것을 인식하고 나면, 기다림은 한결 쉬워진다. 초반에 너무 힘 빼지 않을 수 있고 허튼 기대감을 줄일 수 있기 때문이다. 아이의 변화를 담담하게 기다릴 수 있게 되고, 작은 변화에도 감사하게 된다. 믿고 기다리면 우리의 기다림의 자세도 성숙해질 수 있다.

마흔이 훌쩍 넘은 나도 어른이지만 미성숙 그 자체다. 어쩌면 아직도 나는 '유형기'를 완전하게 벗어나지 못했다는 생각이 들 때도 있다. 임신과 출산으로 미뤄두었던 목표들, 일과 육아로 포기해버렸던 나의 꿈들이 땅속을 뚫고 싹을 틔울 수 있도록 필요한 시간 동안 엄마도 끊임없이 물을 부어주어야 한다.

아이는 아이대로, 나는 나대로 매미가 성충이 될 때까지 땅속에서 7년을 버틴 애벌레처럼 꿈이 실현될 그 날까지 하루하루 변화를 감지하며 기다려야 한다.

사랑의 또 다른 말은
믿고 기다려 주는 것이라 했다.

믿고 기다리자.
기다리는 것도 실력이다.

실패를 즐거워하는 아이로 자라다오

실패의 또 다른 말은 성장이다. 태어난 지 얼마 되지 않은 갓난아이는 제 몸을 뒤집기 위해 하루에도 수도 없이 실패를 거듭한다. 수많은 실패 끝에 끝내 뒤집기에 성공한다. 걸음마를 시작할 때도 마찬가지다. 한 걸음을 떼기 위해 아이는 수없이 넘어진다. 셀 수 없는 시도 끝에 마침내 홀로 걸을 수 있게 된다. 그렇게 아이는 성장한다. 자전거를 배울 때도, 스키를 배울 때도, 인라인스케이트를 배울 때도 제일 먼저 배우는 것은 능숙하게 타는 방법이 아니라 바로 잘 넘어지는 법이다.

어떻게 넘어져야 하는지, 또 어떻게 일어서야 하는지를 제일 먼저 배운다. 그래야 다치지 않고 일어서서 다시 탈 수 있기 때문이다.

인생을 살면서 실수를 하지 않기 위해 노력한다는 것은 인간인 내가 신이 되기 위해 노력하는 것과 마찬가지다. 인간은 애초에 불완전한 존재이기에, 실수는 지극히 인간적인 것이다. 실수는 미완성을 벗어나 점차 성장하고 성숙할 수 있도록 만들어주는 신이 내린 축복과도 같다.

이제 우리는 아이들에게 성공하는 법을 가르치기보다는 도전하고 실패하고 시도하고 넘어지는 법을 가르쳐야 한다. 수많은 도전과 실패 속에서 아이 스스로 깨닫고 교훈을 얻을 수 있도록 독려해야 한다. 집은 아이에게 편안한 휴식처임과 동시에 '실패 훈련소'여야 한다.

마음껏 도전하고 시도할 수 있도록 격려하고, 실패했을 때 좌절과 상처가 아닌 교훈과 자신감을 얻어 다시 일어설 수 있는 든든한 버팀목이 되어야 한다. 사소한 것이라도 매일 도전하고 실패하는 과정에서, 스스로 실패의 원인을 파악하고 문제 해결 방법을 찾아내는 과정에서, 아이들은 더욱 더 단단하고 견고해진다.

한 번은 아이가 일주일 내내 실컷 놀다가 학습지가 일주일 치나 밀린 적이 있었다. 선생님 오시기 바로 전날에서야, 온몸을 비틀어가며 겨우겨우 학습지를 다 풀었다. 아이는 다음 주부터는 하루 10분씩 3번을 쪼개어, 국어, 수학, 한자를 해야겠다고 스스로 계획을 세웠다. 자기에게 맞는 계획을 세워 문제를 해결하는 능력을 키울 기회가 된 것이다. 숙제가 밀리는 것이 두려워서 또는 참을 수 없어서 아이의 숙제 일정을 짜주었다면 아이는 스스로 문제를 해결할 소중한 기회를 잃게 되었을 것이다.

몇 해 전, 과학 글짓기 대회가 있던 날이었다. 딸은 2학년 때부터 과학 글짓기 대회에서 상을 타오곤 했다. 그런데 3학년 과학 글짓기 때에는 미리 준비하지 않고 생각나는 대로 직접 쓰겠다고 해서 그러라고 했다. 아니나 다를까 수상을 하지 못했다. 아이는 이 경험을 통해 미리 준비하지 않으면, 다시 말해 노력 없이는 좋은 결과를 내지 못한다는 것을 깨달았다.

그 후, 4학년 과학 글짓기 대회 때에는 미리 글짓기 준비를 했고 좋은 결과를 얻을 수 있었다. 아이는 이렇듯 일상에서 크고 작은 실패를 만난다. 그 원인을 찾고 해결하는 과정은 아이에게 '실패는 성공의 어머니'가 된다는 것을 가르쳐주는 소중한 경험이 된다.

올해로 5학년이 된 딸아이가 떨어질까 두려워 임원 선거 출마를 고민하더니, 도전하지 않아 후회하는 것보다 낫겠다며 임원선거에 나갔다. 하교 후에 아무 말도 하지 않아 '떨어졌구나.' 짐작하고 아무것도 묻지 않던 내게 저녁을 먹으면서 딸이 입을 열었다.

"엄마, 나 임원선거에서 떨어졌어. 그래도 역시 하길 잘했어. 회장에선 떨어졌지만 나 체육부장 됐거든. 체육부장도 정말 하고 싶었는데 회장 선거에 나갔기 때문에 체육부장도 될 수 있었으니까 이번 도전도 실패한 건 아니지. 그리고 임원선거는 2학기 때도 있으니까 2학기 때 또 도전하면 되지!"

넘어지고 실패하고 떨어져 볼수록 그게 별거 아님을 알게 된다. 새로운 것을 시도하는 것에 대한 두려움 역시 점점 줄어든다. 지금 아이는 실패를 통해서 성장하고 있다. 그러니 앞으로도 아이가 많은 실패를 경험하도록 최대한 많은 시도를 하게 하는 것이 엄마가 해야 할 일이다. 결과에 연연해하지 않고 시도하는 과정에서 평생의 밑거름이 될 귀중한 재산을 만들 수 있도록 도와주는 것이 엄마의 일이다.

큰아이의 꿈은 'UN 직원'이다. 그런 아이에게 좋은 기회가 생겼다. 바로 '2018년 UN 청소년 환경총회'를 서울대학교에서 개

최한다는 소식이었다. 총회 대표단이 되려면 신청 후 선발되어야 참가할 수 있는데, 아쉽게도 우리 딸은 바로 합격하지 못하고 '대기' 문자를 받았다. 그런데 함께 신청했던 친구는 대표단에 합격했다. 신청해보자고 권유했던 본인은 떨어지고 유엔에 별로 관심 없던 친구는 합격한 것이다. 그 사실은 아이에게 큰 상처로 다가왔다. 엄마인 나도 마음은 속상했지만, 아이에게는 내년에 다시 도전하면 되니까 너무 속상해하지 말라고 위로해 주었다. 그렇지만 네 마음이 허락한다면 친구에게 축하한다고 말해 줄 수 있었으면 좋겠다고 일러 주었다.

다음날, 같이 학원 가는 차 안에서 딸이 말했다. 합격한 친구를 축하해주었다고, 혼자 참석하게 된 상황을 두려워하는 친구에게 혼자 가더라도 활동하다 보면 또래 친구들과 금방 친해질 수 있을 거라고 오히려 용기를 북돋아 주었다고 말이다. 비록 유엔 총회에 선발되진 못했지만, 이번 실패를 통해 그보다 더 중요한 것을 아이는 배울 수 있었다. 선의의 경쟁에서 선택되지 못했을 때 어떤 태도를 보이는 것이 옳은지를 배우는 계기가 된 것이다.

나는 총회를 기다리며 아이가 꿈을 향해 한 발짝 내디딜 수 있도록 도와주시되, 만약 그렇게 되지 않더라도 이 기회를 통해 아이가 인내와 기다림을 배우고 감당할 힘을 달라고 기도했다. 이번 아픔이 친구의 기쁨을 질투하는 대신 진심으로 축복해 줄 수 있는 멋진 아이로 성장할 수 있는 시간이 되게 해 달라고 기도했다.

3일 뒤, 누락자가 생겨서 총회에 참석할 수 있다는 최종 합격 통지를 받았다. 짧은 시간이었지만 실패의 쓴맛을 통해 원하는 일을 친구와 함께할 수 있는 기쁨이 얼마나 큰 것인지, 얼마나 감사한 일인지를 깨닫게 되었고 기도하며 기다리는 시간을 통해 인내와 순종을 배울 수 있었다.

이렇듯 아이는 크고 작은 실수와 실패를 반복하면서 내면이 강하고 단단한 바른 아이로 성장한다. 실패를 통해 원인을 파악하기도 하고 다음번에는 좀 더 나아지기 위해서 스스로 생각하는 힘을 기르며 자신의 계획을 실천하는 실천력 또한 기른다. 이러한 작은 과정들이 차곡차곡 쌓여 큰 변화를 만들어 낸다. 인생의 성공과 행복을 위한 자신만의 원동력을 만들어가는 과정인 것이다. 아이가 '잘하고' 있는 것보다 '자라고' 있는 것이 훨씬 중요한 이유이다.

그러니 오늘은 아이와 함께 어떤 도전을 해볼까, 어떤 시도를 해볼까를 고민하자. 오늘은 어떤 실패가 나를 기다리고 있을까? 실패를 두려워하지 않고 실패를 벗 삼아 즐길 수 있는 아이, 내가 진정 원하는 당당한 우리 아이들의 모습이다.

"뛰어난 사람이 뛰어난 이유는 실패를 통해
현명해졌기 때문이다."

– 윌리엄 사로얀William Saroyan

'꼼수 없는' 단순 열정의 세계

이 세상의 모든 부모는 자신의 아이가 성공한 삶을 살기를 바란다. 그것도 행복한 성공 말이다. 그렇다면 미래의 내 아이의 행복한 성공을 위해 부모는 무엇을 할 수 있을까?

많은 성공한 사람들은 그들이 성공할 수 있도록 만들어준 중요한 성공의 습관들을 가지고 있었다. 의료, 통신, 호텔, 우주여행 등 400여 개의 기업을 운영하는 버진 그룹의 대표 리처드 브랜슨, 그리스의 선박왕 오나시스, 구글 X의 신규 사업개발팀 총

책임자 모 가댓, 이 세 사람은 '기록하는 습관'을 통해 부와 성공 두 가지를 모두 실현해냈다.

월트디즈니 CEO 로버트 아이거, 트위터 창업자 잭 도시, 애플 CEO 팀 쿡, 전 GE CEO 제프 이멜트, 미셸 오바마, 오프라 윈프리 등 수많은 세계의 영향력을 가진 사람들은 모두 '아침 일찍 일어나는 습관'을 통해 인생의 커다란 변화와 발전을 이루어냈다.

20세기를 대표하는 미국의 사업가이자 투자의 귀재로 불리는 워런 버핏, 마이크로소프트의 전 CEO 빌 게이츠, 페이스북의 CEO 마크 저커버그, 나이키의 창립자 필 나이트, 테슬라의 CEO 엘론 머스크 등 셀 수 없이 많은 성공한 사람들의 공통적인 습관은 바로 '독서'였다.

그렇다면 나는 우리 아이에게 어떤 성공의 습관을 만들어주면 좋을까? '세 살 버릇 여든까지 간다.'는 말처럼 어릴 적 형성된 습관은 평생 따라다닌다. 오래된 나쁜 습관을 버리는 데에는 많은 시간과 노력이 든다. 그러므로 현명한 엄마라면 선행학습보다 선행되어야 하는 것이 아이에게 좋은 습관의 씨앗을 심어주는 것이다.

내가 아이들에게 물려주고 싶은 성공의 씨앗은 크게 세 가지이다.

첫 번째 미라클 모닝, 독서, 마지막으로 긍정적 사고의 씨앗이다. 우선 평소보다 30분 일찍 일어나 하루 일과 중에서 해야 할 일을 하는 것으로 아침을 시작했다. 영어학원에 다니지 않는 두 아이는 아침에 영어 DVD로 흘려듣기를 한다. 고작 15분 동안의 성취감이 활기차고 능동적인 하루를 만든다.

이는 '절제'의 힘을 기르는 과정이기도 하다. 절제란 자기조절 능력을 의미한다. 해야 할 일과 하고 싶은 일을 스스로 조절할 수 있게 되는 것이다. 아침에 맛본 작은 성취감은 학교에 가서도 적극적이고 자신감 있는 자세로 학교생활을 할 수 있도록 도와준다.

두 번째 씨앗인 '독서'는 오랫동안 유지해온 우리 집의 습관이다. 위에서도 잠깐 언급했지만, 우리 집에는 저녁 9시가 되면 독서 시간을 알려주는 알람이 울린다. 하던 일을 멈추고 각자 원하는 책을 한 권씩 들고 읽는다. 이제는 독서 습관이 잡혀, 굳이 9시가 아니어도 시도 때도 없이 눈을 돌려 틈틈이 책을 읽는다. 그 때문에 집은 늘 책이 여기저기 널려있어 너저분하다. 아이들이 책에 빠져있는 모습을 보면 '감사합니다'라는 말이 절로 나온다.

캐나다의 작가이자 리더십 전문가인 로빈 샤르마Robin Sharma는 "특별한 삶은 매일 끊임없는 개선을 통해 만들어지는 것이다."

라고 말한다. 매일매일 어제보다 나은 삶을 위해 일상을 개선해 나가려는 노력이 중요하다. 개선은 거창한 것이 아니다. 독서 알람을 이렇게 저렇게 바꾸어 보는 것, 어제는 책만 읽었다면 오늘은 음악을 틀어놓고 책을 읽는다든지, 또는 필사를 해본다든지 등의 사소한 변화가 모두 개선이다. 지금 하고 있는 행위를 더욱 즐길 수 있도록 환경을 바꾸는 것이 매일 매일을 특별하게 만들어 준다.

마지막으로 '긍정적 사고'의 습관을 만들기 위해 자기 전에 아이들과 나란히 누워 감사한 일 3가지와 가장 잘한 일 3가지를 이야기한다. 이런 지속적인 훈련을 통해 아이들은 점차 어떠한 상황에서도 먼저 긍정과 감사를 찾으려고 습관적으로 노력하게 된다. 특히나 힘들고 부정적인 상황에서도 감사할 점을 찾을 수 있는 능력을 갖추게 된다. 또한, 너무나 당연해서 무심히 지나칠 수 있는 소중한 것들이 당연하지 않음을 깨닫고 존재 자체에 감사할 줄 알게 된다.

이런 긍정의 힘은 자신감과 만족감을 불러일으키고 나아가 높은 자존감을 형성하는 데 많은 도움을 주게 된다. 그뿐만 아니라, 자기 자신이 가장 중요한 존재이며 가치 있는 존재임을 깨닫게 해준다. '긍정의 힘'은 아이들이 행복한 성공을 이루는 데 반드시 있어야 하는 가장 강력한 동력이다.

나와 아이들의 삶에 꼭 필요한 좋은 습관이 무엇일지 아이들과 함께 충분히 고민해보자. 그리고 선택된 결정은 바로 실행에 옮기자. 단언컨대, 한 번에 성공하지 못할 것이다. 결심을 세우고 끝까지 지키지 못할 수도 있다. 그러나 포기하지만 않으면 된다.

가다, 서다, 가다, 서기를 무한 반복하더라도 멈추지만 않는다면 좋은 습관의 씨앗은 싹을 틔우고 꽃을 피우고 열매를 맺게 될 것이다. 우리 아이들의 미래의 행복과 성공을 위해 우리가 해야 할 일은 좋은 습관을 만드는 것임을 잊지 말자.

〈숨통 트기 – 세 번째 이야기〉

오늘도 집으로 출근하는 당신에게

어느 중학교의 도덕 시간, 아이들은 숙제로 '부모님 칭찬 일기' 쓰는 것을 받았습니다. 마음을 담은 30번의 칭찬을 부모님 모르게 적는 일기였지요. 대체로 상황은 이랬습니다.

> 칭찬 상황: 그냥 걸어가서 아버지 앞에서
>
> 칭찬한 말: "아버지가 계시는 그 자체가 사랑스럽습니다."
>
> 부모님의 반응: "미친놈."
>
> 오늘 칭찬 활동에 대한 내 생각: "젠장, 칭찬하고 욕먹었다."

> 칭찬 상황: 학원가는 나를 엄마가 배웅할 때
> 칭찬한 말: "엄마가 학원에 보내줘서 이렇게 공부를 잘하게 됐어. 엄마, 고마워."
> 부모님의 반응: "야, 이 지지배야. 네가 공부를 뭘 잘해? 반에서 OO등 하는 게 잘하는 거냐? 어?!"

아이들은 유치함, 어색함, 부끄러움을 무릅쓰고 용기를 냈지만, 돌아오는 건 무안하고 서운한 말뿐이었습니다.

"얘가 왜 이래?", "너 뭐 잘못 먹었니?", "너나 잘해."

그럴 때마다 아이들은 이렇게 생각했습니다.

'이렇게 짜증나는 걸 어떻게 30번이나 해? 이게 무슨 효과가 있다고. 확 때려치워?'

더 힘든 건 눈 씻고 찾아봐도 보이지 않는 부모님에 관한 칭찬거리였습니다.

'그래도 숙제니까…….'

숙제하기 위해 아이들은 부모님의 말씀, 행동, 표정까지 '관찰'하게 되었습니다.

"어머, 엄마 오늘 되게 예뻐 보여요."

"어머, 그러니?"

한참 동안 거울을 바라보는 엄마의 소녀 감성을 보았습니다.

"넉넉하게 나온 아빠 배가 좋아요."

"이 배가 만물의 근원이지!"

몰랐던 아빠의 유머러스함을 발견했습니다.

'관찰'이 조금씩 '관심'으로 바뀌고, '엄마', '아빠'라는 이름에 가려 보지 못했던 모습들이 아이들의 눈에 보이기 시작했습니다. 칭찬 숙제를 마친 아이들은 이렇게 고백했습니다.

"그냥 밥만 먹고 잠만 자는 곳이었는데 요즘 집이 좋다."

"부모님을 칭찬하면서 나도 조금씩 변하는 것을 느낀다."

그리고 마지막 칭찬 일기.

> 칭찬 상황: 30번의 칭찬 일기를 마치고
>
> 칭찬한 말: 두려워하지 않고, 겁내지 않고 칭찬한 나에게 "나도 참 괜찮은 사람 같다."

제가 자주 보는 《지식채널e》 중 《엄마가 울었다》라는 제목의 동영상 내용입니다.

어느 날 문득 제 눈에 훌쩍 커버린 7살 딸아이가 눈에 들어왔습니다. 회사를 휴직하고 집에서 보는 아이의 모습은 너무나 낯설었습니다. 함께 7년을 살았는데도 어색하기만 했습니다. 서로에 대해 아는 것도 별로 없는 것 같았습니다. 친정엄마와 아이 사이에 내가 중간에 끼어들어 도움이 되기는커녕 오히려 혼란을 일으키고 있는 듯 느껴졌습니다. 제가 도움을 주고자 회사를 쉬고 집에 들어앉았건만 그 의미가 무색해지기 시작했을 무렵, 한 상담소를 찾았습니다.

제 이야기를 쭉 듣던 상담사분이 이런 말씀을 하셨습니다.

"아무리 엄마라도 내 아이에게 유대감을 느끼려면 시간이 필요합니다. 서로를 알아가는 적응 시간이 필요한 거죠. 엄마와 자식 관계라고 저절로 관심이 생기고 사랑이 생기는 것이 아니랍니다. 아기 때부터 아이와 함께 시간을 보낸 엄마들과 비교하시면 안 됩니다. 그런 엄마와 아이는 7년이란 시간을 함께 보내면서 미운 정 고운 정 쌓아가며 삼시 세끼를 함께 하며 서로를 알아가고 서로에게 적응한 시간을 보냈기에 끈끈한 유대감과 사랑을 갖게 된 거죠. 그러니 어머니도 조급해 마시고 아이의 지금 나이만큼의 시간을 투자해야 유대감을 얻을 수 있다는 걸 잊지 마세요. 그리고 아이에 대한 관찰과 관심을 통해 서로를 알아가세요."

상담소 원장님의 말을 듣기 전까지 저는 부모와 자식 간에는 유대감이나 넘쳐나는 사랑이 저절로 생기는 줄 알았고, 굳이 노력하지 않아도 되는 것쯤으로 생각했습니다. 지난 7년의 세월을 되돌리고 싶을 만큼 억울하고 절망스러웠습니다. 그러나 드러누워 있을 수만은 없었습니다. 다시금 정신을 다잡고 아이를 관찰하기 시작했습니다.

예전엔 퇴근하면서 집에 돌아올 때도 아이가 좋아하는 음식보다는 사 오기 쉬운 음식을 사 오고 책을 구매할 때에도 아이의 취향이나 의사를 고려하지 않고 내가 읽히고 싶은 책을 구매해서 읽혔습니다. 매사에 아이보다 나 중심이었습니다.

아이에 대해 아는 게 없으니 아이가 어떤 말이나 행동을 할 때 '도대체 뭐가 불만이지?' 하고 아이를 원망의 눈으로 바라보곤 했습니다. 우리는 서로 잘 알지 못했습니다. 상담소 원장님의 이야기를 들으니 그제야 뭐가 문제였는지 알 수 있었지요.

그 후 나는 아이와 대화를 많이 하려고 애쓰고, 아이를 유심히 관찰하기 시작했습니다. 아이가 놀이터에서 놀 때도, 친구들과 놀 때도, 혼자 집에서 책을 읽을 때도, 밥을 먹을 때도, 함께 장 보러 가서도 관찰했습니다. 그러니 차츰 아이가 뭘 좋아하고 싫어하는지 등 아이의 취향은 알게 되었지만, 여전히 아이의 생각을 알기는 쉽지 않았습니다. 아이가 왜 그렇게 말하고 행동했는지 이해가 되지 않을 때가 여전히 존재했습니다.

《엄마가 울었다》 동영상을 보다 '쿵' 하고 내 마음이 내려앉은 대목이 있습니다. 바로 '관찰이 관심으로 변하고'라는 문장에서였습니다. 진정한 관심은 관찰에서부터 시작되어야 한다는 것을 그때 알았기 때문입니다. 그러다 보면 어느 순간, 눈에 보이지 않은 모습들이 눈에 들어오고 가슴으로 들어온다는 것을 깨달았기 때문입니다.

그런데 4년 동안 아이를 관찰해보니 한 가지 중요한 사실을 알게 되었습니다. 관찰은 '마음을 열어두고' 해야 한다는 것, 그리고 성실하게 살펴보아야 한다는 것입니다. 성실하게 살펴본다는 것은 생각하고 성찰한다는 것을 말합니다. 마음의 문을 열어두고 아이를 성실하게 살펴보는 행위는 제게 하나의 습관이 되었습니다. 가끔은 지치고 힘에 겨울 때도 있습니다. 해답을 찾을 수 없어 답답하고 초조할 때도 많습니다.

마지막에 심리상담사가 한 말이 있습니다.

"쉽게 빠르게 변화할 거라는 생각은 하지 않는 게 좋아요. 7년이란 시간을 힘들게 보냈다면 최소한 그만큼의 기다림이 필요합니다. 그러니 지치지 않고 천천히 꾸준히 해야 합니다. 사소한 발견에 감사해하시고 작은 변화를 알아볼 수 있는 눈을 키우세요."

마를린 보스 사번트Marilyn vos Savant는 "지식을 얻으려면 공부를 해야 하고 지혜를 얻으려면 관찰을 해야 한다."라고 말했습니다.

내 아이가 행복해질 수 있는 답을 얻으려면 아이에 대한 관찰을 멈추지 말아야 합니다. 그리고 아이의 작은 변화를 알아차릴 수 있는 엄마의 지혜 또한 필요합니다. 아이가 왜 그런 말을 하고, 왜 그런 행동을 하는지 모르겠다면 마음의 문을 활짝 열어두고 아이를 '관찰'해야 합니다. 그리고 성실하게 생각해보세요. 그러면 보이지 않았던 것들이 어느 날 서서히 보이기 시작할 테니까요.

그대가 서 있는 곳에서, 그대가 가진 것으로,
그대가 할 수 있는 최선의 일을 하라

프랭클린 루즈벨트Franklin Roosebelt

"아이는 아이대로, 나는 나대로 매미가 성충이 될 때까지 땅속에서 7년을 버틴 애벌레처럼 꿈이 실현될 그 날까지 하루하루 변화를 감지하며 기다려야 합니다.
사랑의 또 다른 말은 '믿고 기다려 주는 것'입니다.
믿고 기다려보세요. 기다리는 것도 실력입니다."

4장

책이란 무릇, 우리 안에 있는 꽁꽁 얼어버린 바다를 깨뜨려버리는 도끼가 아니면 안 되는 거야.

— 프란츠 카프카 Franz Kafka

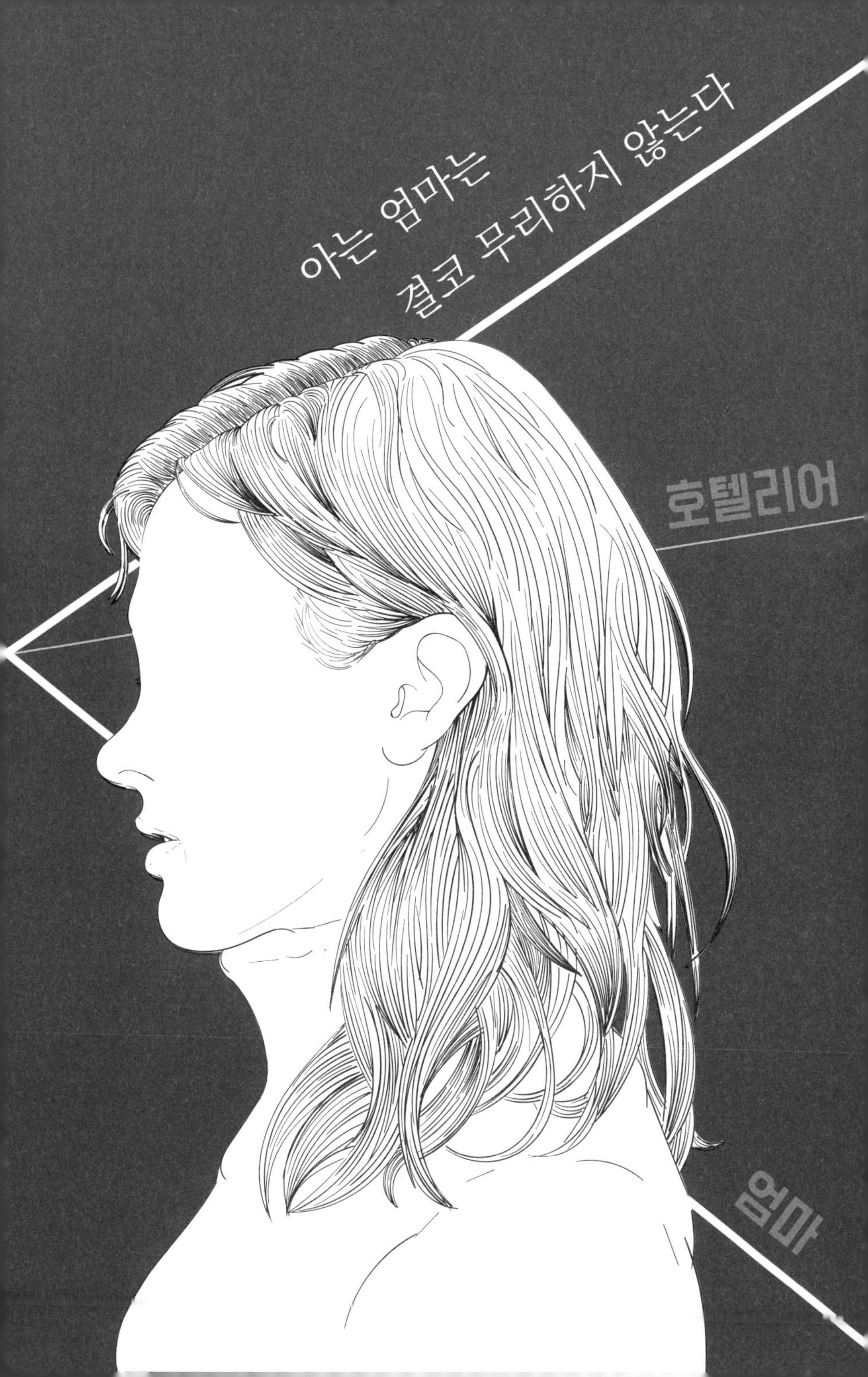
아는 엄마는
결코 무리하지 않는다
호텔리어
엄마

즐거운 리더(reader)가 진정한 리더(leader)가 된다

첫째가 여름 캠프 수료식을 마친 날, 함께 참여했던 친구 가족과 옛 직장 근처에 있는 식당에서 저녁을 먹게 되었다. 주차장에 차를 대고 나오는데 아이들의 대화 소리가 들려왔다.

"여기 멋있지? 우리 엄마가 다니던 회사야. 그만두지 않았다면 사장이 되었을 거야."

'헉! 허풍도 저런 허풍도 없네. 웬 사장!'

"진짜? 이모 여기서 일하셨어요? 와아~ 나도 이런 곳에서 일하고 싶다. 이런 곳에 취직하려면 공부 엄청나게 잘해야 하죠?"

내가 뭐라 답해야 하나 고민하고 있는데 큰아이가 내게 말한다.

"엄마, 왜 그만뒀어? 다시 다니면 안 돼? 난 엄마가 이런 회사에 다니는 엄마면 좋겠어."

'내가 누구 때문에 그만뒀는데! 이제 와서 회사 다니는 엄마가 좋다고?'

퇴사하고 딱 4년 만에 들은 소리였다. 아이가 크면 집에 있는 엄마보다 일하는 엄마를 더 좋아한다는 말을 들었지만 이렇게 빨리 듣게 될 줄이야.

보수공사를 마치고 더욱 웅장하게 서 있는 옛 회사 건물을 보니 그 안에서 활개 치고 다니던 내 모습이 교차하면서 순간 그 시절이 그리워졌다. 육아는 길어야 10년이라는 말이 딱 맞는 것 같다. 우리 큰아이 나이가 10살이었으니 말이다.

그런데 다시 생각해보면 모든 일에는 일장일단이 있는 법, 하나를 잃으면 하나를 얻는 게 세상의 이치다. 계속 회사에 다녔다면, 회사를 그만둔 후 내게 일어났던 변화 역시 없었을 것이다. 퇴사 후 나에 대한 성찰을 통해 나를 알게 되고, 아이들과 남편에 대해서도 있는 그대로 인정하고 존중하게 되었다. 그 결과 가족 간의 깊은 유대감과 안정된 정서를 가질 수 있었다.

또한, 독서와 글쓰기를 통해 지금의 삶은 예전의 삶과는 비교할 수 없을 만큼 풍요로워졌다. 어디로 가는지 모른 채 열심히만 살던 지난 시절이 가끔은 그리운 것도 사실이지만, 내가 잃었던 직업을 대신하여 얻은 것들이 훨씬 더 소중하고 중요한 것들임을 인정하지 않을 수 없다.

"인디언들은 말을 타고 달리다가 잠시 멈춰 서서 영혼이 따라올 시간을 기다려준다." 내가 좋아하는 인디언 속담이다. 일상에 바빠 무언가를 놓치고 있지 않나 하는 불안감이 들 때 자주 떠올리는 말이다.

인생에 있어서 '쉼표'란 참 중요하다. 큰 계기가 있지 않으면 쉼표를 찍기 어려우므로 더욱더 그러하다. 나의 경우에도 마찬가지다. 분명 내게 육아휴직과 퇴직은 내 인생에 전환점이 되었다.

전업주부의 역할을 통해 편협한 시각에서 탈피하여 전엔 생각해보지 못했던 워킹맘과 전업맘의 역할을 재해석할 수 있었고, 그 안에서 오히려 '엄마'이기보다 '김은희'라는 내 이름을 찾아가는 여정을 만날 수 있었다. 아이들과 함께 배우고 성장하면서 내게 정말 부족했던 기다림, 믿음, 인내 등의 실력도 기를 수 있었다. 이렇듯 분명 의미 있는 시간이었음에도 내 안에는 끊임없이 계속되는 자문이 있었다.

'나는 왜 엄마로만 만족할 수 없을까?', '나는 왜 자꾸 무언가를 하려고 발버둥치는 것일까?'

이제 와 생각해보면 나는 일을 통해 내 존재가치를 느끼고, 인정받고자 하는 욕구를 채울 수 있었다. 회사 일을 하면서 시야가 넓어지고 생각의 폭과 틀이 커지는 경험이 좋았고, 새로운 사람들을 만나면서 그들의 이야기와 삶을 들여다보는 것이 좋았다. 무엇보다 내가 타인에게 도움이 되는 일을 한다는 것이 큰 보람이었다. 겉으로 보이는 화려함과 나의 타이틀도 자랑스러웠다. 많은 국제행사를 치렀고, 보이지는 않지만 나의 노력과 숨결이 담겨 있는 그 행사들을 성공적으로 마쳤다는 긍지도 있었다. 나로 인해 변화하고 발전되는, 나의 영향력이 펼쳐지는 것을 보고 실감하는 것도 짜릿한 성취감을 주었다. 회사는 나에게 존재감을 맘껏 느낄 수 있는 무대였고, 에너지의 근원이었다.

그런데 아이는 원하는 대로 자라지 않는다. 잘 키우려 노력해도 아이는 내 생각대로 내 계획대로만 움직여주지 않는다. 오히려 내 뜻대로 밀어붙였다가는 어긋나 버리는 일이 더 많았다. 짧은 시간 동안 엄마로서의 나의 능력이 길러지는 것도 아니고, 나의 노력의 대가가 눈에 보이는 것도 아니었다.

엄마라는 자리가 한 인격체로서 날 성장시키기에는 더없이 중요한 자리임은 틀림없으나 기다림에 서툰 나는 엄마라는 역할이 버겁게 느껴지기만 했다.

일해야 하는 이유는 아주 많다. 최소한 내 몸매를 이토록 망가지게 하지 않는다는 것도 내겐 하나의 큰 이유가 된다. 아이들에게 시시콜콜한 엄마의 손길이 필요한 시기는 그리 길지 않다. 그 다음부터는 아이들은 보고 배울 수 있는 엄마의 모습을 원한다. 엄마는 아이들에게 가장 가까운 롤모델이 되기 때문이다. 자기 일을 멋지게 해내는 엄마의 모습을 통해 자신의 미래를 그린다.

딸아이 친구의 엄마가 퇴직 후 쉬면서 책을 출간했는데, 그 책이 한 방송국 채널에 소개된 적이 있었다. 그 친구는 한동안 우리 집에 놀러 오면 매일 엄마 자랑을 침이 마르도록 했다. 그 친구가 돌아가자 딸아이가 내게 다가와 책망하듯 물었다. "엄마 책은 언제 나와?"

주변에 큰아이 친구들을 보면 일하는 엄마의 아이들은 눈에 띄게 독립적이고 자립심이 높다. 친구들하고 놀다가도 스스로 시계를 보다가 가야 할 시간이 되면 딱 일어난다. 엄마가 빨리 오라고 성화를 부리지 않아도 알아서 자기 시간 관리를 할 줄 아는 것이다. 일일이 챙겨줄 엄마가 없으니 자신이 챙겨야 한다는 것을 알기 때문이다. 아이에게 주어진 적당한 자유가 아이를 독립적이고 자립적으로 만들어주는 기회가 되는 것이다.

워킹맘으로도 지내보고, 전업맘으로도 지내보고 난 후, 내 결론은 '엄마는 일해야 한다.'는 것이다. 내 아이가 자신의 인생을 살기를 바라는 게 모든 부모의 바람이다. 그러려면 자신부터 그렇게 살아야 한다. 아이들은 엄마를 보고 자라기 때문이다. 자기 일이 있고, 일과 가족과 함께 성장하는 엄마의 모습을 보고 자란 아이는 분명 그것을 당연하게 받아들이게 된다. 엄마의 독립심과 자립심, 열정과 사랑을 흡수하여 나중에 커서도 그런 엄마의 모습과 비슷한 자신을 발견하게 될 확률이 높다.

일은 계속되어야 한다. 내가 좋아하는 일, 나를 성장시켜주는 일, 나의 가치를 찾는 일, 더 나아가 이 사회에 도움이 될 수 있는 일을 찾아서 하고, 될 수 있으면 아이들과 공유하고 가능하다면 동참시켜서 아이들에게 무한한 가능성과 기회를 맛보게 해주는 것이 건강한 엄마의 역할이다. 자신 안의 꿈과 에너지의 불씨를 고스란히 자녀들에게 전해 줄 수 있을 때 진정한 롤모델로서의 엄마의 역할을 충실히 해낸 것이다.

기분 좋은 시달림, 거기까지!

어느 유명한 철학 교수의 강의 시간에 있었던 일이다.

수업이 시작되자 교수는 책 대신 커다란 플라스틱 통을 교탁 위에 올려놓았다. 이어 교수는 투명한 통 속에 탁구공을 쏟아부었다. 통 속에 공이 가득 차자, 학생들에게 물었다.

"다 찼습니까?"

"네, 다 찼어요." 학생들이 대답했다.

이번에는 작은 자갈을 쏟아붓고는 물었다.

"자, 이번에도 다 찼습니까?"

학생들이 또 그렇다고 하자 교수는 모래를 부으면서 또다시 같은 질문을 던졌다.

"자, 다 찼습니까?"

"네, 이제 정말 꽉 찼는데요."

역시 같은 대답이 나오자 마지막으로 교수는 홍차 한 잔을 통 속에 쏟아 부었다. 홍차가 모래 틈으로 스며들자 그 흥미로운 상황을 보고 학생들이 웃기 시작했다.

"이 통은 여러분 인생입니다. 탁구공은 가족, 건강, 친구이고, 자갈은 일과 취미이며, 모래는 그 외에 자질구레한 일들이지요."

교수는 계속 말을 이어갔다. 만약 통 속에 모래를 먼저 쏟아 부었다면 탁구공도 자갈도 들어갈 수 없었을 것이라고 말이다.

"자신에게 주어진 시간 동안 자질구레한 일만 하다 보면 정작 중요한 일은 할 수 없게 될 수도 있어요."

그리고는 인생에서 가장 중요한 것이 무엇인지 순서를 정해 보라고 했다.

"오늘부터 가족들과 식사를 하며 대화를 나눠보세요. 사랑하는 친구들과 즐거운 만남의 시간을 갖고, 열심히 운동하면서 자신의 건강을 돌보십시오. 맡은 바 일에 충실하면서 취미생활을 한다면 분명 여러분의 삶은 윤택해질 겁니다."

교수의 이야기가 끝나자 한 여학생이 질문했다.

"교수님, 그렇다면 마지막에 부은 홍차는 뭔가요?"

교수는 미소를 지으며 대답했다.

"그것은 '여유'입니다."

"모두 기억하세요. 바쁜 인생에도 따뜻한 차 한 잔 마실 여유는 있다는 것을요."

《TV 동화 행복한 세상》에 실린 "인생에서 중요한 것들의 우선순위"라는 제목의 동화이다.

일하는 엄마들은 일과 육아, 그리고 가사에 치여 자신을 위한 투자나 시간적 여유는 꿈도 못 꾸는 게 현실이다. 시간이 남는다고 해도 자신을 위해서 시간을 쓰거나, 자신에게 투자하는 것에 죄책감을 느끼기도 한다. 한편 전업주부들은 24시간 아이들을 돌보고, 매일 해도 티도 안 나는 집안일을 하느라 정작 자신을 위해 시간을 할애하는 것은 생각하지도 못한다. 누구는 자신을 위해 차 한 잔 마시는 여유도 사치라고 생각한다.

내 주변에도 책 육아, 엄마표 영어, 홈베이킹에 무조건 집밥을 강조하며 새벽부터 일어나 밤늦게까지 잠시도 쉬지 않고 열정적으로 사는 엄마가 있다. 아이들 등교하자마자 캐리어를 끌고 도서관으로 가서 추천 도서를 나이별로 대여해 오고, 오는 길에 장을 보고 점심은 먹는 둥 마는 둥 한다. 아이들이 오기 전에 간식을 만들어 놓고 아이들이 하교하면 아이들을 돌보고 뒤치다꺼리하고 저녁먹이고 씻기고 재우고 시계를 들여다보면 밤 10시를 가리킨다. 엄마의 이런 열성과 희생 덕분에 아이들 셋은 공부도 잘하고 미술, 체육 등 못 하는 것이 없다.

그런데 아이들을 떼어놓고 엄마의 인생만 보았을 때, 과연 그녀의 인생이 행복할까? 나중에 아이들이 다 자라 엄마 품을 떠날 때가 되면 그녀의 인생에는 무엇이 오롯이 남게 될까? 엄마라면 아이들에게 최선을 다하고 뒷바라지하는 것이 당연하다.

그런데 나는 엄마도 자신의 시간을 가져야 한다고 생각한다. 도서관에 가서 엄마가 원하는 책도 한두 권 빌려왔으면, 집으로 돌아오는 길에 마음에 드는 카페에서 그 책들을 읽을 여유 정도는 가졌으면 좋겠다. 어플을 통해 장을 보고, 그 시간에 자신이 원하는 일을 하면 좋겠다. 홈베이킹 대신 유기농 빵집에서 빵을 사다 주고 그 시간을 운동하는 데 할애한다면 그녀의 삶이 조금은 여유롭지 않을까?

하루 종일 자질구레한 일들을 처리하다 보면 지치고 피곤할 뿐, 어떤 만족감이나 행복감을 느끼기 쉽지 않다. 내게 중요한 것을 잊은 채 시간을 보내고 있기 때문이다. 조금만 생각을 달리하면 육아 역시 지치고 시달리는 힘든 독박 육아가 아닌 '나와 아이를 함께 키우는' 성장 육아가 될 수가 있다. '마음의 여유'를 가지면 삶의 여유가 뒤따라온다.

철학 교수가 학생들에게 일깨워 주고자 했던 것처럼, 우리의 힘과 에너지 그리고 시간은 교탁 위에 올린 플라스틱 통처럼 제한적이다. 담고 싶다고 모든 것을 담아버리려 한다면 결국 넘쳐 흐를 뿐 담기지 않는다. 모든 것을 다 완벽하게 하려 한다면 엄마인 나 자신도 아이들도 결국 시간과 노력을 낭비하고 정작 소중한 것은 담지도 못하게 된다.

내게 주어진 시간도, 내가 가진 열정과 에너지도 한계가 있다는 것을 다시 한번 인식하고 내가 가진 것들을 어떻게 의미 있게 써야 하는지를 고민해봐야 한다. 내 인생에서 무엇이 가장 중요한지를, 어떨 때 가장 행복한지를 생각해보려면 마음에 여유가 있어야 한다. 행복한 하루하루가 모여 행복한 미래를 만든다는 것을 잊지 말자.

무언가를 계속 담으려 하기보다는 내 안에 있는 불필요한 것들을 내려놓으면 마음에 여유를 만들 수 있다.

"행복해지는 일이 인생의 유일한 목적입니다. 그리고 하루 몇 번 미소 짓느냐가 인생의 유일한 척도입니다."라고 스티브 워즈니악Steve Wozniak은 말한다. 우리가 아이들을 그토록 공부시키고 학원으로 돌리는 이유, 엄마들의 마음을 들여다보면 이유는 하나다. 그저 아이들이 행복한 인생을 살아가길 바라기 때문이다. 결국, 우리는 모두 행복해지기 위해 사는 것이다. 현재가 행복하지 않은데 미래가 행복할 수 있을까? 행복은 미래를 위해 저축하거나 보관할 수 있는 것이 아니다. 지금 당장 행복해야 내일도 행복해질 수 있고 미래도 행복해질 수 있다.

자, 이제 내가 언제 행복한지를 생각하고 아래의 괄호 안을 채워 문장을 만들어보자.

'나는 (　　) 할 때 행복하다.'

아이에게도 마찬가지이다. 아이에 대한 높은 기대나 욕심을 덜어내고 '여유'를 내어주자.

아이들에게 무엇을 해줄까를 고민하기보다는 내가 아이들에게 무엇을 하지 말아야 할까를 고민하자.

'내 아이는 (　　) 할 때 행복하다.'

내 아이가 어떨 때 가장 행복해하는지 엄마로서 관찰하고, 아이에게도 자주 질문해서 자신을 알아갈 기회를 주는 것이 행복에 가까워질 수 있는 비결이다.

남편을 무대 위로 올려놓아라

나는 관객석 맨 위에 앉아 있다. 남편은 다 늘어진 후질구레한 츄리닝 바지를 입고서 쓰레기가 가득 담긴 100리터짜리 쓰레기봉투를 힘겹게 들고 있다. 그는 허둥대다가 그만 쓰레기봉투를 머리에 뒤집어썼다. 이내 무대는 온통 쓰레기 더미로 뒤덮인다. 나는 객석에 앉아 그 모습을 바라보며 튀어나오려는 웃음을 애써 참고 있다.

그런데 그 순간, 남편은 바닥에 널브러져 있던 쓰레기에 그만 미끄러져 아등바등 어쩔 줄 몰라 한다. 나는 그 모습을 보다 웃음을 참지 못하고 박장대소하며 갈비뼈가 아플 때까지 웃어젖힌다. 마음이 후련해지면 냉정한 썩소를 날리며 쿨하게 무대 위의 막을 내려버린다. 막이 서서히 내릴 때까지도 남편은 일어나지 못하고 쓰레기 더미와 함께 바닥을 구르고 있다.

연극의 한 장면이냐고? 아니, 내 머릿속에서 만들어 낸 영상이다. 살다 보면 아무리 금슬 좋은 부부도 티격태격하기 마련이다. 방금 전까지 기분 좋아 서로 희희낙락하다가도 정말 사소한 일로 하루에 몇 번씩 으르렁거린다. 언젠 좋아서 애들 친정에 맡겨놓고 우리끼리만 여행 가자고 호들갑 떨다가도 싸우면 언제 그랬냐는 듯이 '내가 미쳤지! 머리만 보지 말고 성격도 좀 볼걸...' 하고 후회한 적도 셀 수 없이 많다. 한때 우리는 '쇼윈도 부부'였다. 둘 다 어찌나 연기를 잘하던지 남우주연상, 여우주연상은 늘 떼 놓은 당상이었다.

어마어마한 경쟁을 뚫고 선택된 이 남자, 지금의 내 남편으로 말하자면, 대학교 3학년 때 만나 8년 연애하고 결혼해 지금까지 부부로 14년을 살았으니 알고 지낸 기간도 어언 22년이다.

연애시절에는 남편은 나에게 남자친구라기보다 아빠와 같은 존재였다. 어린 시절 아빠의 부재로 받지 못했던 사랑을 주는 사람이었다. 남편을 만나면서부터 '아빠의 사랑이라는 것이 이런 느낌일까?' 하고 생각하기도 했다. 무작정 나를 믿어주고, 자신을 버리고 나를 살릴 것 같은 착각에 결혼을 결심했었다.

그렇게 8년이란 시간을 애틋하게 연애했고, 통틀어 내 인생의 딱 절반을 남편과 함께 보냈음에도 불구하고 살면 살수록 서로 많이 다름을 깨달았다. 생각도 취향도 반대인 서로를 발견할 때마다 누가 먼저랄 것도 없이 입에서 이 말이 튀어나왔다.

"정말 안 맞아! 안 맞아!"

후배들이 결혼 전 남자친구에 대해 고민하면 난 성의 없이 한마디 내뱉었다.

"뭐, 별거 없어. 살다 보면 다 그놈이 그놈이야. 그냥 대~충 골라 결혼해. 어차피 후회할 테니까!"

젊었을 때, 한때는 원수가 따로 없었던 시절도 있었다. 어느 정도 시간이 지나 마흔 즈음 되자, 피차 늙어 싸울 힘도 없을뿐더러 싸우면 뭐하나 나만 힘 빠지지 하는 생각도 드는 게 사실이다. 부부싸움 해 본 사람은 다 알겠지만 아침에 싸우면 하루 종일 기분 나쁜 상태에서 헤어 나오질 못한다. 하루를 그냥 망쳐버리게 되는 것이다. 더 나쁜 것은 엄마, 아빠의 부정적인 에너지가 아이들에게 전달된다는 사실이다.

보이진 않지만, 에너지는 순환하고 또 끌어당기는 힘이 있어서 부정적 에너지는 부정적인 것들을 끌어당긴다. 안 좋은 일이 또 다른 좋지 않은 일을 발생시키는 이유다. '머피의 법칙'처럼 말이다.

반대로 좋은 에너지는 좋은 것들을 끌어당긴다. 내가 웃으면 웃을 일만 생기고, 내가 행복하면 행복한 것들만 눈에 들어온다. 결국 흔한 말일 수 있겠지만, 모든 것은 나로 인해 비롯된다는 진리를 깨우치면 부부관계를 넘어 삶이 빡빡하지 않고 여유로워질 수 있다. 이론은 알지만 실천이 힘든 그녀들을 위해 나의 실천법을 전수하겠다.

비법 1 - 관조적 자세, 그 상황에서 분리하여 관찰자 입장 되기

비법 2 - 가장 좋았던 경험 무한 재생하기

비법 3 - 측은지심惻隱之心

우연한 기회에 20년 경력의 N.L.P Neuro-linguistic Programming 전문가에게 살짝 맛보기로 배웠던 기법인데 부부 싸움할 때마다 유용하게 사용하고 있다. N.L.P는 심리 상담 기법의 하나로 활용되는 신경 언어 프로그램이다. 그 범위가 매우 광범위한데, 내가 배운 기법은 자신의 행동과 감정 패턴을 변화시켜 지금의 내 상태를 바꾸는 것을 목적으로 하는 것이었다.

두 가지를 배웠는데 첫 번째 비법은 '관찰자' 되기였다.

이 글 첫 문단에 쓴 무대 위의 남편처럼, 내 마음대로 동영상을 만드는 방법이다. 예를 들면, 반찬 투정하는 남편이 미우면 남편의 얼굴을 길게 늘여놓기도 하고, 귀를 당나귀 귀로 만들기도 하고, 얼굴을 저팔계로 만들어 버릴 수도 있다. 머릿속 웃기는 상상을 통해 한껏 웃고 나면 분노나 화 등의 나쁜 감정을 떨쳐버리고 그냥 별거 아닌 일이라 여기게 된다.

웃음치료와 비슷한 효과이다. 좀 전에 싸웠는데 진짜 재미있는 코미디 영화 한 편 보고 나오면, '아까 내가 왜 그렇게 화냈지?' 하고 생각하거나 '내가 너무 심했나?' 했던 경험이 있을 것이다. 상황은 달라지지 않았다. 다만 내 관점이 바뀐 것이다. 화나고 기분 나쁜 것에서 재밌고 즐거운 것에 초점이 맞춰졌기 때문이다.

두 번째 비법은 내 기억 속에 행복했거나 즐거웠던 한 장면을 기억해내어 그 상황을 아주 생생하게 그리는 작업이다.

뭐가 보이는지, 느껴지는지, 들리는지, 어떤 냄새나 향이 나는지, 맛이 어땠는지 아주 상세하게 부각시켜 그 긍정의 경험을 절정 상태로 만들어 재생시키는 방법이다.

우리 부부는 결혼기념일마다 매년 둘만의 여행을 간다. 신혼여행 때처럼 다정하게 사진도 찍고 맛집도 찾아다니고, 하루는 그냥 좋은 카페나 호텔에서 그동안 바빠서 하고 싶었는데 못했던 일들을 마음껏 하며 하루를 온전히 보내기도 한다.

내가 자주 소환하는 기억은 남편과의 제주도 여행 때의 한 장면이다. 우리는 비양도 배시간을 맞추기 위해 새벽에 길을 나섰다. 한림항으로 가는 길에 들렸던 스타벅스 Drive-through에서 맡았던 진한 커피향. 해안가를 따라 운전하면서 봤던 눈부시게 푸르렀던 바다풍경. 배에서 내리자마자 보였던 비양도의 마을회관. 소박함을 그대로 간직한 마을회관에서는 한 순간 시간이 멈춘 듯 했다. 앞에서 사진 찍어준다며 호들갑떨던 남편의 상기된 얼굴이 떠오른다.

비양봉으로 올라가던 길은 유난히 바람이 거세게 불었다. 모자가 날아갈까 봐 내 모자를 꾹꾹 눌러주던 남편의 배려깊은 손길을 느끼며 비양봉을 올랐다. 숨이 차오를 때쯤 갑자기 나타난 대나무 숲. 숲은 마치 울타리가 된 듯 세차게 불던 바닷바람을 막아주었다. "쏴아아~ 쏴아아~" 주변은 고요했고, 대나무 사이사이로 비집고 들어온 파도소리인지 바람소리인지 구분이 잘 되지 않는 소리만 선명했다. 비양봉 정상에 우뚝 서있던 하얀 등대에서 바라본 제주 바다는 숨이 멎을 정도로 눈이 부셨다.

남편과 나란히 벤치에 앉아 한동안 아무 말도 하지 않고 때리

듯 지나가는 강한 바람에 내 얼굴과 온 몸을 맡겼다. 눈을 감으니 비릿한 바다냄새가 맡아졌다. 다시 눈을 뜨자, 다채로운 하늘이 눈에 들어왔다. 서울의 하늘은 멈춘 듯 보였지만 제주도의 하늘은 시시각각 구름의 모양을 달리하며 어디론가 흘러갔다. 남편과 나는 아무도 없는 비양봉 정상에서 한동안 그렇게 묶여 있었다. 그 순간만큼은 나는 세상에서 가장 평화로웠고 평안했고 행복했다. 숨 막히는 비경에 홀려 내 가슴속은 텅 비워졌고, 거센 제주바람은 내 머릿속의 잡념을 다 흩트려놓았다.

나는 이런 행복한 장면들을 차곡차곡 쌓아두었다가 원할 때마다 불러낸다. 절정의 행복한 순간들은 불쾌한 상태를 몰아내고 빠르게 사랑과 긍정의 시간으로 전환할 수 있는 강한 힘을 가지고 있다. 아침에 일어나 이 작업을 하면 하루를 긍정의 에너지로 시작할 수 있다. 부부 싸움 등으로 안 좋은 상태일 때도, 나쁜 감정에서 빨리 분리될 수 있다. 마치 달궈진 쇳덩어리를 손에 쥐여주면 반사적으로 그 뜨거운 쇳덩어리를 떨어뜨리듯이 부정적인 감정을 순식간에 몰아내고 긍정의 에너지로 바꿔주는 작업이다.

마지막 수단은 '측은지심', 즉 불쌍히 여기는 마음으로 상대방을 용서하는 것이다.

옛날 드라마를 보면 엄마 역을 맡은 고두심에게 딸이 아빠 흉을 본다. "엄마는 어쩌다가 저런 아빠를 만나서 이렇게 고생만 하는 거야, 정말!" 그러면 고두심이 이렇게 얘기한다. "그래도 저 양반, 알고 보면 불쌍한 인간이야. 내가 거둬주지 않으면 어디 가서 밥 한 끼도 얻어먹을 위인도 못돼! 쯧! 쯧!" 언젠가 한 번쯤은 드라마에서 이런 장면을 본 적이 있을 것이다. 바로 이런 심정으로 남편을 바라보자.

'그러고 보니 좀 불쌍하고 애처로워 보이네. 그래도 처자식 먹여 살리려고 새벽부터 나가서 사람들 비위 맞춰주다가 밤늦게 들어왔는데... 집에서라도 좀 맛난 거 먹고 편안하게 쉬어야지.'

남편이 아니라 아들이 새벽부터 독서실 가서 공부하고 학교 갔다가 늦게까지 학원에서 공부하고 돌아왔다고 생각해봐라. 측은하고 안쓰러워 뭐 하나라도 해주고 싶은 게 엄마 마음이다. 그 엄마 마음을 남편에게도 적용하면 화나거나 서운한 마음 대신 사랑까지는 아니어도 애잔하게 '정'이 들기 마련이다. 세상에서 제일 무섭다는 미운 정, 고운 정이 드는 것이다.

잊지 말자. '나. 비', 모든 것은 나로부터 비롯됨을, 인생의 행복은 타인이 아니라 바로 나 자신에게 달려있다는 사실을 말이다.

엄마는 화장빨,
아이는 학원빨?

두 명의 나무꾼이 있었다. 한 명은 하루 종일 나무를 베고 그것도 모자라 가끔은 밤늦게까지 야근도 하면서 열심히 하루 14시간을 일했다. 다른 한 명은 하루에 8시간만 나무를 베고 일찍 퇴근했다.

20년 뒤 하루에 8시간 나무를 벤 사람과 하루에 14시간 나무를 벤 사람 중 누가 더 성공해 있을까? 단순 노동시간으로 따진다면 당연히 14시간씩 일한 사람이 더 부자가 되어있어야 한다. 하지만 20년 뒤 더 성공한 것은 8시간만 일한 사람이었다.

그는 8시간 일하고 나머지 시간에는 세상이 어떻게 생겼는지 보러 다녔다. 하루는 옆 마을에 있는 숲을 갔더니 전기톱을 가지고 나무를 베고 있었다. 다른 날은 조금 더 멀리 떨어진 숲에 가 보았다. 그 숲에서는 나무를 가공해서 종이를 만드는 공장을 건설하고 있었다. 그는 마을로 돌아와 공장을 세워 갑부가 되었다.

8시간만 일하고도 성공한 기업가가 된 사람은 자신만의 숲에 갇히지 않고 더 넓은 숲을 보러 떠나는 모험을 두려워하지 않았다. 직접 모험을 하지 못할 경우에는 책을 통해서 간접 경험을 했다. 그는 시간 활용에 성공한 사람이었다. 일할 시간, 도끼를 갈 시간, 낯선 도끼를 찾아다닐 시간을 적절하게 잘 분배해서 인생 전체를 설계한 것이다.

인포메이션 센터, 프런트 데스크, 비즈니스센터, 고객관리부, 클럽 라운지, 당직 지배인, 그리고 객실 판촉 세일즈…. 내가 15년 회사생활을 하면서 거쳐 온 부서들이다. 한 곳에서의 일이 손에 익고 적응이 되어 가면 다른 부서의 일이 궁금해지곤 했다. 부서를 옮기면서 새로운 일에 도전하고 배웠던 것이 한 회사에서 오랜 시간을 보낼 수 있었던 비결이었다. 여러 부서를 돌아다니며 내가 몰랐던 것을 알게 되자, 어느 순간 마치 조각조각 떨어져 있던 퍼즐 조각이 맞춰지듯이 전체 호텔에 대한 큰 흐름과 그림이 그려지는 경험을 할 수 있었다. 다른 부서로 이동하는 것이 어려울 때면 회사에서 진행하는 각종 프로그램을 활용하기도 했다. 크로스 트레이닝을 통해 식음료 부서나 연회 판촉, 회계 및 경영 부서, 인력개발 부서의 업무들을 배우고 경험할 기회를 얻었다. 또한, 타 경쟁 호텔들에 대한 주기적인 벤치마킹을 통해 호텔이 나아가야 할 방향을 제시하거나 아이디어를 내면서 변화를 주도할 수 있었다. 그뿐만 아니라 사내 강사나 인재개발 프로그램 등에 참여하면서 호텔에 나를 드러낼 기회들도 가질 수 있었다.

그러는 사이 변화를 즐기는 것을 넘어서 변화를 주도하고 있는 나를 발견할 수 있었다. 그리고 변화를 주도하는 내게 기대하지 못했던 많은 기회가 주어졌다. 승진은 물론, 회사에 중요한 사안들을 결정하거나 현 상태를 진단하기 위한 Task Force Team에 참여하는 기회, 차세대 리더를 만드는 “Potential of People”에 선발되어 회사의 모든 교육과 지원을 받을 수 있었다.

변화를 읽는다는 것은 오감을 통해 직접 보고, 듣고, 맛보고, 느끼고, 경험하는 것을 의미한다. 그리고 변화를 적용한다는 것은 그 경험을 내 것으로 만들어 내 삶에 활용한다는 것이다.

미국의 물리학자이자, 미국 최초의 여성 우주비행사였던 샐리 라이드Sally Ride는 이렇게 말했다.

"성공의 공식이 있다면 그것은 새롭고 진보된 것을 배우는 일, 새로운 정보를 재빨리 흡수하는 일, 그리고 좋은 인간관계를 유지하고, 함께 일할 능력을 갖추는 일입니다."

일하는 엄마의 아이들이 행복한 성공을 이룰 수 있는 이유가 여기에 있다. 사회에서 일어나는 변화의 소용돌이 속에서 유연하게 대처해나가는 엄마의 모습을 보고 자랄 수 있기 때문이다. 또한, 발 빠르게 트렌드를 파악하고 자신의 삶에 적용하는 모습을 통해 아이들 또한 새로운 정보나 진보된 일들에 더 빨리 노출시킬 수 있다. 더불어 많은 경험으로 얻은 자신만의 노하우를 아이들에게 전수할 수 있다. 가사와 육아만 해서는 빠르게 변화되는 트렌드를 읽기 어렵다. 다양한 일을 하고 있는 많은 사람을 만나고, 그들의 진보된 생각들을 배워 끊임없이 시도하고 공부해야 한다.

텔레비전 방송 명견만리에 《학원에 안 다니면 비정상인가요?》라는 제목으로 중학생 1학년 14살 김석규 군이 나와 강연을 한 것을 본 적이 있다. 학원에 다니지 않는 그는 중학교에 입학해서 처음 영어 시험을 보고 충격을 받았다고 한다. 수업 시간에 배우지 않은 단어가 나왔는데 신기하게도 아이들은 그 단어를 다 알고 있었다는 것이다.

"왜 배우지 않는 것이 시험에 나오는 거지?"

이상하게 생각해서 시험이 끝나고 옆에 있던 친구에게 묻자, 그 친구가 이렇게 답했다.

"학원에서 다 배우지 않았나?"

김석규 학생이 바라본 친구들의 삶은 유명한 아이돌의 모습과 유사하게 느껴졌다. 학원 스케줄을 맞추기 위해 부모님 차량으로 이 학원 저 학원으로 밤 11시까지 옮겨 다닌다. 그것보다 더 놀라운 것은 친구들은 그것이 당연하다고 느낀다는 것이다. "다들 그렇게 살지 않나?"하고.

그는 학원을 안 다니기 때문에 좋아하는 것을 마음껏 할 수 있는 장점이 있다고 한다. 다른 친구들이 학원에 가는 시간에 좋아하는 팟캐스트로 인문학 공부도 한다. 비행기 덕후인 그는 무엇보다 항공 공부를 많이 할 수 있어 좋다고 한다. 자신의 관심 분야가 무엇인지를 스스로 깨닫고 공부할 수 있는 것이 가장 좋다고 말한다. 그는 강연을 마치면서 이렇게 말했다.

"14살은 자기가 좋아하는 것을 찾아 나서야 하는 시기입니다. 친구들은 쓸데없는 짓이라고 말하는데 어떻게 중학생이 쓸데 있는 짓만 하나요?"라고 되묻는다.

14살은 쓸데없는 일을 많이 해야 한다. 쓸데없는 시간이 모여야 튼튼한 어른이 될 수 있다고 말한다. 나는 김석규 군의 강연을 들으면서 내 아이도 저렇게 자라주었으면 좋겠다고 생각했다. 아이가 자신의 관심 분야를 찾아내고 그것에 몰입할 수 있도록 여유로운 시간을 주어야겠다고 다짐했다.

전교 1등을 하는 것보다 김석규 군처럼 자신이 옳다고 생각하는 것을 당당하게 세상에 말할 수 있는 자신감과 능력이 훨씬 더 값지고 대단한 능력이라 생각한다. 마흔이 넘은 나도 아직 이루지 못한 꿈 중 하나인데 14살밖에 되지 않은 학생이 대중들 앞에서 강연하다니! 나는 김석규 군을 보면서 또 다른 변화와 희망을 발견했다. 남과 똑같은 생각, 똑같은 행동은 내겐 매력적으로 다가오지 않는다. 무엇이 되었든 남들과는 다른 나만의 독특함을 만들어야 한다. 이 세상의 모든 희귀한 것은 값어치가 있기 마련이다.

지식이 넘쳐나는 시대, 지식이 많은 아이보다는 지혜로운 아이가 되어야 하고, 새로움과 변화를 능동적으로 수용할 수 있는 열려있는 머리를 가진 아이로 키워야 한다. 아이는 학원빨로는 지혜롭게 키워지지 않는다. 문제지의 정답만 맞혀서는 열린 사고를 하기 힘들다. 그러니 눈앞의 문제에 일희일비하지 않고 높이 그리고 멀리 봐야 한다.

우아하게 화장하고 명품 옷과 백으로 치장하고 가는 곳이 학원 설명회가 아니라 각종 트렌드를 소개하는 국제 전시장이기를, 초롱초롱 빛나는 눈동자를 가진 총명한 아이의 두 손을 꼭 잡고 찾아가는 곳이 유명하다는 학원의 레벨테스트가 아니라 세계의 현 문제들에 대한 해결방안을 모색하는 유엔 청소년 환경총회와 같은 모의 총회 현장이기를 진심으로 바란다.

엄마가 일하면서 거듭했던 모든 시도, 도전 속에 이루었던 실패와 성공의 비밀들은 우리의 아이들에게 고스란히 전수될 것이다. 엄마의 발전과 변화를 직접 보고 배우며 자란 아이들은 굳이 가르쳐주지 않아도 이미 엄마의 성공 씨앗을 이어받아 가슴 속에 저마다의 성공 씨앗을 키우게 될 것이다.

개미처럼 부지런히 일하는 것은 중요하지 않다.
중요한 것은 나는 지금 무엇을 위해
열심히 일하고 있는가이다.

|

헨리 데이비드 소로Henry David Thoreau

완벽에
완벽을 더하다

회사 동기를 만나기 위해 오랜만에 옛 사무실 근처에 갔다. 너무도 달라진 코엑스 몰이(지금은 스타필드 몰로 바뀌었지만) 4년간의 나의 공백기를 실감하게 했다. 하루에도 서너 번은 오가던 길이었는데 참 많이도 변하여 몇 바퀴를 돌아 간신히 약속장소를 찾을 수 있었다. 약속장소에 가는 길에 코엑스 전시장 앞에 놓인 커다란 배너가 눈에 들어왔다. 'YUNICON KOREA'라고 쓰인 행사 이름이었다. 그 순간, 잊고 있었던 기억이 내 머릿속을 비집고 스멀스멀 피어올랐다.

10년 넘게 일했던 객실부를 떠나 객실세일즈 부서로 발령받던 날이었다. 사장님의 갑작스런 지시로 누구도 예상치 못했던 발령이었다. 내가 당황했던 것은 말할 것도 없고, 주변 반응은 대충 이랬다. '객실부에서야 오랫동안 일했으니 잘 하는 것은 당연했겠지만 세일즈 가서도 과연 잘 하는지 두고 보자.' 나의 능력이 시험대 위에 오른 느낌이었다. 객실부에서는 이미 호텔에 대한 충성도가 높은 고객들을 상대하는 것이 대부분이었다.

하지만 세일즈에서 만나는 사람들은 잠재고객일 뿐이었다. 이 잠재고객들을 호텔의 충성 고객으로 만드는 것, 이것이 세일즈의 가장 큰 목표였다. 세일즈 부서 안에서도 여러 팀이 있었는데, 그중 내가 맡은 부문은 MICE산업이었다. MICE는 회의Meeting, 포상관광Incentives, 컨벤션Convention, 이벤트와 전시Events & Exhibition의 머리글자를 딴 것이다.

코엑스에서 매년 진행되는 전시 행사인 유니콘 코리아를 유치하기 위해 담당회사를 방문했다. 기존 담당 직원이 인수인계해준 내용에 따르면 부장님과 과장님, 그리고 담당자 이렇게 총 세 분이 이 행사를 담당하고 있었다. 그런데 이 분들이 매우 꼼꼼하시고 요구사항도 많아 좀 힘들 수 있다는 거였다.

세일즈에 가서 처음 진행하게 된 행사이기도 했고 담당하시는 분들이 깐깐하다고 하니 잔뜩 겁을 먹고 찾아갔던 기억이 난다.

결론부터 이야기하면 난 이 행사에 참가한 VIP 고객들을 우리 호텔에 유치할 수 있었고, 유니콘을 담당하는 분들과도 퇴사 전까지 두터운 관계를 맺었다. 이런 끈끈한 관계를 형성할 수 있었던 가장 큰 이유는 나를 포함한 우리 4명 모두 엄마라는 점이었다. 부장님도, 과장님도, 담당자분도, 그리고 나도 모두 아이를 키우며 동시에 일을 하는 워킹맘이었다.

세일즈맨으로서 초면부지의 사람들을 만나게 되는데 그런 경우 대화를 어떻게 시작할지 난감할 때가 많다. 처음 만났으니 상대방에 대해서 아는 바가 있는 것도 아니고 공감대를 형성하기가 여간 곤란하지 않다. 그런데 상대방이 아이의 엄마거나 혹은 아빠면 '아이'라는 공감대를 쉽게 형성할 수 있었다. 아이에 관심 없는 부모가 어디 있으랴. 내가 회사 일로 만난 사람들 역시 하나 같이 자식 사랑이 대단하신 분들이었다. 아이 이야기를 시작하면 시간 가는 줄 모르고 서로 침 튀어가며 얘기했다.

소재도 무궁무진 다양했다. 입고, 자고, 먹는 것부터 시작해서 학교, 학원, 과외, 선생님 등등, 그러다 가끔은 시부모님, 시누이

욕도 하면서 서로 스트레스도 풀곤 했다. 선배 워킹맘에게는 조언과 노하우를 전수 받기도 했고, 후배 워킹맘에게는 내 경험담을 공유하기도 하면서 우리는 비즈니스 파트너를 넘어서 워킹맘의 아픔과 어려움을 공유하는 동지로 거듭날 수 있었다. 그런 끈끈한 관계는 어지간한 경쟁자가 나타나도 꿈쩍하지 않았다.

세일즈에서 나의 첫 팀장님이셨던 분은 1년 후에 술자리에서 이렇게 말씀하셨다. "난 은희씨가 이렇게 세일즈를 잘 할 줄은 몰랐다." 이 얘기를 듣고 얼마나 기뻤는지 모른다. 객실부서만이 아닌 세일즈에서 받은 인정이었기 때문에 그 당시 나에겐 무엇보다 힘이 되었다. 그러나 팀장님은, 아니 그 누구도 내가 세일즈를 잘할 수 있었던 이유가 워킹맘이었기 때문이라는 사실을 상상조차 하지 못할 것이다. 나 역시 그 당시에는 알 수 없었다. 시간이 지나고 나서야 깨닫게 된 사실이기 때문이다.

그 이후에도 여러 산업 분야에서 초면부지의 사람들을 만났지만 쉽게 공통점을 찾아내고 그들의 관심사를 읽어 낼 수 있었다. 그리고 진심으로 공감할 수 있었다. 모두 아이를 기르면서 겪었던 경험이 있었기 때문에 가능한 일이었다.

육아育兒는 한자로 표현하면 '기를' 육, '아이' 아 자를 써서 '아이를 기른다.'라는 뜻이다. 그런데 나는 육아를 이렇게 표현하고 싶다. 育我, 기를 '육', 나 '아' 자를 써서 '나를 기른다.'라고 말이다. 아이를 길러 본 엄마라면 내가 무슨 말을 하는지 이해할 것이다. 육아가 길러내는 능력은 비단 공감 능력만이 아니다.

첫 번째, 화를 다스리는 능력이 높아졌다.

예전 같으면 바로 감정을 분출하고 버럭 소리를 질렀을 일도 이제는 내 안의 분노를 바라볼 수 있게 되었다. '지금 이 분노는 어디서부터 온 거지? 감정은 나의 선택이야. 나는 부정적인 감정을 선택하지 않을 거야.'라고 나를 제어할 수 있게 되었다. 기분 나쁜 감정에서 어떻게 하면 빨리 벗어날 수 있을까를 생각하는 습관이 생겨 예전보다 훨씬 더 빨리 나쁜 감정에서 빠져나올 수 있게 되었다.

두 번째, 인내심이 길러졌다.

성격 급하고 참을성 없던 내가 아이가 100미터를 가는 데 30분이 걸리는 걸 묵묵히 바라보고 그 뒤를 함께 가준다. 첫 아이 때에는 인내심이 부족하여 나는 저만치 100미터 앞에 걸어가고 아이는 100미터 뒤에서 나를 뒤따랐었다. 그나마도 빨리 오라고 재촉하며 손목 부러지도록 손짓하다, 끝내 아이를 들쳐 업고 뛰기 일쑤였다. 하지만 둘째를 키울 때쯤 되자, 아이와 걸음을 맞추는 그 힘든 일을 내가 해냈다. 좋은 엄마, 기다려주는 엄마가 되기 위해 매일 몸부림쳤던 결과가 둘째 키울 때 즈음 나타난 것이다. 아이를 키우는 일은 매일 끊임없이 나의 인내심을 시험한다. "practice makes perfect"란 말이 있다. '자꾸 연습하고 반복하면 아주 잘하게 된다.'라는 뜻인데 정말 그랬다. 참고 또 참으니 참을성과 인내심이 길러지는 것을 몸소 체험했다.

세 번째, 반복되는 일상에서도 감사할 줄 아는 능력이 생겼다.

아이를 키우기 전에는 감사하는 감정은 타인에게서 물질적이나 정신적인 도움을 받았을 때나 생기는 감정인 줄 알았다. 하지만 아이를 키우다 보니 사소한 것에도 감사한 마음이 자주 생겨났다. 아이가 아프지 않고 잘 자라 주는 것도 감사하고, 친구와 다투지 않고 사이좋게 노는 것에도 감사하고, 즐겁게 학교 생활하는 것에도 감사했다. 거기서 더 발전해서 힘들거나 안 좋은 상황에서도 감사를 찾을 줄 아는 능력이 생겼다는 것이다.

아이가 넘어져 다쳤어도 뼈가 부러지지 않음에 감사하고, 야채를 싫어하는 둘째가 누나 따라 브로콜리 조각을 먹어보는 용기를 보여주는 것에도 감사했다. 비록 넘기지 못하고 뱉어버리고 말았어도 말이다. 감사는 삶을 더욱 풍성하게 만들어 주었다.

네 번째, 타인을 이해하는 능력이 높아진 동시에 나를 타인에게 이해시킬 줄 아는 능력이 생기게 되었다.

태어나 내가 누굴 위해 이토록 치열하게 고민하고 노력한 적이 있었던가? 왜 저런 말을 했을까? 왜 저런 행동을 했을까? 아이가 이해되지 않는 말이나 행동을 했을 때 내 마음대로 판단하지 않고 그 이유를 찾으려 했던 나의 노력이 길러낸 결과였다.

또한, 예전엔 말하지 않아도 상대방이 알아주길 바랐던 것에 비해 이제는 힘들면 솔직하게 나의 감정을 전달하는 방법을 알게 되었다. 주체하기 힘든 화가 올라오거나 너무 힘들 때면 아이들이나 남편에게 내 감정을 설명하고 양해를 구했다.

"지금 엄마가 조금 힘들어서 쉬고 싶어."라든지 "엄마가 생각할 시간이 필요해."라고 말할 수 있게 된 것이다. 꾹꾹 눌러 참았던 나쁜 감정이 한꺼번에 분출되면 상대방에게 상처를 줄 수 있다. 내 힘든 감정을 그때그때 솔직하게 표현하는 일은 그래서 중요하다.

다섯 번째, 육아는 내 안의 '그릇'을 넓고 깊게 만들어 주었다.

사람은 누구나 저마다의 '그릇'을 가지고 있다. 각자의 그릇 안에 무엇을 담느냐에 따라 그 사람의 됨됨이 또는 인격이 달라진다. 그런데 그릇 자체가 작으면 뭔가를 담으려 해도 담을 수가 없다. 아이를 키우기 전에는 마치 우물 안 개구리처럼 이 정도면 나도 꽤 괜찮은 사람이라고 착각하고 살았다. 그런데 아이를 키우게 되면서 하루에도 몇 번씩 나의 밑바닥과 민낯을 맞닥뜨려야 했고 나의 한계를 인정해야만 했다. 절대로 보고 싶지도 않고 인정하고 싶지도 않은 나의 실체를 보고 나서야 나의 부족한 점이 무엇인지를 깨달았다.

부족함을 인정하고 이를 채워나가기 위해 조금씩 노력하다 보면 어느새 어제보다 한 뼘 성장해 있는 나를 발견하곤 했다. 이외에도 밥, 청소, 전화 통화를 하면서 아이의 안전까지 동시에 살필 수 있는 멀티태스킹 능력은 물론이고 매일 옛날이야기, 무서운 이야기, 웃긴 이야기 등 끊임없이 얘기해달라는 아이들에 부응하다 보면 스토리텔링 능력과 상상력, 창의력이 덤으로 따라온다.

내 안에서 발휘되지 못했던, 또는 발휘할 이유가 없었던 잠재 능력이 육아를 통해 새로이 발견되고 발전했다. 그리고 그것은 매일 후퇴와 전진을 반복한 끝에 마침내 나를 빛내줄 진정한 능력이 되어 주었다. 이러한 능력이 차곡차곡 쌓여 나의 기본기가 되고, 원동력이 되어 준다.

나와 함께 일했던 동료들과 후배들아! 이 세상의 모든 워킹맘, 워킹맘이 두려워 출산을 주저하는 예비 워킹맘들에게 꼭 해주고 싶은 말이 있다.

"육아는 짐이 아니라 나의 가장 강력한 경쟁력이자 무기가 될 것이다."

《엄마의 뇌》의 저자 캐서린 앨리슨Katherine Ellison은 "모성은 여성의 뇌를 똑똑하게 만든다."라고 말했다. 지금 그대로도 완벽하지만, 육아를 통해서 완벽에 완벽을 더할 수 있음을 기억하자.

업글맘 3종 세트 I
- 인생개조 프로젝트

육아의 첫걸음은 나를 먼저 챙기는 것으로부터 시작해야 한다. '엄마'라는 위치는 아이들뿐 아니라 온 가족에게 미치는 영향력이 매우 크고 대단하다. 엄마가 긍정의 에너지를 가지고 있어야 온 가족이 그 기운을 받아 긍정적이고 행복해질 수 있다. 그런 의미에서 엄마야말로 진정한 리더가 아닐 수 없다. 가정에서도 일터에서도 강력한 영향력을 행사하는 중요한 자리이기 때문이다. 나의 몸, 마음, 능력을 한꺼번에 향상시킬 수 있는 업글맘 육아 3종 세트를 소개한다.

첫째는 내 건강을 챙기는 거다.

한 번은 지하철을 탔는데, 한 청년이 서 있는 나를 몇 초간 보는 것 같더니 벌떡 일어나 자리를 내어주었다.

"힘드실 것 같은데 앉으세요."

'아니'라는 부정도, '괜찮다'는 사양도 못한 채 고개만 꾸벅 하고는 마지못해 앉았다. 그 청년은 내가 임신 중이라 생각했던 것이다.

둘째를 낳고 몇 달 안 됐을 때 일어난 일이었다. 첫째 때는 출산휴가 후 복직한 내게 직원들이 회춘해서 돌아왔다고 출산 체질이라며 부러워한 적도 있었다. 그도 그럴 것이 나는 출산 전이나 후나 몸무게며 몸매가 그대로였다. 그런데, 가까스로 노산을 면한 나이, 만 35세에 둘째를 낳으니 몸이 예전 같지 않았다. 분명 뱃속 아이는 나왔는데 튀어나온 배는 꺼질 줄 모르고, 임신기간을 제외하곤 50kg을 넘어 본 적이 없던 몸무게가 둘째 출산 후에도 50kg을 상회했다. 둘째 출산 후, 복직하니 회사에 신입 직원이 입사해 있었다. 아무것도 모르던 그 직원이 나를 보더니 하는 말,

"매니저님, 임신 중인데 커피 드셔도 괜찮으시겠어요?"

어디 가서 몸매 빠진다는 소린 듣지 못했는데 자존심이 완전히 상하는 일이 연일 벌어지자 이대로 지켜볼 수만 없었다.

'두고 보자. 운동해서 예전 몸매를 다시 보여주겠어!'

그렇게 시작한 게 '핫 요가'였다. 뜨끈뜨끈 온돌바닥에서 요가를 하니 땀은 배로 나오고 호흡이 힘들어 힘은 두 배로 들었다. 게다가 유연성이 1도 없어, 보다 못한 요가 강사가 끝나고 따로 보충수업을 해줄 정도였다. 홧김에 시작은 했지만, 육아와 일을 병행하면서 새벽 시간에 지속적으로 나가는 것은 불가능했다. 그런 현실에 부딪혀 결국 그만두었다.

하루는 마트에서 장을 보고 아파트 엘리베이터에 올라탔는데 같은 동 언니가 나를 보더니 대뜸 에어로빅 같이 다니자며 전단지 하나를 내밀었다.

"에어로빅? 그거 춤추는 거잖아요! 전 춤추면 오히려 스트레스 받아요. 태어날 때부터 그랬어요. 모태 몸치!"

볼 때마다 권유하는 통에 우유부단한 나는 결국 동네 언니 손을 끝끝내 뿌리치지 못했다. 그럼 일주일만 체험해 보기로 하고 에어로빅을 시작했다. 스튜디오에 들어가자마자 귀가 찢어질 것 같은 음악 소리에 기가 눌려 맨 뒤에서 '둠치 둠치' 어색하게 따라 하길 일주일, 어느 정도 시간이 지나자 생각보다 할 만했다. 게다가 그 에어로빅 시간이 끝나면 웨이트 트레이닝이나 요가를 따로 할 수 있었다.

'이참에 몸짱 한번 되어봐?' 안 하던 운동을 하루에 2시간씩 욕심을 부리다 결국, 탈이 나고야 말았다. 어깨에 염증이 생긴 것이다. '과유불급過猶不及'이라 했거늘. 그렇게 인생 최고의 도전이었던 에어로빅도 끝이 났다.

운동을 시작한다고 생각하면 먼저 다양한 종목들이 떠오른다. 헬스, 요가, 필라테스, 줌바댄스, 에어로빅, 골프, 수영 등 셀 수 없이 많다. 무엇을 선택하든 본인의 성향에 맞게 선택하고 꾸준히 하면 된다. 다만 시간적 제한과 나의 저질체력이 문제다. 초 단위로 움직이는 엄마들의 하루 일과 속에서 나를 위해 운동하는 시간을 내어보기란 여간 쉽지 않다. 어떤 운동이든 준비하고 외출하는 시간부터 끝나고 샤워하고 집에 돌아오는 시간을 대충 합치면 2시간이 훌쩍 넘는다. 하루 일과에서 1시간도 힘든데 2시간이라니 시작부터 포기하기 일쑤다.

여기 기웃 저기 기웃거리다 **결국 내가 찾은 방법이 바로 홈짐Home Gym이다.** 요즘은 카페, 블로그, 인스타, 유튜브를 통해 다양한 홈짐을 만나볼 수 있다. 둘러보고 본인에게 맞는 것을 선택해서 집안에서 꾸준히 해보자. 무엇보다 좋은 점은 운동을 하는데 많은 시간을 할애하지 않아도 된다는 점이다.

집에서 혼자 하기 때문에 외출하기 위해 치장할 필요도 없고 이동시간도 아낄 수 있다. 나는 코어 근력운동을 하는데 보통 20~30분이면 충분하다. 처음 시작할 때에는 10분짜리 영상부터 시작했다. 사실 매일 10분 꾸준히 하는 것도 굉장히 힘든 일이다. 홈지머들의 최고의 적은 강제성이 없다는 거다. 그래서 무슨 일이 생기거나 갑자기 없던 약속을 잡아버리면 바로 뒷전으로 밀려나는 게 홈짐이다.

그래서 뜻이 맞는 엄마들과 단체 카톡방을 만들어 운동한 후 인증샷을 올리기도 했다. 일주일에 두 번 이상 안 하면 지인에게 밥 사기 벌칙, 꾸준히 일주일 내내 운동하면 남편에게 보너스 받기 등 스스로를 컨트롤할 수 있는 장치들을 설치해 두면 집에서도 꾸준히 운동이 가능하다.

《낸시의 홈짐》이란 책이 출간되어 저자 강연회에 참석했을 때의 일이었다.

'인생 개조 프로젝트'

광화문 교보타워 컨벤션 센터에 들어서니 커다란 배너가 제일 먼저 눈에 들어왔다. 운동을 좀 한다고 인생까지 개조된다고? 곧이어 많은 홈지머들이 무대 위로 올라와 그들의 체험담을 이야기했다. 그 내용은 거의 간증에 가까웠다.

"운동을 하니 멘탈이 강해졌고, 나를 괴롭혔던 문제들이 한

줌 먼지처럼 느껴졌어요. 낮은 자존감에서 벗어나 삶이 긍정적 에너지로 가득 찼어요."

"멋진 몸매는 덤이고 카리스마 넘치고 엄마로서 아내로서 주도적인 삶을 살게 되었어요."

"아직도 믿기지 않아요. 홈짐을 하면서 제 삶은 완전히 바뀌었어요. 모태 비만으로 패배자의 삶을 살다가 이제는 당당하게 나를 뽐내며 살 수 있게 되었으니까요."

배너 속의 '인생 개조'는 지어낸 이야기가 아니었다. 많은 경험담들이 그걸 증명하고 있었다.

"힘드니까 운동이다!" 홈짐의 여왕 낸시의 말이다. 그녀는 올해로 쉰이 되었다. 팔순이 되어도 지금처럼 운동하는 게 그녀의 원대한 포부란다. 낸시 이후, 많은 젊은 홈지머들이 탄생했지만 여전히 내가 낸시를 지지하는 이유는 그녀가 바로 10년 후의 내 모습이기 때문이다. 그녀가 저자 강연회에서 책에 써 준 말, "Just Do It!"

업글맘으로 가는
첫 번째 관문이다.

그러니 아무 생각 말고
오늘부터 "Just Do It!"

업글맘 3종 세트 Ⅱ
- 돈은 행복을 만든다

"단언컨대, 사랑, 아이들과 보내는 시간, 아이들이 성장하는 모습을 지켜보는 것 등 인생에서 최고의 것들은 공짜다. 자연, 아름다움, 예술, 산책, 음악... 당신이 사랑하는 공짜로 얻는 것들을 생각해보라. 이런 경험을 더 많이 하려면 시간을 자유롭게 쓰게 해줄 '소극적 소득'이 필요하다. 소극적 소득은 근로 소득이 아니라, 본인 소유 자산에서 나오는 소득을 의미한다. (중략) 돈은 행복을 만든다. 더 자주, 그리고 더 쉽게, 당신을 행복하게 만드는 데 돈을 쓸 수 있기 때문이다.

더 많은 돈을 벌고, 불리고, 나눌수록 더욱더 행복해지게 되는 것 외에 다른 데 신경 쓰지 마라."

젊은 백만장자 사업가, 롭 무어Rob Moore의 《머니》란 책의 일부이다.

퇴직 후 5년이란 지났다. 5년 사이 나는 꾸준히 경제 공부를 한 덕에 자산을 조금씩 늘릴 수 있었다. 15년간 맞벌이 부부였을 때보다 훨씬 더 빠른 시간 안에 탄탄한 가정경제를 만들 수 있었다. 회사에 다녔을 때는 일에 쫓기고 집에 오면 아이들 돌보는 일이 급선무였기 때문에 소위 말하는 재테크에 신경 쓸 여유가 없었다. 관심조차 없었다는 게 더 정확한 표현이겠다. 사실 아이들을 맡기고 일터에 나가는 이유 중 하나는 경제적인 문제임을 배제할 수 없다. '무항산무항심無恒産 無恒心'이란 말이 있다. 맹자가 한 말로, 일정한 생업이나 재산이 없으면 바른 마음을 지키기 어렵다는 뜻이다.

남편도 나도 장남, 장녀였기 때문에 양가 부모님들도 책임져야 했고, 아이들도 양육해야 하는데 어찌 '돈'을 외면할 수 있었겠는가. '부양가족 생계유지'를 위해 우리 부부에게 맞벌이는 지극히 당연한 거였다. 또, 내가 회사를 퇴사하기 직전까지도 우리 부부는 따로 통장을 썼다.

얼마를 버는지 얼마를 쓰는지 관심도 없었고 서로 물어보지도 않았다. 19살 때부터 경제적 활동을 하던 내게 어느 날, 수입이 사라져서 남편에게 손을 벌려 생활비를 타서 써야 한다는 것은 생각조차 하기 싫은 일이었다. 자존심 상하는 일이기도 했고 마치 구걸한다는 느낌마저 들었다. 그런 나였기에, 회사를 그만두고 당장 남편한테 손을 벌려야 한다는 현실을 받아들이기 힘들었다. 무슨 수를 써서라도 경제적 독립을 하고 싶었다. 그 생각 하나로 퇴직금을 전부 부동산에 투자하게 되었다.

그렇게 불안함과 조급함을 갖고 시작한 부동산 투자가 잘 되었을 리 만무했다. 시간적 여유를 가지고 공부를 좀 한 후에 투자를 시작해도 늦지 않았을 텐데, 뭐에 쫓기듯이 거의 '묻지 마 투자'를 했다. 그 결과, 퇴직금을 절반이나 잃어버렸다. 실로 가슴 아픈 경험이었다. 세상엔 공짜란 없다. 공부하고 노력하지 않고, 내 소중한 시간을 투자하지 않으면 내 손에 들어오는 건 아무것도 없다. 나는 이 값진 교훈을 아주 비싼 교육비를 내고서야 깨달았다.

나의 소중한 자산을 투자할 때에는 행동으로 바로 옮기기 전에 반드시 '공부'를 먼저 해야 한다. 대학교 진학할 때를 생각해 보라.

지금은 조금 사정이 달라졌지만 내가 진학할 때만 해도 내 적성을 고려해서 문과로 갈지, 이과로 갈지, 그다음은 어느 계열을 갈지를 먼저 결정한다. 그리고 그 계열 중 또 어느 과를 갈지를 결정한다.

경제 공부도 마찬가지다. 투자 대상도 아파트, 오피스텔, 다가구가 나에게 맞을지 아니면 토지나 상가가 맞을지, 투자 방법도 급매, 경매, 공매, 분양권 중에 무엇이 좋을지 공부를 통해 결정해야 한다. 재테크 종류도 주식이 좋을지, 채권이 좋을지, 금이나 은과 같은 실물 투자가 좋을지 공부하지 않으면 알 수 없는 일이다. 내 적성을 알기 위해서는 이들에 대한 전반적인 공부가 우선이 되어야 한다.

경제공부의 시작은 '책'이다. 관심 가는 분야가 좁혀졌다면 관련 분야에 대한 책을 최소 30권 이상 읽어보기를 권한다. 요즘은 각 분야마다 유명한 유튜버들이 많으니 구독해서 꾸준히 공부할 수도 있다. 또한, 카페나 블로그에서도 각종 세미나와 강의를 진행한다. 관심이 가는 커뮤니티에 가입해서 함께 공부하면 혼자일 때보다 더 효과적이다.

회사도 다니고 집에 오면 아이도 봐야 하는데 언제 책을 30

권이나 보냐고 되물을 수도 있다. 나 역시 그랬으니까.

'하루 종일 일만 하는 사람은 돈 벌 시간이 없다.'

미국의 석유 사업가 존 록펠러 John Davison Rockefeller의 말처럼, 바빠서 책을 읽지 못하는 게 아니라 책을 읽지 않아서 계속 바쁘기만 한 인생을 사는 것이다.

처음부터 욕심내지 말고 하루 10분이라도 꾸준하게 경제서적을 탐독하자. 공부 후에는 직접 모의투자나 모의경매를 해보고 임장도 다녀봐야 내가 어느 쪽이랑 궁합이 잘 맞는지 지금 시장이 어떤지 감을 잡을 수가 있다. 꼭 한 가지 대상이나 방법을 고를 필요는 없지만, 최소한 나와 맞지 않는 가지는 쳐낼 수가 있다.

부동산 재테크 전문가 백승혜 대표의 《부자 근육을 키워라》라는 책이 있다. 참 와 닿는 제목이 아닐 수 없다. 복근은 자제와 인내, 그리고 수없이 흘린 땀방울의 결과물이다. 재테크도 마찬가지다. 꾸준히 공부하고 노력해야 이익을 창출할 수 있다. 섣불리 대박을 기대하지 말고 천천히 시간과 노력을 투자해서 '부자 근육'을 길러야 한다. 그런 후에 투자를 해야 나의 소중한 돈을 지킬 수 있고 굴릴 수 있다.

누구는 부동산 투자에서 버는 돈은 불로소득이라고 말한다. 그러나 그것은 투자가 아니고 '투기'일 때를 말하는 것이다. 부동산 투자로 이익을 내기까지는 나의 수많은 시간과 발품, 나의 노동력이 절대적으로 필요하다. 공부하고 투자한다고 해도 반드시 성공한다는 보장 또한 없다. 그러니 위험을 최소화하면서 신중하게 투자해야 한다. 실패하더라도 그 실패를 바탕으로 더욱 견고한 나만의 투자 원칙을 세울 수 있다. 무엇을 하든 원칙과 철학이 필요하다. 그래야 오래가고 흔들림 없이 갈 수 있다.

이렇게 나의 노력으로 만든 부동산은 회사와 맞먹는 수익 파이프라인이 된다. 안정적 수익 파이프라인은 의존적인 엄마가 아닌 독립적인 존재로 성장할 수 있는 밑바탕이 되어준다. 또한, 엄마가 공부해서 세운 돈에 대한 개념과 원칙, 그리고 노하우는 고스란히 아이들에게 전수될 것이다. 그러므로 워킹맘이든 전업맘이든 오늘부터 당장 경제 공부를 시작해야 한다.

Know More!

Make More!

Give More!

업글맘 3종 세트 Ⅲ
- 독서가 전부다

업글맘 3종 세트, 첫 번째 운동, 두 번째 경제 공부에 이어 마지막 기술은 '독서'다. 이 글을 쓰기 전에 미리 고백을 해두어야겠다. 최근 2~3년 동안 읽었던 독서의 양이 내 인생 통틀어 가장 많다는 것을. 나는 책을 그다지 좋아하는 사람이 아니었다. 회사에서 읽으라고 나눠준 책들과 아이를 위한 책 육아서 몇 권이 다였다. 그런 내가 아이를 키우는 데 반드시 '독서'가 필요하다고 말하는 데는 경험을 통해 얻은 세 가지 이유가 있다.

첫째 – 역지사지易地思之

둘째 – 불가근불가원不可近不可遠

셋째 – 솔선수범率先垂範

엄마라면 독서를 해야 하는 첫 번째 이유는 역지사지易地思之를 통해 아이에 대한 이해를 넘어서 공감할 수 있기 때문이다. 보통 엄마들이 아이의 독서에 대해 걱정하는 것은 크게 두 가지가 있다. 하나는 '다독하지 않는다는 것'이고 다른 하나는 '편독'에 대한 것이다. 엄마인 내가 독서를 해보니 '다독'이 결코 쉬운 일이 아니다.

책을 유난히 좋아했던 딸아이에게 7살 때 탈무드 전집을 사준 적이 있었다. 아이는 내가 전집을 택배로 시키면 절대로 내가 박스를 열어 정리하지 못하게 했다. 본인이 박스를 열어서 책을 하나하나 꺼내면서 표지와 제목을 본다. 꺼낸 책을 바닥에 높이 쌓아 놓고 하나하나 읽은 후에, 읽은 책들만 책장에 꽂아 놓는다. 그래서 며칠이고 새 책들이 거실 바닥에 쌓여 있곤 했었다.

그날도 탈무드 책을 거실 잔뜩 쌓아 올려놓고 하루 종일 읽었다. 그리고는 이틀하고 반나절 만에 다 읽고 너무 재미있다며 책장에 순서대로 꽂아놓았다. 초등학교 1학년 때까지 그랬던 것 같다.

학교에 들어간 후 친구들을 사귀고, 노는 것에 집중하게 되면서, 운동하고. 피아노 다니며 아이의 시간도 차츰 줄어들게 되었다. 자연스럽게 예전처럼 책을 읽는 모습은 찾아보기 어려웠다. 예전 모습을 기억하는 나는 아이가 하루에 두, 세 권 정도의 책을 읽으면 속으로 책을 너무 조금 읽는다는 생각이 들었다.

그런데 내가 책을 읽어보니 하루에 2~3권은 결코 적은 양이 아니라는 것을 알게 되었다. 물론 내가 보는 책과 아이가 보는 책의 두께는 다르지만, 나는 하루에 책 한 권을 채 다 읽지 못했다. 어떤 때는 1권을 5일 만에 간신히 읽을 정도였다. 그러다 보니 아이가 책을 하루에 1권이라도 읽는 것에 만족하게 되었고 대견해 보이기 시작했다. 매일 책을 1권 읽는다는 것이 쉬운 일이 아니라는 것을 알게 되었기 때문이다.

내가 평소에 다독하는 엄마였다면 어땠을까? 아이의 어려움에 공감하지 못했을 뿐만 아니라 아이의 노력을 알아줄 수 없었을 것이다. 아이를 칭찬하기는커녕 면박을 주거나 잔소리를 늘어놓았을 테다. 그래서 이런 책 제목도 있었나 보다.

《똑똑한 엄마가 아이를 병들게 한다》. 책을 잘 읽지 않던 엄마가 책 읽는 입장이 되어보니 아이가 이해가 되니 말이다.

아이들의 독서에 대한 엄마들의 또 다른 걱정은 '편독'이다. 우리 아이도 편독이 심하다. 대부분 문학작품만 읽는다. 10권 중 9권은 문학작품이다. 가끔 내가 10권 중 1권을 비문학, 예를 들어, 과학이나 수학에 관련된 책을 빌려오면 그 책은 제일 마지막에 읽거나 읽지 않고 반납하는 경우도 다반사였다. 우리 아이뿐 아니라, 주변의 엄마들하고 얘기를 하다 보면 다들 하나같이 아이가 편독한다고 걱정한다.

그런데 내가 책을 읽다보니, 나 또한 편독하고 있었다는 사실을 알게 되었다. 내가 관심 있고 좋아하는 분야만 골라서 읽게 되지 여러 분야를 총망라해서 읽지는 않는다. 아이들도 각자의 취향과 관심사가 분명 있는데 여러 분야의 책을 다양하게 읽기를 바라는 것은 부모의 욕심이다.

"엄마, 엄마가 읽으라고 하면 내가 글씨를 읽을 수 있으니까 읽을 수는 있겠지만 그냥 글만 읽는 거야."

언젠가 내가 딸에게 과학책을 억지로 읽혔을 때 딸이 나에게 한 말이다. 당돌한 아이의 말에 잠깐 당황했지만 다시 생각하니 아이가 자기의 마음을 솔직하게 표현한 것이 오히려 다행이란 생각이 들었다. 엄마를 속이고 읽는 척할 수도 있지만, 그건 아이에게도 시간 낭비일 뿐 아니라 엄마를 속인다는 불편한 감정까지 들게 할 뿐이니 이득 될 게 하나도 없었다. 편독을 염려해서 흥미가 없는 분야의 책을 무작정 읽히는 것보다는 쉬운 수준부터 시작하는 게 좋다.

내 경우에는 과학책을 읽히고 싶어서 같은 또래의 아이들이 읽는 과학책 말고 유아 과학책을 동생에게 읽어주라고 했다. 동생에게 책을 읽어주는 것을 좋아하는 큰아이의 약점을 이용한 것이다. 반대로 둘째는 남자아이라 과학책을 좋아하니 둘 모두에게 좋은 작전이었다. 그렇게 쉬운 책부터 읽히니 점점 수준을 높여가며 이제는 자기 수준의 책을 곧잘 읽게 되었다.

수학책의 경우는, 만화책 형식이나 스토리텔링 형식의 수학책을 접해주니 잘 읽었다. 퀴즈를 좋아하는 아이의 취향에 맞는 《퀴즈 수학 상식》같은 책도 좋아했다. 시리즈별로 되어 있어 요리 편, 캠핑 편, 미로 편, 마술 편, 탐정 편 등등 수학을 좋아하지 않는 아이들에게도 관심을 가질 수 있게 재미있게 만들어 놓은 책들이다.

이렇게 흥미가 없는 분야의 책들은 일단 지식을 습득하기보다는 아이의 흥미를 먼저 취할 수 있도록 해주는 것이 장기적으로 볼 때 중요하다.

다시 돌아와서, 엄마가 책을 읽으면 아이의 심정을 십분 이해하게 된다는 점을 다시 강조하고 싶다. 아이가 다독하지 않는다고, 혹은 편독한다고 엄마들은 걱정한다. 이 고민에 대한 답은 하나다. 엄마가 먼저 책을 읽어야 한다. 본인이 먼저 책을 읽어보면 아이들이 겪는 어려움을 이해하고 되고, 같은 동지가 되어, 같은 입장이 되어 아이를 도와줄 수 있는 방법들이 눈에 보인다.

공감하고, 공감하고, 또 공감하라! 상대방을 공감하는 데 가장 좋은 방법은 '역지사지'이기 때문이다.

엄마가 독서를 해야 하는 두 번째 이유는 불가근불가원不可近不可遠, 멀지도 가깝지도 않게 아이와의 건강한 거리감을 유지할 수 있기 때문이다.

우리가 알고 있는 태양계를 살펴봐도 태양과 지구와 달이 일정한 거리를 유지하기 때문에 서로 궤도를 벗어나지 않고 충돌

하지 않는다. 태양과 지구와 달뿐만 아니라 사람 사이에도 거리가 필요하다. 거리에는 물리적 거리뿐만 아니라 심리적 거리도 존재한다. 너무 관심이 없어도 문제가 되지만 지나친 관심은 간섭을 일으켜 서로 피곤하게 만든다.

엄마가 책에 빠져 있으면 아이의 일거수일투족을 감시하지 않게 된다. 책을 쓰기 시작하면서 밤잠이 많은 탓에 아이들과 있는 시간을 틈틈이 쪼개어 책을 읽고 글을 썼다. 그러니 자연스럽게 아이들에게 관여하고 신경 쓸 시간이 점차 줄었다.

집에서 아이들과 오랜 시간 지내다 보면 나도 모르게 아이들을 통제하게 된다. 아이들의 자발성을 지지해 줘야 하는데 그러지 못하고 자꾸 지시하고 지적하게 된다. 내 모든 관심이 아이들에게 쏠려 있으니 별것 아닌 것도 크게 느껴지고 쓸데없는 간섭을 하게 되는 것이다. 그런데 내가 책을 읽거나 글을 쓰는 데 집중하게 되자, 아이들은 각자 하고 싶은 것을 하며 자유롭게 시간을 보낼 수 있었다.

"자, 이제부터 엄마는 1시간 동안 엄마 일을 해야 해. 너희들도 각자 하고 싶은 것들을 하고 해야 할 일이 있으면 해 놓고. 순서는 각자 알아서 하는 거야. 다만, 서로 방해하지 않기! 알았지?"

하면 이제는 둘 다 좋아라한다.

처음에는 둘째가 엄마랑 놀고 싶다고 언제까지 참아야 하냐고 투정 부리기도 했다. 그도 그럴 것이 혼자 놀기보단 엄마랑 노는 것에 익숙해져 있었기 때문이다. 하지만 이제는 혼자서도 곧잘 논다. 주어진 시간에 무엇을 할지 스스로 결정하는 권한이 주어지는 것을 아이들은 생각보다 좋아했다. 제한된 시간이 있기에 나로서는 더 집중해서 일을 할 수 있고, 일이 끝난 후에는 그만큼 아이들에게 더욱 시간을 할애하고 기쁜 마음으로 시간을 보낼 수 있는 재충전의 시간이 되어 서로에게 좋은 영향을 미쳤다. 아이들과 좋은 관계를 유지하고 싶다면 넘지도 모자라지도 않게 건강한 거리를 유지해라. 엄마와 아이 사이에도 불가근불가원不可近不可遠이 필요한 이유다.

엄마라면 독서를 해야 하는 마지막 이유는 솔선수범率先垂範을 실천하기 위해서다.

"어릴 적 어머니는 서른아홉 살이라는 나이에 여성학 공부를 시작하셨다. 우리는 거실에 놓인 커다란 책상을 어머니와 함께 사용했는데 어릴 적 어머니를 회상하면 늘 그 커다란 책상에 책을 잔뜩 쌓아 놓고 읽거나 공부하셨던 모습이 생각이 난다. 한 번도 우리 형제들에게 공부하라고 말씀하신 기억이 없다. 삼 형제는 어머니와 함께 있고 싶어 했는데 어머니가 책을 보시니 우리도 자연스럽게 그 커다란 책상에서 함께 책을 읽었다."

언젠가 가수 이적이 TV에 나와서 한 말이다. 똑똑한 엄마는 잔소리하지 않는다. 몸소 실천하는 모습을 보여주고 아이들을 자연스럽게 유도할 뿐이다. 내가 거실의 책상 위에 여러 종류의 책을 잔뜩 쌓아놓고 읽으니 아이들도 3~4권은 기본으로 옆에 끼고 읽는다. 물론 다 읽지 못하고 잠드는 경우도 많다. 아침에 일어나 제일 먼저 하는 일이 머리맡 위에 너저분하게 널려있는 책들을 치우는 것이다. 거실로 나오면 거실 역시 보다 만 책들이 여기저기 널려있다. 처음엔 다 읽지도 못하면서 엄마 청소하기 힘들게 많이 가져온다고 핀잔을 주기도 했다. 하지만 이제는 그런 잔소리를 하지 않는다. 책장에 책을 꽂다가 팔이 부러져도 좋으니 책에 욕심을 부리는 편이 훨씬 낫기 때문이다.

독서의 중요성은 아무리 강조해도 지나치지 않다. 하지만 나는 독서의 중요성보다 엄마가 독서하는 습관이 아이들에게 미치는 긍정적 영향에 대해 언급하고 싶었다.

책을 쓰는 엄마로서 이제 나는, 아이들이 '작가'라는 이름으로 자신만의 책을 내리라는 것에 의심을 품지 않는다. 책을 읽는 엄마를 따라 함께 책을 보고, 책을 쓰는 엄마를 따라 함께 책을 쓸 것이다. 엄마가 책을 쓰는 것을 보고 자란 아이는 책 쓰는 것이 그다지 어려운 일은 아닐 거라는 걸 깨닫게 될 테니 말이다.

업글맘의 완성은
'엄마의 독서 습관'임을
잊지 말자!

〈2020 연간 독서목록〉

월	번호	책 제목	저자	읽은 기간	
1월	1	나는 나무에게 인생을 배웠다	우종영	1/2 ~ 1/8	O
	2	아날로그 살림	이세미	1/9 ~ 1/13	O
	3	다산의 마지막 공부	조윤제	1/15 ~ 1/20	O
	4	러브 유어셀프	로렌스 크래인	1/22 ~ 1/29	X
2월	5	일상의 경영학	이우창	2/3 ~ 2/9	O
	6	무소유	김세중	2/11 ~ 2/15	O
	7	나는 미처 몰랐네 그대가 나였다는 것을	장일순	2/17 ~ 2/21	O
	8	심리학이 이렇게 쓸모 있을 줄이야	류쉬안	2/22 ~ 2/27	X

〈숨통 트기 – 네 번째 이야기〉

비로소 보이는 것들 2

[비로소 보이는 것들(나의 역량 편)]

어느 날 딸아이가 작성해 온 자신의 장점, 자신이 좋아하는 것, 자신이 잘하는 것들에 대한 목록을 보게 되었다. 목록들을 보니 한 가지 주제당 5개씩은 족히 적혀 있었다. '다행히도 본인이 잘하고 장점이라고 여기는 것들이 많이 있구나.' 하는 생각이 드는 순간, 문득 '나는 뭘 잘하지?' 하는 의문이 들었다. 한때 나도 워킹맘 시절에는 핵심 인재라 인정받던 시절이 있었는데 회사를 그만두고 어느 날 보니 내가 뭘 잘하는지 뭘 좋아하는지를 알 수 없었다.

지금 다니고 있는 회사 또는 경쟁사에 대한 SWOT 분석(기업의 내부 환경과 외부환경을 분석하여 강점strength, 약점weakness, 기회opportunity, 위협threat 요인을 규정하고 이를 토대로 경영전략을 수립하는 기법)은 잘하면서 정작 자기 자신에 대한 SWOT 분석을 시도조차 해보지 않은 사람들이 의외로 많다. 나도 그중 하나이다.

〈나의 SWOT 전략 예시〉

내부환경	강점(Strength)	약점(Weakness)
	· 아침일찍 일어난다. · 배우는 것을 좋아한다. · 새로운 사람들을 만나 이야기하는 것을 좋아한다. · 읽고 쓰는 것을 좋아한다. · 여행하고 새로운 장소를 가는 것을 즐긴다.	· 끈기가 부족하다. · 저질체력이다. · 생각이 많아 한번에 한 가지에 집중하기 힘들다.
외부환경	**기회(Opportunity)**	**위협(Threat)**
	· SNS활동으로 나를 알리고 경제적활동을 할 수 있다. · 온라인 또는 소모임 오프라인 등으로 새로운 것을 쉽게 배울 수 있는 환경이다. · 시간을 활용할 수 있는 여건이 된다.	· 육아와 살림 등으로 시간이 제한적이다. · 일정한 수입이 없어 경제적으로 불안정하다. · 수많은 경쟁자들

	강점(Strength)	약점(Weakness)
기회 (Opportunity)	**SO 전략** (장점으로 기회 살리기) · 배운 것들을 SNS를 통해 공유하여 나만의 컨텐츠를 개발 · 관심사를 토대로 계속해서 책을 출간하여 작가로 성장 · 작가를 넘어 동기부여가 되기	**WO 전략** (약점 보완하여 기회 살리기) · 온라인을 통한 홈트레이닝을 꾸준히 해서 체력을 단련 · 같은 목표를 가진 소모임을 활용해 꾸준히 성장할 수 있는 환경을 형성
위협 (Threat)	**ST 전략** (강점으로 위험 피하기) · 새벽시간을 활용하여 자기계발시간을 확보 · 배움을 수입으로 전환할 수 있는 체계를 구축 (예: 부동산공부 → 월세수입창출 / 스마트스토어 개설공부 → 스마트스토어 판매매출)	**WT 전략** (약점 보완하여 위험 피하기) · 온라인 명상을 통해 잡생각과 부정적인 생각을 흘려버리고 중요한 것에 집중하는 훈련 · 분야의 전문가들과 적극적으로 동참하고 벤치마킹하여 독자적인 컨텐츠와 수입을 창출

철들고부터 내 머릿속에는 하루빨리 사회에 나가 돈을 벌어야 한다는 생각뿐이었다. 그래서 나의 청소년기에는 취직을 위한 공부, 그리고 취직에 관련된 것들만 배우고 살았다. 대학에 들어가서도 마찬가지였다.

오로지 나를 잘 포장하고 상품화시키기에 좋은 것들만 공부하고 관련 자격증 등을 따기에만 급급했었다. 그리고 취직 후에는 회사가 필요로 하는 역량에 나를 끼워 맞추고 나름 핵심 인재가 되기 위해 노력했다. 내가 무엇을 좋아하는지, 무엇을 잘하는지에 대한 고민이나 시도는 어디에서도 찾아볼 수 없었다.

회사를 퇴직한 후, 깨달았다. 회사라는 배경이 나에게 없어지고 오로지 '나'만 남게 되자, 내가 가지고 있었던, 아니 내가 가지고 있다고 믿었던 그 역량들은 의미를 잃었다. 회사에서 요구하는 역량 말고 내가 나의 인생을 살아감에 있어 진정 필요로 하는 것이 무엇인지를 고민하고 그 역량을 개발하기 위해 지금이라도 노력해야 한다. 조직이 필요로 하는 것 말고, 나 자신이 필요로 하는 능력! 그것이 필요하다. 내가 어디에 있든, 어디를 가든 변하지 않고 나를 빛내 줄 진정한 능력 말이다.

그렇게 내가 뭘 하고 싶은지 모른 채 시간과 일에 쫓기다 보니 내 나이 마흔을 훌쩍 넘어버렸다. '이제 와서 내가 좋아하는 일을 찾을 수 있을까? 내 남은 삶 동안 내가 즐기며 할 수 있는 일이 뭘까? 그리고 어떻게 그것을 찾을 수 있을까?'

세계적으로 유명한 동기부여 전문가이자 베스트셀러작가인

앤드류 매튜스Andrew Matthews는 "재능이 없다고 말하는 사람들은 대부분 별로 시도해 본 일이 없는 사람들이다."라고 말한다.

내가 좋아하는 일을 찾으려면 많은 시도나 경험을 해봐야 한다. 음식을 예로 들어보자. 내가 어떤 음식을 좋아하는지 알려면 될 수 있으면 많은 종류의 다양한 음식들을 먹어보아야 한다. 이탈리안 음식을 좋아하는지, 한식을 좋아하는지, 일식을 좋아하는지, 중식을 좋아하는지 먹어보지 않으면 알 수 없는 일이다.

운동도 마찬가지다. 헬스가 나한테 적합할지, 요가가 더 맞을지, 필라테스가 좋을지, 수영이 더 재미있을지, 아니면 에어로빅? 살사댄스? 테니스? 그것도 아니면 그냥 걷기 또는 조깅이 맞을지는 가능한 한 많이 경험해보면 알 수 있다. 직접 시도해보지 않고 생각만으로도 나에게 맞는 것을 찾을 수도 있겠지만 경험을 통해 아는 것이 더욱 정확하다. 여러 가지 경험을 통해서 나만의 기호가 생겨나고 선호도가 생겨난다.

운이 좋아 선천적으로 재능을 타고나서 일찍부터 자신의 재능을 키워가는 사람이 있는가 하면 스스로 노력하고 시도해서 나의 재능을 찾아내는 사람도 있다. 내가 후자라고 생각한다면 깨닫는 순간부터 자리에서 엉덩이를 떼고 밖으로 나가서 많은 시도와 경험을 해보길 바란다. 머릿속에서 '저건 재밌어 보이고 하면 좋을 것 같은데' 하는 생각이 든다면 인터넷이나 책만 보고 머리로 가늠하지 말고 직접 몸으로 체험해야 한다.

옷을 살 때와 마찬가지다. 그냥 눈으로 봤을 때 예뻐 보이는 옷도 직접 입으면 별로인 경우가 있는 것처럼 직접 체험해 보면 나에게 맞을지 맞지 않을지를 알 수 있기 때문이다. 시도했는데 나랑 적성이 안 맞으면 어떻게 하냐고? 그래도 상관없다. 적어도 나와 맞지 않는다는 사실은 알게 되었으니 소득이 아예 없는 것은 아니기 때문이다. 여기서 잠깐, 퀴즈를 하나 내볼까 한다.

구글, 애플, 야후, 페이스북의 공통점은 무엇일까?

정답은 이들 모두 사이드 프로젝트$_{\text{side project}}$로 시작했다는 거다. 이들은 처음부터 회사가 아니었다. 사이드 프로젝트란 본업을 유지하면서 자투리 시간을 활용하여 내가 좋아하는 일을 시도하는 것을 말한다. 사이드 프로젝트는 직장을 다니면서 충분히 할 수 있는 일이다.

만약 사진을 좋아한다면 직장을 다니면서 틈틈이 사진을 배우고 관련 카페도 가입해서 활동도 해보고 블로그도 만들어 나만의 사진전을 열 수도 있다.

공통관심사를 가지고 있는 사람들과 소통하면서 사람들이 원하는 것이 무엇인지를 계속 고민하다 보면 사이드 프로젝트가 메인 프로젝트로 자연스럽게 바뀌는 날이 오게 될 것이다.

집에서 아이를 키우는 전업주부들도 마찬가지다. 육아는 잠깐이다. 아이들은 눈 깜짝할 사이에 커 버릴 것이고 엄마 품을 떠나 밖에서 좌충우돌하면서 성장할 것이다. 그러다 보면 어느새 아이가 자신의 모든 것이라 여겼던 마음이 무색해지는 공허한 날을 만나게 된다. 그 때가 되어서야, 나 자신에 대해, 나의 미래나 노후에 대해 고민하지 말고 지금부터 서서히 고민하고 준비하자.

내 전부라고 생각했던 것들이 사라지고 온전히 '나'만 남게 되었을 때 나에게 뭐가 필요할지, 나의 경쟁력이 무엇인지, 나의 미래에 대한 큰 그림을 고민하고 그에 적합한 역량들을 개발하는 일을 소홀히 하지 말자.

갑자기 이런 것들을 하라고 하면 거창해 보이고 어디서부터 손을 대야 할지 막막해진다. 혼자 있는 시간에 내가 좋아하는 일과 잘하는 일이 무엇인지를 고민해보고 그와 관련된 책들을 먼저 읽어보라고 권하고 싶다. 강연이나 강의를 들어도 좋다. 만약 책 읽는 것을 좋아한다면 동네 근처 도서관에서 하는 독서 모임에도 참석해 보자. 그러다 흥미가 계속해서 생겨나면 독서지도자 자격증이나 하브루타 지도자 자격증도 시도해 보자.

중요한 것은 사람들과의 소통을 잊어서는 안 된다는 점이다. 블로그나 카페 활동 또는 유튜브를 통해서라도 소통하자. 사람들과 소통하면서 나의 능력은 한층 더 발전할 수 있다.

이러한 모든 행위는 본업을 하면서도 충분히 자투리 시간을 이용해서 할 수 있는 일들이다. 그러니 조급함을 버리고 오늘부터라도 마음이 가고 손이 가는 책을 읽어보며 나를 찾고 나의 핵심 역량을 찾는 여정을 시작하기를 바란다.

"처음으로 남편의 와이셔츠를 빨고 다림질을 하면서 정확한 남편의 와이셔츠 치수를 알게 되었습니다. 남편의 발 사이즈가 구두는 275mm, 운동화는 280mm임을, 남편의 겨울 양복이 3개밖에 없음을, 그리고 남편이 젓갈을 좋아했다는 사실을..."

행복해지는 일이 인생의 유일한 목적입니다. 그리고 하루 몇 번 미소 짓느냐가 인생의 유일한 척도입니다.

— 스티브 워즈니악 Steve Wozniak

5장

결국 행복한 엄마가
좋은 리더가 된다
호텔리어
엄마

아이에게 엄마는 최고의 모티베이터

"사랑하고 일하고, 일하고 사랑하라. 그게 삶의 전부이다."

영화 《인턴》의 첫 장면에 나오는 프로이트$_{Freud}$의 명언이다.

나는 큰아이가 7살 때까지는 워킹맘으로 7년을 살았고, 그 후 최근까지 5년간 소위 말하는 전업맘으로 살았다. 워킹맘이었을 때는 일과 시간에 쫓겨 전업맘들의 여유가 부러웠고 아이들에게 많은 시간을 할애할 수 있음에 부러웠다. 맘들과의 수다도, 브런치 모임도, 운동이나 취미생활을 하는 그들의 여유를 무의미한 사치라고 여기며 인정하지 않았다.

전업맘이 되어보니, 그건 나의 착각이었다는 것을 깨달았다. 이제는 육아에서 탈출할 수 있는 피난처인 직장이 있음에 워킹맘들이 부러웠다. 청소하고, 밥하고, 빨래하고, 매일 똑같은 일상에 지쳐있는 나를 발견할 때면 한때 잘나가던 호텔리어 매니저였던 시절이 과연 있었던가 싶을 정도였다. 전업맘이 되면 매일 엄마표 간식에 영양 가득한 집밥으로 아이들을 맞을 줄 알았는데 빵집에서 사 온 빵이나 분식집에서 사 온 떡볶이로 간식을 대신하는 날이 더 많았다.

심지어 저녁도 일주일에 한두 번은 외식하거나 사다 먹는 것까지 워킹맘 때와 별반 다를 바가 없었다. 회사에 다닐 때는 일과 상사, 고객들의 관계에서 스트레스 받기 일쑤였지만, 집에 있어도 가사노동과 육아 때문에 스트레스 받는 것은 매한가지였다. 워킹맘과 전업맘 둘 다 해보고 나니 한 가지 명확한 사실은 이것이었다.

나 스스로에게 참 많이 물었던 질문, '워킹맘이 더 좋을까? 전업맘이 더 좋을까?'

둘 다 해보고 나니 이 질문은 무의미했다는 것을 깨달았다.

그것은 단지 가지지 못한 것에 대한 아쉬움이거나 가보지 못한 길에 대한 미련일 뿐이었다. 무엇이 되었든 중요하지 않다. 모든 것에는 '일장일단'이 있다는 진리를 잊었던 것이다. 워킹맘이었을 때나 전업맘이었을 때나 공통적으로 내가 간절히 원했던 단 하나는 정신적, 육체적 자유와 여유였다. 물론 그것들은 내게 좀처럼 주어지지 않았다. 아니 더 정확하게 말하면 그 여유는 늘 내 주변에 있었지만 내가 알아차리지 못했다. 여유는 어떤 상황에서든 원하면 내가 만들 수 있다. 그러니 '내가 워킹맘이어서'또는, '내가 전업맘이어서'라는 생각은 핑계일 뿐이며 자신을 합리화시키기 위한 자기방어였다.

워킹맘이든 전업맘이든 우린 다 똑같이 '엄마'다. 우린 다 똑같이 '일'을 한다. 장소가 집이냐, 회사이냐의 차이일 뿐이다. 그래서 난 이제 더는 워킹맘과 전업맘을 구분하지 않기로 했다. **우리는 모두 똑같이 '일하는 엄마'이기 때문이다.**

요즘 1인 미디어 전성시대를 맞아 '1인 기업가', '유튜브 크리에이터'등의 신종 직업들을 보더라도, 디지털 노매드(Digital Nomad, 프랑스 경제학자 자크 아탈리Jacques Attali가 1997년 '21세기 사전'에서 처음 소개한 용어로 주로 노트북이나 스마트폰 등을 이용해 장소에 상관하지 않고 여기저기 이동하며 업무를 보는 이를 일컫는다.)
라는 신조어에서도 알 수 있듯이 '일'은 이제 더 이상 '회사'라는 장소에 얽매이지 않는다.

현재의 나 역시, 주로 집에 있지만, 육아와 일을 병행하는 '일하는 엄마'이다. 개인 저서 및 공저를 쓰고 있는 '작가'이며, 아로마의 매력에 푹 빠져 아로마 대중화에 힘쓰는 '아로마 테라피스트'이고, 틈틈이 부동산을 공부하고 투자하는 '부동산 임대 사업자'이기도 하다.

그러니 이제는 워킹맘을 할까? 전업맘을 할까? 고민하기보다는 현실에서 내가 원하는 것이 무엇인지 명확하게 알고 이를 이루기 위한 최선의 방법을 찾는 것이 훨씬 현명하다. 워킹맘이든 전업맘이든 이미 자신이 심사숙고 끝에 내린 결정이다. 내가 내린 결정에 의심이나 후회 따위를 하는 것은 시간 낭비일 뿐이다. 그러니 '일하는 엄마'로서 우리의 아이에게 나를 통해 무엇을 배우게 하고, 무엇을 유산으로 물려줄 수 있는지에 대해 고민하는 편이 훨씬 더 생산적이다.

《섬기는 부모가 자녀를 큰 사람으로 키운다》의 저자 전혜성 박사는 자신은 한 번도 아이들을 위해 전적으로 희생한 적이 없다고 말한다. 자신의 행복을 포기하면서까지 희생한 어머니가 아니라, 스스로 삶의 주체로 우뚝 서기 위해 항상 공부하고 봉사하는 어머니가 역할 모델이 될 수 있다고 생각했기 때문이라고 한다.

"아이들이 초등학교만 들어가면 사회활동을 하는 엄마를 좋아합니다. 봉사활동을 하건, 지역사회 일을 하건 '우리 엄마가 집이 아닌 다른 환경에서도 저렇게 열심히 사는구나.'하고 생각할 만한 일을 해야 합니다. 즉, 자녀에게 모범을 보일 수 있는 일을 해야 한다는 뜻이죠. 결국, 아이들은 부모의 그런 모습을 보고 배우니까요."

전업맘이냐 워킹맘이냐를 가르는 것보다 훨씬 중요한 것은 내게 주어진 시간을 어떻게 보낼 것이냐의 문제이다. 지금 이 자리에 계속 머무를 것이냐, 나의 꿈을 향해 꾸준히 노력하고 성장하는 엄마가 될 것이냐를 선택하는 것은 무엇보다 중요하다. 새로운 일에 도전하고 노력하는 엄마의 모습을 통해 아이 또한 평생 배움의 중요성을 알게 될 것이기 때문이다. 또한, 새로운 일에 도전하는 데 두려움 대신 설렘을 느끼는 아이로 성장할 것임이 틀림없다.

미국의 아동 심리학자인 제임스 볼드윈James Baldwin 교수는 "어른 말을 잘 듣는 아이는 없다. 하지만 어른이 하는 대로 따라 하지 않는 아이도 없다"라고 말한다. 아이에게 교훈을 주는 가장 확실하고 빠른 방법은 백 마디의 말 대신 한 번의 행동을 보여주는 것이다. "아이는 부모의 등을 보고 자란다."라는 옛말을 잊어서는 안 된다. 평생 배우고 일하는 엄마의 모습을 보고 자란 아이는 나중에 부모가 되었을 때, 아이를 위해 자신의 삶을 포기하는 부모가 아닌, 아이와 함께 성장하는 방법을 엄마의 모습을 통해 터득할 것이다.

이것이 엄마가 아이에게
최고의 동기부여가인 동시에
롤모델이 되어야 하는 이유다.

육아는 참아주는 것이 아니라 기다려주는 것

"공부를 잘해야 인생이 행복한 걸까요? 성공해야 행복한 것이 아니라 행복하면 성공한 겁니다. 아이가 공부를 좋아해서 잘하면 다행이고 공부를 못해도 주눅 안 들고 하고 싶은 일, 좋아하는 일을 찾아서 그것으로 살아갈 수 있으면 성공입니다. 아이가 찾을 때까지 좀 기다려주세요. 그러면 자신이 좋아하는 일을 찾아서, 그 일을 하면서 행복하게 살 거예요."

칠순의 여성학자이며 가수 이적을 포함해 세 아들을 모두 서울대에 보낸 박혜란 박사가 TV 방송에 나와 아이를 잘 기다려 주기 위한 두 가지 비결을 공개했다.

첫 번째 비결은 '아이를 손님처럼 대하라.'라는 것이다.

아이를 내 인생에 잠시 다녀가는 손님이라고 생각하면 손님에게 시시콜콜 잔소리할 필요도 없고, 밥이나 차려주고 아프지 않은지 들여다보고 조금 마땅치 않은 게 있어도 참아준다. 내 자식을 그저 남처럼, 손님처럼 보라. 크게 기대하지 않으니 크게 실망할 일도 없고 크게 싸울 일도 없다. 이렇게 생각하고 아이를 대하면 거짓말처럼 아이와 사이가 좋아질 것이다.

이 말을 듣고 처음 든 생각은 '어떻게 자식을 남이라 생각하지? 그게 가능할까?'였다. 그러다 되물었다.

'잠깐, 손님처럼 대하라고?'

장기 투숙하는 손님을 제외하면 평균 투숙 기간은 2~3일 정도 된다. 짧다면 짧고 길다면 긴 이 기간에 손님들이 최대한 편안하고 만족스러운 투숙이 될 수 있도록 직원들은 최선을 다한다. 세심한 관찰을 통해서 얻은 정보를 바탕으로 말하지 않아도 알아서 개별적 서비스를 제공한다. 손님에게 문제가 발생했을 때는 손님을 탓하지 않고 최대한 빨리 문제를 해결하는 데 집중한다.

퇴근 후 호텔로 돌아와서 클럽 라운지에 저녁을 먹으러 오면 하루 있었던 일들을 그저 묵묵히 들어준다. 공감이 필요해 보이면 공감해 주고, 위로가 필요해 보이면 위로해 주었다. 절대 잘잘못을 운운하지 않는다. 어떨 땐 아이처럼 자신이 잘한 일을 자랑하면 인정이 필요하구나 싶어 대단하시다며 어떻게 그런 생각을 하셨냐며 호들갑을 떨기도 했다.

이런 시간이 반복되면 직원과 손님 간에 어느새 신뢰가 쌓이고 그 신뢰를 바탕으로 호텔의 충성고객이 되곤 했었다. 오픈한 지 25년이나 된 호텔이 막 새로 오픈한 최첨단 시설의 경쟁 호텔에 고객을 빼기지 않고, 있는 고객도 충성고객으로 만들 수 있었던 핵심은 직원들의 진심 어린 '인정과 공감'이었다.

퇴사한 후, 집에서 아이들을 돌보며 지치고 힘들 때마다 사소한 일에도 짜증내고 아이들을 비난하는 나를 자주 발견했다. 회사에서는 그렇게 무례한 손님들에게도 '뭔가 기분 나쁜 일이 있었겠지'하며 이해하려고 노력했던 내가, 내 아이를 이해하려는 노력은커녕 매의 눈으로 잘못을 찾아내 지적하기 바빴다.

그러던 어느 날, 우연히 신애라 씨가 유튜브에 나와 간증을 하는 것을 듣게 되었다. 청소하면서 무심코 듣고 있었는데 내 귀에 '콕' 박히는 문장이 들어왔다.

"너나 잘해!"

신애라 씨도 한때 남편 차인표 씨가 못마땅해서 쫓아다니면서 잔소리하고 비난했단다. 그것 때문에 부부관계가 힘들어져 기도하던 어느 날, "내 아들은 내가 알아서 할 테니 너나 잘해!" 하는 마음을 하나님이 주셨단다. 그런데 이 믿기 어려운 이야기를 들으면서 왜 내 마음에 "너나 잘해"라는 말이 박혔을까?

뭐 묻은 개가 뭐 묻은 개 나무란다고 엄마인 나도 완벽하지 않으면서, 실수투성이면서 아이들이 실수할 때마다 지적하고 비난하고 있었기 때문이었다. 이 사건 이후, 아이들에게 잔소리가 튀어나올 것 같으면 '너나 잘해'를 습관적으로 속으로 말했다. 그러다 보니 어느덧 나도 모르게 잔소리 대신 "그럴 수 있어. 엄마도 가끔 그런 실수해." 하고 넘어갈 수 있었다.

흔히 아이와 부모와의 적당한 거리를 '난로'에 비교한다. 난로에 너무 가까이 가면 뜨겁고 멀리 떨어지면 춥듯이. 난로와의 적당한 거리를 유지할 때 따뜻함을 느낄 수 있다. 박혜란 박사의 첫 번째 비결, '아이를 손님처럼 대하라'는 말은 바로 적당한 거리를 유지하라는 말이었다. 한번 떠나면 다시 돌아오지 않을 것처럼, 있을 때 최선을 다해 아이에게 인정과 사랑만을 주라는 말이었다.

나중에 손님이 떠난 후에 '그때 잘할 걸.' 하고 후회해봤자 떠난 손님은 돌아오지 않으니 말이다.

아이를 잘 기다려주기 위한 두 번째 비법은 '아이에게서 행복을 찾지 말고 엄마 스스로 행복해져야 한다'는 것이다.

박사님은 '불행한 엄마가 어떻게 행복을 알아서 아이를 행복하게 만들 수 있는가?'라고 되묻는다. 엄마가 행복해야 아이도 행복하다. 엄마의 행복이 차고 넘쳐야 아이에게 흘러갈 수 있다. 행복은 전염되기 때문이다. 그렇다면 어떻게 행복한 엄마가 될 수 있을까?

아이가 자기가 잘하고 좋아하는 일을 찾을 동안 엄마도 자기가 잘하고 좋아하는 일을 찾아야 한다. 아이들에게 고정되었던 관심과 시선을 덜어내어 나에게 집중하는 시간을 가져야 한다. 누구에게도 의지하고 않고 독립적으로 삶을 가꿔나갈 때 엄마도 행복할 수 있기 때문이다. '무소의 뿔처럼 혼자서 가라'는 말처럼, 누구에게도 집착하지 않고 스스로 만족하는 삶을 살 때 인생의 안정감이나 행복감은 견고해진다. 그뿐만 아니라, 엄마가 멈추지 않고 성장하는 모습을 보여주는 것이야말로 아이에게는 가장 좋은 본보기가 된다.

아이가 성인이 되어 스스로 자립하기까지 족히 20년이란 시간이 걸린다. 부모 역시 부모로 우뚝 서기까지는 그와 비슷한 시간이 걸린다. 부모는 아이와 함께 성장하기 때문이다. 아이를 성인으로 키우는 것, 그리고 자기 자신을 부모로서 성장시키는 것은 단시간에 이룰 수 있는 것이 아니다. 공과 시간을 들여 천천히 배워나가고 성장해 나가야 한다.

육아야말로 기다림의 미학이다. 가지고 태어난 아이의 재능을 찾아가며 기르는 동시에 엄마도 자신만의 색깔을 찾아 명품인생을 만들어 가는 것이다. 우리는 모두 자신의 행복과 성공을 스스로 만들어가는 대장장이가 되어야 한다.

아이에 대한 사랑과 믿음은 굳건히 지키면서 엄마인 자신의 재능을 발견하기 위한 노력은 계속되어야 한다. 그리고 찾았다면 그 재능을 최대한 활용할 수 있도록 끊임없이 새로운 시도와 도전을 해야 한다.

진정한 육아는
아이를 기르는 동시에
엄마 자신을 기르는 과정임을
잊지 말자.

어제의 워킹맘이
오늘의 워킹맘에게 쓰는 편지

1999년 9월, 운 좋게 학교를 졸업하기 전에 취업이 되었다. 그 후 퇴직하기까지 15년이란 시간 동안 나 자신을 증명하기 위해 열심히 일했다. 고등학교 방송반 시절부터 갈고 닦은 다방 커피 실력으로 출근하는 부장님을 맞이하는 것부터 시작해 시키지 않은 일에 대해서도 내가 무엇을 해야 할지를 늘 고민하고 적극적으로 찾아서 했다. 인정받기 위해서였다. 출근 전에는 수영이나 요가 학원에 다니고, 퇴근 후에는 부족한 외국어 실력을 향상시키기 위해 영어나 일본어 학원에 다녔다.

늘 바쁘게 살았고, 언제나 시간에 쫓겨 살았다. 매 순간 성장하려고 노력했고, 최선을 다해 열심히 살았다. 열심히 산 덕에 퇴사할 때 즈음에는 주변에서 인정도 받았고 나 자신도 스스로 꽤 능력 있는 사람이라고 생각했다.

퇴사 후, 회사라는 배경과 호텔 지배인이라는 타이틀이 사라지고 '김은희'라는 이름만 덜렁 남게 되자, 어느 순간 허탈함과 공허함이 느껴졌다. 나의 능력이라 믿었던 역량들이 나를 위한 능력이 아닌 회사에 필요한 능력이었음을 깨닫는 데는 그리 오래 걸리지 않았다. 하루는 강의를 들으러 갔는데 강의실 안의 화이트보드에 이렇게 쓰여 있었다.

> '나는 (　　)이다'
> '나는 (　　) 할 때 가장 행복하다'

강사님은 괄호 안에 지금 머릿속에 딱 떠오르는 단어를 넣어 문장을 완성해 보라고 했다. 나는 이렇게 적었다.

> '나는 (엄마)이다'
> '나는 (아이들이 행복)할 때 가장 행복하다'

강사님은 지금 괄호 안에 적은 단어가 평소 내가 생각하는 '나'라고 말했다. 나는 그냥 나를 누구의 엄마로 생각하고 있었음을 인식할 수 있었던 강의였다. 나는 없고 나의 역할이 나를 대신하고 있었다. 이 강의를 시작으로 나는 내가 맡고 있는 모든 역할을 배제하고 오롯이 남은 '나'에 대한 탐구를 시작했다.

"개미처럼 부지런히 일하는 것은 별로 중요하지 않다. 중요한 것은 나는 지금 무엇을 위해 열심히 일하고 있는가이다." 작가이자 사상가 헨리 데이비드 소로Henry David Thoreau는 말한다.

워킹맘이었을 때나 전업맘이었을 때나 바쁘게 열심히 살았지만, 주체는 내가 아니었다. 인식하지 못했지만 내 인생의 주체는 회사였거나 아이들이었다. 꽤 긴 시간 회사 생활을 하는 동안 단 한 번도 생각해 보지 못했다. 내가 왜 지금 이 일을 열심히 일하고 있는지를. 열심히 달려가고 있는데 어디를 향해 달려가고 있는지를 생각해 본 적이 없었다. 내 생각 없이 회사에서 정해준 길을 달려가고 있었던 것이다.

워킹맘들은 개인적으로는 엄마, 아내, 또는 누구의 딸, 공식적으로는 회사에서 주어진 역할이 자신이라고 오해하기 쉽다. 바쁜 일상을 소화하느라 그러한 역할이 주어지기 전에 나 자신은 어떤 사람이었는지 잊고 살아가는 경우가 많다. 내가 입고 있는 그 겉옷을 벗어던지고 나면 남게 되는 나 자신은 어떤 존재였는지, 어떤 사람이 되고 싶었는지, 되고픈 꿈은 무엇이었는지, 무엇을 좋아했고, 무엇을 사랑했는지, 인생에서 중요하다고 여긴 것은 무엇이었는지 잊고 살아간다. 본질적인 자신의 '자아'를 잊고 살아가는 것이다.

단 한 번도 내가 언제 가장 행복을 느끼는지, 어떤 일이 나의 시간과 에너지를 쏟아 부을 정도로 가치 있는 일인지 고민해 본 적이 없었다. 하루살이 인생처럼 하루하루 내게 닥친 일들을 해치우는 데 급급해, 내 안을 들여다보지도, 주변을 돌아보지도 못했다. 지금 와서 되돌아보면 가장 후회되는 일이다. 그렇게 고민하는 시간을 가졌더라면 지금보다 좀 더 만족스러운 삶이 되지 않았을까? 혹은 과거의 내가 좀 더 그 순간을 즐기며 보낼 수 있지 않았을까 하는 아쉬움이 남는다.

인생의 절반을 보낸 지금, 가장 필요한 건 오롯이 남은 나 자신을 찾는 시간이다. 나에 대한 공부를 통해 나만의 색깔, 나만의 세계관을 갖추어야 한다. 그것이 앞으로의 인생을 타인이 아닌 내가 주체가 되어 당당하게 살 수 있는 방법이다.

시간과 상황에 유연하게 대처하되 일관된 내 모습을 유지하기 위해서는 나에 대한 탐구를 시작해야 할 때인 것이다. 나는 독서하고 책을 쓰면서 잊고 있던 내 모습을 재발견하고 앞으로 펼쳐질 미래에 필요한 '나만의 가치'를 찾는 중이다. 일과 육아, 살림의 쳇바퀴 속에서 정신없이 하루하루를 버텨내고 있는 워킹맘들에게 꼭 해주고 싶은 말은 이거다.

지금 하고 있는 모든 것을 잠시 멈추고 자문해보자.

> '나는 지금 무엇을, 왜 하고 있는가?'
>
> '나, 이대로 행복한가?'

현재 가지고 있는 회사에서의 위치, 엄마라는 역할이 어느 날 갑자기 사라졌다고 가정하고 내가 진정으로 하고 싶은 일이 무엇인지, 내 인생의 중요한 가치는 무엇인지를 생각해보라는 것이다. 내가 지금 다니고 있는 회사도 영원하지 않으며, 내가 키우고 있는 아이도 언젠가는 내 둥지를 떠날 손님이기에 결국 영원히 나와 함께 할 사람은 '나 자신'이다.

가장 '나다움'을 찾기 위해서는 내가 무엇을 할 때 가장 행복한지를 알아야 한다.

어떤 이는 책을 읽을 때, 누구는 운동할 때, 또는 음악을 들을 때, 글을 쓸 때, 그림을 그릴 때, 재테크로 소소하게 돈을 벌 때, 강연을 들을 때, 산책할 때, 요리할 때, 봉사할 때 등 사람마다 행복을 느끼는 순간은 너무나 다양하다. 거기서부터 시작해보자. 내가 행복을 느낄 수 있는 일 중에서 나의 시간과 에너지를 쏟아 부어 나의 미래에 투자할 수 있는 것이 무엇인지 고민하고 선택해야 한다.

내가 가지고 있는 경험이나 노하우 중에 다른 사람에게 도움이 될 수 있는 것들이 있는지 생각해 보자. 그중에서 가장 자신 있는 것부터 하나씩 적어보고 지금 내 안에 있는 능력이나 재능을 어떻게 사용하면 좋을지 생각해보자. 내 안의 목소리에 귀 기울이고 나를 의식하는 삶을 살아갔으면 좋겠다. 하늘이 주신 나의 재능, 나의 꿈, 나의 가치에 대해서 의식하며 살아갔으면 한다.

진정한 내 모습을 찾아 가장 자연스러운 나답게 사는 것, 그것이 결국 나의 가치를 높이는 일이며 행복에 가까워지는 지름길임을 알았으면 좋겠다. 워킹맘들이 나에 관한 공부를 시작해야 하는 이유이다.

“나는 남긴 것이 아무것도 없습니다.
당신이 내게 주신 모든 것을 다 쓰고 왔습니다.
나는 마치 태어나던 그 날처럼 거칠 것이 없습니다.”

-미국의 대표적인 풍자작가 어마 밤 벡Erma Bombeck

나는 참 괜찮은 엄마인 것 같다

올림포스의 신들은 땅과 바다, 새와 동물, 바다의 생물체, 식물과 꽃, 그리고 사람을 만들었다. 마지막으로 할 일이 한 가지 남아 있었다. 바로 사람들의 의식 수준이 충분히 발전할 때까지 인간들이 찾을 수 없는 곳에 '생명의 비밀'을 감추는 것이었다.

신들은 그 비밀을 어디에 숨겨두는 것이 더 안전한가에 대해 격렬하게 토론했다. 한 신이 말했다.

"세상에서 제일 높은 산에 숨깁시다. 인간들은 절대로 못 찾을 겁니다."

그러자 다른 신이 말했다.

“우리가 인간을 만들 때 그 안에 끝없는 호기심과 야망도 함께 만들어 넣었기 때문에 결국은 제아무리 높은 산이라도 올라갈 겁니다.”

마지막으로 신 중의 하나가 해결 방법을 찾았다.

“생명의 비밀을 사람들이 찾지 않을 곳, 인간이 다른 모든 곳을 다 찾은 후에야 마지막으로 찾을 곳, 그리고 인간의 의식 수준이 충분히 성숙한 후에야 찾을 수 있는 곳에 숨깁시다.”

다른 신들이 물었다. “그곳이 어딥니까?”

그 신이 대답했다. “사람들의 마음속 깊숙한 곳입니다.”

인간은 아주 오랫동안 신들이 아주 깊숙한 곳에 숨겨둔 ‘잠재 능력’이라는 보물을 찾는 데 전념했다. 이것은 바로 ‘열정의 상태’에서만 만날 수 있는 보물이다. 만약 당신의 자녀에게 오직 단 하나의 재능만을 줄 수 있다면 어떤 것을 주겠는가?

내 선택은 바로 ‘열정’이다. **열정이 있는 삶은 ‘즐기는 삶’을 의미한다.** 신들이 깊숙이 숨겨놓은 내 마음속 보물을 찾아내어 기꺼이 삶 속에서 다 쓰고 나누어 줄 수 있는 행복한 인생을 살고 싶다. 나의 아이들 또한 그렇게 살아가길 원한다. 가장 쉬운 방법은 엄마인 나 자신이 열정의 삶을 사는 모습을 아이들에게 보여주는 것이다.

《연금술사》의 저자 파울로 코엘료Paulo Coelho는 "마음은 우리가 제대로 된 길로 가고 있는지 아닌지를 판단하는 대단히 훌륭한 기준을 가지고 있다. 그것은 바로 '열정'이다."라고 말했다.

'열정enthusiasm'이라는 라틴어 어원을 보면 en(in) + theos (God) 이다. '내 안에 신을 둔다.'는 의미로, 즉 열정은 '내 안에 있는 신神을 깨우는 것'이다. 아이들을 지켜보면 "야! 신난다!"라고 외치는 순간들이 참 많다. 우리의 어린 시절을 회상해보면 가슴 설레고, 신나고, 즐거운 일투성이였다. 또한, 20대에도 분명 내 안에 열정이 살아 숨 쉬고 있음을 번번이 느끼며 살았었다. 그러다 안타깝게도 나이가 점점 들어가면서 나이와 열정은 반비례하여 조금씩 조금씩 사그라지고 만다.

우리 안에 잠들어 있는 신을 깨워야 한다.

열정은 거창한 것이 아니다. 일상에 작은 시도나 새로움을 더하는 것에서부터 시작한다. 도서관에서 읽지 않던 장르의 책을 읽어보는 것, 예전에 배웠던 피아노를 다시 배워보는 것, 글씨를 좀 더 예쁘게 쓰면 좋겠다는 생각에 캘리그라피를 배워볼 수도 있다, 돈이 들어 주저된다면 무료로 질 좋은 인터넷 강의를 들을 수 있는 사이트에서 강의를 들을 수도, 자격증을 딸 수도 있다.

또는, 교회나 성당에서 봉사한다든가, 동네 작은 도서관에서 봉사나 재능기부를 하는 등의 어떤 일이든 될 수 있다. 열정이 있는 한 끊임없이 흥미가 생기고 하고 싶은 것들이 생긴다. 그래서 열정을 가진 삶은 늘 활기차고 다채롭고 신이 난다.

내가 처한 상황이나 환경에 따라 하고 싶은 것이나 흥미가 가는 것은 달라질 수 있다. 한때는 나 역시 아이들을 가르치는 것이 좋아 TESOL(Teaching English to Speakers of Other Languages로 영어를 모국어로 하지 않는 사람에게 영어를 가르치는 교수법) 자격증을 따기도 했고, 보드게임을 즐겨 하는 아이를 보며 보드게임으로 수학을 가르치는 '창의 사고력 수학' 자격증을 따기도 했다.

중국어로 드라마를 보고 싶어 동네 고등학교에서 중국인 선생님이 가르치는 소모임에 나가 중국어를 배워보기도 하고, 동네 아파트가 급등하는 것을 보며 부동산 경매를 배우기도 했다. 지금도 부동산 전문가가 운영하는 모임에서 경제 공부를 계속하고 있다. 또한, 내 경험을 공유하고 싶어 작가가 되었고, 다양한 사람들과 이야기하고 싶어 강연가를 꿈꾸고 있다.

그 외에도 여전히 하고 싶고 배우고 싶은 것이 많다. 영어 공부도 더 하고 싶고, 재즈 피아노도 배우고 싶고, 요가 지도자 자격증도 따고 싶다. 여행을 많이 다니면서 여행 수필도 쓰고 싶고, 아이들과 체험한 경험을 기록해서 아이들과 함께할 수 있는 체험 책을 출간하고 싶기도 하다. 동네 엄마들과 독서 토론 모임도 만들고 싶고, 동네 작은 도서관도 만들고 싶다. 이 꿈들이 바로 내가 살아있다는 증거이고 인생을 여전히 즐기고 있다는 증거이다.

많은 사람이 열정은 지치지 않는 것이라 오해하기도 한다. 공지영 작가는 용기에 대해 이렇게 설명한다.

"용기란 두려움이 없는 것이 아니라, 두렵지만 그보다 소중한 것이 있음을 아는 것이다."

열정도 마찬가지다. 열정 또한 지치지 않는 것이 아니라, 지치지만 그럼에도 불구하고 계속 한 걸음씩 나아가는 것이다. 살다 보면 지치고 슬프고 힘들고 불안하거나 좌절할 때도 있다.

그러나 열정을 가진 사람들은 그런 환경이나 상황에서 오래 머무르지 않고 자신을 빠르게 회복시키고 실패와 좌절 속에서 깨달음을 얻어 조금씩 성장한다. 사람들은 이를 '회복 탄력성'이라고 부른다.

오늘보다 더 나은 미래를 상상하고, 계획하고, 행동하는 것, 이것이 바로 열정을 가진 사람들의 특징이다. 같은 어둠을 바라봐도 조금 더 긍정적으로 생각하고 남들과 다르게 생각한다. 실패에서 끝을 보는 것이 아니라 시작을 발견한다.

마흔 즈음 되면 내가 할 수 없는 일에 도전할 수 있는 나이이다. 나의 무능함과 담대하게 마주할 수 있는 배짱이 생기는 나이이다. 그동안 지식을 채우기 위해 배우거나 도전했다면 이제부터는 우리의 영혼을 살찌우기 위한 배움과 실천을 해야 할 때이다. 그러면 나이가 들수록 하고 싶은 일도 많아지고 열정적으로 살 수 있다.

나를 다른 사람의 인생과 비교하고, 타인과 경쟁하다 보면 쉽게 지치고 고단해진다. 40대는 나만의 색깔과 열정을 찾는 시간으로 만들어 갈 수 있는, 그 어느 때보다 자유로운 나이이다. 나는 40대의 나이임에도 젊었던 그 어느 시절보다 배우고 싶은 것, 하고 싶은 것, 도전하고 싶은 것투성이인 두 아이의 엄마다. 지나간 날보다 앞으로의 나의 인생과 미래가 더욱 궁금한 엄마다. 내 아이의 미래보다 내 미래가 더욱 가슴 설레는 나는, 참 괜찮은 엄마인 것 같다.

오늘 당장, 단 10분이라도 가슴이 방망이질 치는 것을 느낄 수 있는 일을 해보자. 난 오늘도 책이 출간되는 행복한 상상 속에서 타이핑하고 있다.

누가 뭐래도 나는 행복한 엄마입니다

행복은 슬픔, 우울함, 외로움, 기쁨 등과 마찬가지로 여러 감정들 중의 하나이다. 그리고 감정은 나 자신이 아니라 나의 '선택'일 뿐이다. 어떤 감정을 선택할지는 나의 의지에 달려있다. 그래서 **행복은 '감정'에서가 아니라 '해석'으로부터 온다.** 어떤 현상 또는 사물을 어떻게 해석하느냐에 따라 행복해질 수도 반대로 불행해질 수도 있다.

큰아이는 아동 심리 전문가들이 말하는 애착 형성에 중요한 시기에 엄마가 같이 있어 주지 못했을 뿐만 아니라, 양육자도 여러 번 바뀌었다. 그래서일까? 딸아이는 여전히 사람을 많이 탄다. 일명 친구 바라기. 그런 아이가 4학년이 되어서는 친구들 사이에서 적응을 잘하지 못해 힘들어하고 외로워하더니 인간관계에서 오는 스트레스로 급성위염뿐만 아니라 호흡기질환 등 몸 여기저기가 아프다고 매일 호소했다.

3학년 때까지만 해도 쉬는 시간에 노느라 전화 한 통 안 하던 녀석이 쉬는 시간마다 별일 아닌데도 전화해 이러쿵저러쿵 얘기하고 끊는다. 아이의 목소리를 들을 때마다 마음이 아프고 안타까웠다. 엄마가 나서서 친구를 사귀어 줄 수 있는 것도 아니고, 보고 있으면 애처로웠지만 도와줄 방법이라곤 전화 오면 다정하게 받아주고, 친구의 빈자리를 내가 대신 채워주는 것뿐이었다. 그 과정에서 나 역시 아이에게 감정이입이 되어 같이 스트레스 받고 힘이 빠지고 힘들어지기 시작했다. 그러다 문득 이런 생각이 들었다.

모든 일에는 분명 이유가 있다. 그냥 우연히 일어나는 일은 없다. 어릴 적 순탄치 않은 시간을 보낸 나지만 긍정적이라는 말을 왕왕 듣는다. 그것은 오직 이 한 문장의 힘이다. 내게 좋지 않은 일이 벌어졌을 때 습관처럼 읊조리는 말, '분명 이유가 있을 거야.'

내 아이에게 왜 이런 일이 벌어졌을까? 나는 생각했다. 그리곤 그 이유를 이렇게 정리했다.

> 아이에게 자기 자신과 친해지는 시간을 주기 위해서
> 아이에게 진정한 사랑을 발견하는 시간을 주기 위해서
> 지금보다 더 강한 아이로 거듭나기 위해서
> 숨겨진 재능을 발견하는 시간을 주기 위해서
> 부정적 감정 대신 긍정적 감정을 선택하는 법을 알려주기 위해서

아이를 성장시킬 소중한 시간이 될 거라는 생각이 들자, 더 이상 힘들어하는 아이를 바라보는 것이 괴롭거나 또 하나의 스트레스로 작용하지 않았다. 혼자인 시간을 통해, 행복은 결국 자기 자신 안에 있는 것이지 밖에 있지 않다는 것을 아이에게 가르쳐 주었다. 자기 자신과 잘 소통할 줄 아는 아이가 남과도 잘 소통한다. 스스로 행복할 줄 알면 굳이 행복을 남에게 구걸하지 않는다.

또한, 엄마를 비롯해 가족들과 더 많은 시간을 보내면서 자신을 조건 없이 믿어주고 사랑해주는 영원한 지지자가 가족이라는 것을 깨달았다. 친구의 소중함을 더 잘 알게 되어, 나중에 진정한 친구가 나타났을 때 좋은 관계를 유지할 수 있는 능력을 키

울 수 있었다.

이렇게 생각하고 편안하게 대하자, 아이 또한 어느새 안정을 찾았다. 혼자 있는 시간을 나름대로 즐기고 보내는 법을 터득하고 있었다. 놀 친구가 없으니 책을 보는 시간이 그만큼 많아져 예전보다 더 책을 많이 읽었다. 그 책 속에서 여러 나라의 아이들, 다양한 생각을 하는 친구들을 만나 그들에게 편지를 써주는 등 소통하는 법도 배우게 되었다. 혼자서 구름사다리에 올라가 각종 동물 흉내를 내며 매달리다 거꾸로 보이는 세상에 눈을 뜨기도 했고, 멀리서 들려오는 다양한 소리에 대해 쫑알쫑알 이야기하는 법도 배웠다. 혼자 클레이로 마루인형 비키니 수영복을 만들어 수영복 패션쇼를 열어주기도 하면서 자신 안의 소질을 찾아냈다며 뿌듯해하기도 했다.

그 과정에서 아이 자신도 좋지 않은 일, 또는 유쾌하지 않은 일이 자신에게 생겼을 때 부정적 감정을 느끼는 대신 긍정적으로 생각하고 행동하는 방법을 터득해나갔다.

아이에게 기회가 될 때마다 늘 얘기해 주었다.

"담아, 감정은 선택이야. 행복한 감정을 선택할 수도, 불행한 감정을 선택할 수도 있는데 넌 어떤 감정을 선택하겠니?" 하고 말이다. 그럼 아이는 늘 "행복한 거"라고 말했다.

"같은 것을 보더라도 네가 어떻게 생각하느냐에 따라 네가 보는 세상은 달라질 수 있어. 지금 당장 놀 친구가 없다고 의기소침해하기보다 친구가 없는 이때, 네 마음속에 있는 영원히 너랑 함께 해줄 그 친구랑 친해지려고 노력해 봐. 아무도 네 옆에 없을 때 그 친구는 항상 너랑 있어 주잖아. 그 아이와 친해지라고 다른 친구들이 너에게 일부러 시간을 내어주고 있는 건지도 몰라." 이렇게 말하면 신통하게도 딸은 내 말을 잘 이해했다. 아이들은 엄마의 말은 묻지도 따지지도 않고 철석같이 믿는다. 이 또한 감사하고 행복한 일이다.

그리고 시간이 흐른 지금, 딸아이는 더욱 더 단단해지고 견고해져 친구들을 배려할 줄 알고, 도움이 필요한 아이들을 도와줄 줄 아는 성숙한 아이로 자랐다. 5학년 때 학교에서 검사한 심리적성검사 결과에서 대인관계 능력과 자기 성찰 능력이 가장 뛰어나게 나타났고, 자기효능감 역시 매우 높게 나왔다. 지금은 교내에서 '또래중조仲調'로 위촉되어 12시간의 전문적인 상담교육을 통해 또래 사이에서 갈등이 발생했을 때 상담을 해주고 문제를 해결해 주는 역할을 수행하고 있다.

고난은 혼자 오지 않고 선물을 함께 가지고 온다는 말처럼,

고난을 어떻게 대처하느냐에 따라 그 결과는 축복이 될 수도, 재앙이 될 수 있다.

"인생은 초콜릿 상자와 같아서 내게 주어진 상자에 몇 개의 초콜릿이 담겨 있는지, 각각의 초콜릿이 어떤 맛일지는 아무도 몰라요."

영화 《포레스트 검프》의 명대사이다. 인생의 초콜릿 상자에서 어떤 맛을 고르더라도 그 맛을 음미하는 것은 내 몫이다. 내가 가진 것에 감사해하고, 내게 일어나는 일들에 긍정적인 이유를 찾는 것이 내가 늘 행복한 엄마일 수 있는 비결이다. 성공하여 큰 업적을 쌓지 못했더라도 하고 싶은 것, 배우고 싶은 것들이 여전히 많아 행복하고, 그것들을 할 수 있어 감사하다. 아이들이 건강하게 잘 자라주어 감사하고, 변함없이 날 사랑해주고 지지해주는 남편이 있어 행복하다.

내 감정은 나의 선택이기에 난 앞으로도 계속해서 행복을 선택할 것이고, 어떠한 일이 일어나도 긍정적 해석을 할 것이기에, 누가 뭐래도 나는 행복한 엄마이고 행복한 여자이다. 이것이 누가 뭐래도 내가 행복한 이유이다.

너는 특별한 존재야,
내게도 그들에게도

"꽃이 하는 말을 주의 깊게 듣는 게 아니었어. 꽃이 하는 말은 절대로 들으면 안 돼. 그저 바라보고 향기만 맡아야 해. 내 꽃은 내 별을 향기롭게 했지만 난 그걸 즐길 줄을 몰랐어. 나를 짜증스럽게 했던 발톱 이야기도 불쌍히 여기고 보듬었어야 했는데."

어린 왕자는 말을 이었다.

"그때 난 아무것도 몰랐어! 꽃의 말이 아니라 행동으로 판단했어야 했는데. 내 꽃은 나를 향기롭게 해주고, 빛나게 해주었어. 내 꽃으로부터 도망쳐서는 안 되는 거였어! 가엾은 속임수 뒤에 숨은 다정한 마음을 눈치 챘어야 했어. 꽃들은 너무나 모순적이야. 그리고 그때 난 꽃을 사랑하는 법을 알기에는 너무 어렸어."

생텍쥐페리의 《어린 왕자》에 나오는 이 구절을 읽었을 때 나는 무척 놀랐다. 엄마로서 나의 바닥을 드러낸 후에 했던 후회와 뉘우침의 말과 너무나도 비슷했던 것이다.

전문가들은 말한다. 아이가 한 말에 집중하지 말고 그 말 속에 감춰진 아이의 마음에 집중하라고. 나도 엄마가 처음이라 잘 몰랐다. 아이의 말이나 행동이 아닌 숨겨진 이유를 어떻게 파악해야 하는지, 아이의 거짓말 뒤에 가려진 의도와 심리를 어떻게 알아채야 하는지, 송곳같이 차가운 아이의 말 뒤에 사랑받고 싶어 하는 몸부림을 알아차렸어야 했다.

그땐 몰랐다. 나도 엄마가 처음이어서 아이의 보이지 않는 마음을 읽어 줄 능력이 없었고, 엄마라는 역할이 너무 낯설고 서툴러서 아이를 제대로 사랑하는 법을 알지 못했다. 그저 곁에서 다정한 눈빛으로 지켜봐 주고 존재만으로도 감사했어야 했는데 말이다. 아이와 함께 울고 웃고, 함께 성장하는 과정을 즐겼어야 했는데, 다시는 돌아오지 않을 아이와 나의 소중한 시간이었는데 그땐 잘 몰랐다.

어린 왕자가 방문한 네 번째 별에서 만난 사업가가 있었다. 그는 매일 하늘에 떠 있는 수많은 별의 수를 세어 작은 종이에 적는 일을 매우 중요하다고 생각했다. 그리고 그런 행위가 자신이 별을 소유하는 방법이라고 생각하는 사람이었다. 그런데 어린 왕자는 '중요하다는 것'에 대해 어른들과는 아주 다른 생각을 가지고 있었다.

"나는 꽃을 한 송이 소유하고 있어요. 그래서 매일 물을 주죠. 화산도 세 개나 가지고 있는데, 매주 분화구를 청소해요. 휴화산이라도 청소해 줘요. 언제 다시 불을 내뿜을지 모르는 일이거든요. 내가 그들을 소유한다는 건 내 꽃이나 내 화산에게는 유익한 일일 거예요. 그런데 아저씨는 별들에게 그다지 유익해 보이지 않아요."

내가 누군가를 소유한다는 건 그들에게 유익한 일이어야 한다는 어린 왕자의 생각은 나를 포함한 보통의 어른들 생각과는 많이 달라 보였다. '자식은 내 몸을 빌려 이 세상에 태어났지만, 나의 소유물이 아니다'라는 말은 귀가 따가울 정도로 많이 들었지만 실제로 우리가 육아하면서 실천하기 가장 어려운 일 중의 하나일 것이다.

문득 '아이들에게 내가 유익한 사람일까?' 하는 의문이 들었다. 나는 과연 조건 없이 아이들에게 물을 주고, 청소해주고 미래가 눈에 보이지 않는 일임에도 또는 결과가 없을 수도 있는 일임에도 개의치 않고 내 시간과 노력을 아낌없이 제공한 걸까?

우리는 자식들에 대한 사랑을 두고 '조건 없는 사랑'이라 말하지만, 조건 없이 사랑하는 법에는 익숙하지 않다. 늘 조건을 단다. 있는 그대로를 사랑하기보다는 내가 원하는 대로 또는 내가 원하는 일을 아이가 잘 따라와 줄 때 "사랑한다.", "고맙다"라고 표현한다. 좋은 성적을 받아왔을 때, 그림대회에서 수상했을 때, 달리기에서 1등 했을 때, 아침 일찍 일어났을 때, 방 청소를 깨끗이 했을 때 등 결과물이 좋았을 때 아이에게 사랑을 더 많이 표현하지 않았을까? 조건을 단 사랑임을 아이들은 무의식중에도 느낀다.

내 존재만으로도 나는 충분히 사랑받을 가치가 있다고 느끼기보다는 내가 뭘 잘해야만, 또는 엄마, 아빠가 좋아하는 일을 해야만 사랑을 받을 수 있다고 생각하게 만든다. 이처럼 조건을 단 사랑은 아이들이 부모에게 유익함을 주는 것이지, 부모가 아이들에게 유익한 존재가 되는 것이 아니다.

"너에게 나는 수많은 다른 여우들과 다를 바 없는 한 마리 여우일 뿐이야. 하지만 네가 나를 길들인다면 우리는 서로 필요하게 되는 거야. 너는 나에게 이 세상 단 하나뿐인 아이가 되는 거고, 나는 너에게 이 세상 단 하나뿐인 여우가 되는 거지."

"어떻게 해야 해?"

"참을성을 길러야 해. 우선 내게서 좀 떨어져서 풀밭에 앉아 봐. 난 널 곁눈질해 볼 거지만, 넌 아무 말도 하지 말아야 해. 말은 오해의 근원이거든. 그리고 넌 매일 조금씩 다가와 앉으면 돼."

부모들에게 '길들여진다'라는 것은 낯설고 어려운 개념이다. 참고 기다리는 인내가 부족한 탓도 있지만, 더 힘든 것은 아무 말도 하지 않는 것이다. 어린 왕자의 말처럼, 그저 적당한 거리를 유지하고 지켜보면서 매일 조금씩 아이들에게 다가가 앉는 것은 어른들에게는 무척이나 어려운 일이다. 내 아이에 대한 굳건한 믿음으로 내 안의 불안감을 없애야만 가능한 일이기 때문이다. 그보다는 아이들을 '부모에게 맞게 길들이는 것'이 훨씬 더 쉬운 일이다. 흔히들 굳이 고행에 가까운 이런 힘든 일들을 하지 않아도 '엄마'가 될 수 있다고 착각한다. '내가 이 아이를 낳았으니까, 내가 이 아이의 하나뿐인 엄마이니까.'라고 생각하면서. 아이들의 삶 속에서 생각만 해도 위로가 되고 편안해지는 안식처로서 '세상 단 하나뿐인 내 엄마'라고 생각되길 원한다면 아이에게 '길들여지는 연습'이 필요하다.

"나에게는 그 꽃이 너희 모두를 합친 것보다 더 소중해. 내가 물을 주고, 유리 덮개를 씌워 바람을 막아 주고, 벌레를 잡아 주었기 때문이야. 난 그 꽃이 불평하는 소리, 자기 자랑하는 소리, 이따금 침묵하는 소리까지 들어 주었어. 내 장미꽃이니까."

"네 장미꽃이 그렇게 소중해진 건 네가 장미꽃에 공들인 시간 때문이야."

자신의 아이가 소중하지 않다고 말하는 부모는 단 한 명도 없을 것이다. 누구에게나 자신의 아이는 그 무엇과도 바꿀 수 없이 소중한 존재다. 우리가 아이에게 공들인 시간이 있기 때문이다. 밤잠을 설쳐가면서 우유를 먹이고, 기저귀를 갈아주고, 좋은 재료로 직접 영양 많은 밥을 지어주고, 입혀주고, 씻어주고, 밤낮을 같이하며 지켜봐 주고 아플 때 간호해준 시간 때문이다. 사람마다 조금씩 차이는 있겠지만, 함께 울고, 웃고 하며 자신의 인생에서 가장 에너지 넘치고 열정적이었던 30대의 소중한 시간을 아이와 함께 보냈기 때문이다.

나에게 소중한 아이 말고 아이에게 소중한 부모가 되기 위해서 이제 해야 할 한 가지 일이 남아있다. 내 아이의 불평하는 소리, 잘난 체하는 소리, 심지어는 침묵하는 소리까지 들어주어야 한다. 아이의 목소리를 들어 줄 사람은 이 세상에 단 한 사람, 부모밖에 없다.

우리가 그렇게 중요하다고 생각하는 아이의 자존감, 그 자존감은 다른 사람의 판단과 관계로 만들어지는 게 아니라, 나 자신은 충분히 존재 자체로서 사랑받을 가치가 있는 사람이라는 아이 스스로의 믿음에서 비롯된다.

"너는 특별한 존재야! 나에게도 그들에게도!"

아이의 자존감을 어떻게 해야 높일 수 있냐고?

"비밀을 말해줄게.
비밀은 아주 단순해.
그건 마음으로 보아야 잘 보인다는 거야.
가장 중요한 건 눈에는 보이지 않아."

《어린 왕자》 中

"오랫동안 워킹맘으로도 지내보고, 전업맘으로도 지내보았습니다.
내 결론은 '엄마는 일해야 한다.'는 겁니다. 일은 계속되어야 합니다. 내가 좋아하는 일, 나를 성장시켜주는 일, 나의 가치를 찾는 일, 더 나아가 이 사회에 도움이 될 수 있는 일을 찾아서 해야 합니다."

-에필로그-

내 삶에 변화를 일으킨 7가지 지혜

대학 졸업하기도 전에 호텔에 취업해 15년을 일하다가, 어느 날 갑자기 전업주부를 선택했다. 나는 전업주부 3년차에 깨달았다. '전업주부'란 직업이 내겐 너무 힘든 일이라는 걸. 적성에 맞지 않는 일이라는 걸. 워킹맘 시절, 하늘을 찌르던 자신감과 자존감은 바닥을 치고 끝이 보이지 않는 어두운 터널 속을 하염없이 걷고 있는 듯했다. 난 마치 죽은 시계와도 같았고, 죽은 지구와도 같았다.

"모든 사람들이 세상을 변화시키는 것을 생각한다. 하지만 누구도 그 자신을 변화시키는 것은 생각하지 않는다." 러시아의 대문호 톨스토이Lev Nikolayevich Tolstoy의 말처럼, 세상을 탓하고 환경을 변화시키려 하기 전에 나부터 변해야 한다는 사실을 깨달았다. 독서와 글쓰기를 통해 생각이 바뀌고, 나를 둘러싼 환경이 변하고, 조금씩 내 인생이 달라졌다. 내 삶에 변화를 일으킨 '7가지 지혜'를 소개한다.

1. '나에 대한 공부'를 시작하다

《알.쓸.신.잡》 시즌 1에 출연해 더욱 유명해진 뇌과학자 정재승 박사는 그의 책 《열두 발자국》에서 '나에게 놀이란 무엇인가'라는 질문이 '나는 어떤 존재인가? 나는 도대체 누구인가?'라는 질문과 맞닿아 있다고 한다. 나를 제대로 알기 위해서는 나에 대해서 구체적으로 질문해봐야 한다.

> '나는 어떻게 놀 때 가장 행복한가?'
> '나를 가장 즐겁게 하는 것은 무엇인가?'
> '나는 무엇에서 행복감을 얻는 사람인가?'
> '나는 어떤 사람들과 있을 때 가장 즐거운가?'

나 또한 끊임없이 나를 탐색하고 자문하는 시간 속에서 진정으로 내가 원하는 모습을 찾고, 내가 하고 싶은 일을 찾을 수 있었다. 처음엔 우연한 기회에 운 좋게 입사해 어느 호텔의 '지배인'으로, 결혼 후엔 누구의 '엄마'로, 그리고 이젠 '작가'로 또 다른 인생을 시작했다. 나에 대한 공부를 시작했기에 제자리에 멈추지 않고 성장할 수 있었고 내가 그리는 대로 내 삶을 변화시킬 수 있었다. 성공보다 성장에 집중하는 '업글인간', 그 시작은 나에 대한 공부에서부터 비롯된다.

2. 가장 자연스러운 '나다움'을 사랑하다

면접관으로서 신입직원 면접을 들어가면, 면접을 보는 사람들의 태도는 두 부류로 나뉘었다. 자신의 장점을 최대한 어필하는 사람들, 반대로 자신의 단점을 현명하게 극복한 사례로 어필하는 사람들. 난 늘 후자에게 끌렸다. 자신의 단점을 과감하게 드러내는 용기가 맘에 들었기 때문이다.

"What is your STORY?" 그 누구도 흉내 낼 수 없는 단점을 극복하고 장점으로 승화시킨 자신만의 스토리는 그 어떤 스펙

보다 강력했다. 있는 그대로의 자신의 모습을 인정하지 않으면 자신의 부족함을 타인에게 드러낼 수 없다. 감추고 숨기는 데 많은 시간과 에너지를 낭비하게 된다. 남과 비교하지 말고 관점을 내 안으로 돌려 온전히 나에게 집중하자. 있는 그대로의 나를 먼저 사랑하면 모든 것은 제대로 굴러간다.

"자기 자신을 사랑하는 사람이 가장 지혜로운 사람입니다." 《러브 유어셀프》의 한 마디를 기억하자.

3. '현재'를 살다

사람들은 행복을 저장하거나 붙잡아 놓을 수 있다고 생각한다. 나 역시 그랬다. 나의 과거는 늘 불안한 미래에 대한 대비의 연속이었다. 현재를 즐길 어떠한 여유도 주어지지 않았다. 미래를 위해 해야 할 일들을 잠시 제쳐두고 딴짓이라도 할 때면 금세 불안이 엄습해왔다. '내가 지금 이래도 되나? 이렇게 시간을 낭비해도 되나?' 미래를 위해 현재의 행복을 유보하는 게 나의 오랜 나쁜 습관이었다. 대학교에 입학하면, 취직을 하면, 결혼을 하면, 아이가 좀 더 크면, 좀 더 부자가 되면 그때 행복해지리라.

하지만, 지금 당장, 오늘 행복을 느끼지 못하면 내일이, 다가올 미래가 행복할 수 있다고 보장할 수 없다. 그래서 나는 더 이상 미래를 위해 현재를 담보로 잡지 않는다. 아이들에게도 미래의 행복을 위해 현재를 희생하라고 말하지 않는다. 선물과 같은 지금, 현재를 온전히 느끼고 행복해야 한다.

Seize the Moment!(현재를 살아라!)

4. '오로지 감사'하다

스타벅스에서 나오는 길에, 주차되어 있던 신형 포르쉐와 접촉사고를 냈다. 이 순간, 내 입에서 튀어나온 말은, "사람이 차에 없어서 감사합니다. 내가 다치지 않아서 감사합니다." 많은 변상액을 걱정하던 내게 신형 포르쉐 차주는 괜찮다는 핸드폰 메시지를 보내왔다.

둘째가 학교에 적응하지 못해 힘들어했을 때, 석 달 동안 커피 말고는 거의 아무것도 입에 넣지 못할 정도로 고통스러운 나날을 보냈다. 그 힘겨운 시간에도 나는 감사를 잊지 않았다. "힘들 때 옆에서 함께 해주는 이들이 있어서 감사합니다.""내 아이를 믿어 주는 사람들이 많아서 감사합니다."

역경을 잘 이겨낸 아이는 자신의 자리에서 누구보다 행복하게 학교생활을 할 수 있었다. 예기치 못한 고난의 순간에 맞닥뜨렸을 때, 오로지 감사를 찾아라. 내가 경험한 감사의 힘은 그 어떤 힘보다 강했다. 어려움을 극복하는 힘, 그리고 상처를 치유하는 힘과 사랑을 회복시키는 능력이 그 어떤 긍정의 힘보다 탁월했다. 불평을 감사로 업그레이드하면 인생은 몇 배 더 업그레이드 된다. 감사함이 행복의 핵심이다.

5. '선택과 집중'을 배우다

오늘 할 일을 내일로 미뤄라. 일상에서 만나게 되는 사소하지만 나를 연연하게 만드는 수많은 일들로부터 자유로워져야 한다. 집에서는 설거지, 요리, 청소 등의 가사노동과 아이들과 남편 챙기기, 회사에서는 자잘한 업무들이나 인간관계부터 단순하게 정리해보자. 얼마나 바쁜가가 중요한 것이 아니라 어떻게 바쁜가가 중요하다. 일상의 단조로움을 통해 집중할 수 있는 패턴을 만들어 나가자.

나의 선택은 '내가 먼저 행복하기.' 그것이 내 삶의 첫 번째 우선순위이자 내가 오늘 바쁜 하루를 보내는 이유가 되어야 한다. '해피 바이러스'라는 말처럼 행복도 전염되기에 나를 행복하게 만드는 일을 먼저 하고 나머지는 그 다음으로 미뤄라. 이것이 모두를 행복으로 이끄는 지혜로운 방법이다.

6. '평생 배움'의 즐거움을 맛보다

《인생에서 너무 늦은 때란 없습니다》의 저자 모지스 할머니가 처음 그림을 그리기 시작한 것은 76살이었다. 독서다운 독서를 시작한 내 나이 마흔둘이었다. '독포인포'라는 웃픈 말이 있다. 독서를 포기하면 인생을 포기하는 것이란 뜻이다.

"나는 살며, 사랑하며, 배우는 삶을 살겠습니다." 우리 아이들은 매년 여름과 겨울방학에 3주간 인문학·고전 캠프를 간다. 그 캠프에서 아침에 일어나면서 외치는 구호이다. 간결한 표어 안에 '평생 배움'의 가치가 함축되어 있다. 평생 다양한 독서를 통해 느끼고 생각하며 자신의 삶에 적용하는 것이야말로 자신의 삶을 풍요롭게 만들 수 있는 가장 지혜로운 방법이다.

독서는 마치 도자기를 빚는 과정과 흡사하다. 어떤 모양의 그릇을 만들지, 그 비워진 그릇 안을 무엇으로 채울지, 채워진 것들을 어떻게 타인과 나눌지를 고민하는 것이 독서와 사색의 목적이고 삶의 의미이다. 부수고, 다시 만들고, 비우고 다시 채우는 그 모든 과정이 평생 배움의 과정이며, 인생이다.

7. '나를 믿을 용기'를 배우다

'나에게 필요한 모든 것은 이미 내 안에 있다.'

'나를 믿을 용기'는 이것을 믿는 것에서부터 시작한다. 태어나 보니 내가 의지할 수 있는 건 별로 없었다. 아픈 엄마, 없는 편이 차라리 나을 뻔했던 아빠, 그리고 배다른 언니…. 언제나 나는 모든 것을 스스로 생각하고 판단해야 했다. 돌이켜보면, 나 자신만을 믿고 의지해야 했던 환경은 내게 신이 내린 축복과도 같았다. 어릴 적부터 나를 믿고 선택하는 방법을 깨달았고, 잘했든 못했든 그 선택이 최선의 선택이 되도록 하는 노력의 중요성을 일찌감치 배웠다.

스스로를 믿지 못하는데 어떻게 타인을 믿을 수 있을까? 사람들이 성공하지 못하는 진짜 이유는 재능이 없어서가 아니라 자신감의 결여이다. 즉, 할 수 있다는 자신에 대한 확신이 부족해서이다. 할 수 있다는 것은 '잘' 할 수 있다는 뜻이 아니라, 말 그대로 '한번 해볼 수 있다'는 의미다.

뭔가 큰 성공을 이루겠다거나 대단한 결과물을 내야 한다는 강박에서 벗어나면 누구나 할 수 있다. 도전하고 시도하는 자체만으로 이미 내 안의 두려움과 맞선 것이고 나를 넘어선 것이니 스스로 존중받아 마땅하다. 그 과정에서 분명 배우고 성장하며 어제보다 나은 나를 발견하게 될 것이다.

P.S.(Special thanks to)

처음 집필을 시작했을 때가 2018년 1월이었다.

새해를 맞아 새로운 도전을 해보자는 의미로 남편과 함께 글쓰기 1일 특강을 찾았다. 국문과 출신에 글 솜씨도 나보다 훨씬 뛰어난 남편이기에 먼저 책을 쓰라고 권유했다. 하지만 남편은 내가 더 글을 써야 하는 이유가 명확하고, 쓰고 싶은 마음도 더 크니 먼저 시작하라고 그 자리를 내어주었다. 그리고 출판사에 투고할 때까지 계획보다 1년이 더 걸려 2년이란 시간이 흘렀다. 2년이란 긴 시간동안 글 쓴다고 집안일은 엉망이 되고, 밥이 없는 줄 모르고 있다가 퇴근한 남편에게 빵으로 때로는 라면으로 저녁을 해결하라고 한 적도 한두 번이 아니었다. 그럴 때마다 핀잔 대신 "김 작가! 오늘 글 열심히 썼나보지?" 하며 우적우적 빵을 먹어준 남편에게 무한한 감사와 사랑을 표하고 싶다.

'괜히 글재주도 없는 내가 덥석 책을 출판한다고 했나' 후회하고 소심해질 때마다 내게 각종 사례들을 몸소 보여준 우리 담이, 건이에게도 감사와 사랑을 전한다. 원고를 슬쩍슬쩍 훔쳐보며 엄마 책 너무 재미있을 것 같다며 빨리 읽고 싶다고 애교를 부려준 큰 딸과 가족 소개 서란에 아빠는 '설거지 대장', 엄마는 '글 잘 쓰는 김작가'라고 써준 둘째가 있었기에 중간에 포기하지 않고 여기까지 올 수 있었다.

부족한 아내, 모자란 엄마를 최고라고 믿어 준

나의 사랑하는 가족에게 나의 첫 책을 바치고 싶다.

사랑하되,
애쓰지 말 것

초판 1쇄 발행일 2020년 3월 25일

글 김은희
펴낸이 티아고 워드 (Tiago Word)
펴낸곳 출판문화 예술그룹 젤리판다
책임총괄 홍승훈
기획 편집 안지은, 권현주
디자인 이지영
해외저작권 백단비, 테오도르 스미스(Theodore Smith)
마케팅 송재우, 데이비드 윤(윤건희)

출판등록 2017년 3월 14일(제2017-000033호)
주소 서울특별시 영등포구 경인로 775 에이스하이테크시티 1동 803-22
전화 070-7434-0320
팩스 02-2678-9128
블로그 blog.naver.com/jellypanda
인스타그램 www.instagram.com/publisherjellypanda(@publisherjellypanda)
페이스북 https://www.facebook.com/profile.php?id=100017638692993
ISBN 979-11-90510-04-2 03810
정가 15,500원

•이 도서의 국립중앙도서관 출판예정도서목록(CIP)은 서지정보유통지원시스템 홈페이지(http://seoji.nl.go.kr)와 국가자료공동목록시스템(http://www.nl.go.kr/kolisnet)에서 이용하실 수 있습니다.
(CIP제어번호: CIP2019027404)
•잘못된 책은 구입한 곳에서 교환해 드립니다.
•투고 원고는 이메일 jellypanda@naver.com로 기획의도와 간단한 개요를 함께 보내주세요.